언노운 피플

언노운 피플

김나영 미스터리 스릴러

고즈넉이엔티
GOZKNOCK ENT

언노운 피플

초판 1쇄 발행 2020년 11월 20일

지은이 김나영
펴낸이 배선아
펴낸곳 (주)고즈넉이엔티

출판등록 2017년 3월 13일 제2020-000053호
주소 서울특별시 강남구 역삼로 221, 6층 601호
대표전화 02-6269-8166 **팩스** 02-6166-9199
이메일 gozknock@naver.com

ISBN 979-11-6316-121-9 03810

이 도서의 국립중앙도서관 출판예정도서목록(CIP)은 서지정보유통지원시스템
홈페이지(http://seoji.nl.go.kr)와 국가자료공동목록시스템(http://www.nl.go.kr/kolisnet)에서
이용하실 수 있습니다. (CIP제어번호: 2020031998)

차례

프롤로그

귀국 당일

현관문 앞에서 눈을 뜬 일곱 번째 아침이었다.

수아는 옆에 누워 담요를 덮고 잠들어 있었다. 현관의 차가운 바닥이 익숙해진 것처럼 평온한 얼굴이었다. 무릎을 모아 안고 있던 팔을 풀자 발목에 감긴 붉은 실이 보였다. 핏줄처럼 늘어진 실은 수아의 손목과 이어져 있었다.

곤히 잠든 수아와 붉은 실을 번갈아 보다가 조용히 한숨 쉬었다. 언제부터 현관문 앞에 앉아 있었는지는 기억나지 않았다. 잠자리에 든 시간을 생각해보면 자정을 막 넘기고 이곳으로 온 듯했다. 그렇다면 수아 역시 그즈음 나를 따라 1층으로 내려왔을 것이다.

"수아야."

색색 숨을 내쉬는 아이의 가슴에 손을 올리고 천천히 이름을 불렀다.

뒤척이던 수아는 금세 눈을 뜨고 품으로 안겨 왔다. 아이의 보드

라운 손이 허리께를 잡았다.

"엄마가 또 자다 일어났어?"

그런 줄 알고 물었지만, 웅얼거리며 고개를 끄덕이는 수아를 보니 가슴이 또 철렁했다.

"수아가 깨우려고 했는데도?"

수아는 대답 대신 품으로 더 깊숙이 파고들었다.

품으로 숨어드는 아이에게서 불안한 마음이 엿보였다. 겨우 여섯 살이 된 아이가 내비치기에는 너무나 크고 짙은 감정이었다. 더 묻지 않았다. 대신 등을 받쳐 수아를 안았다. 아이의 뜨거운 생기가 온몸으로 전해졌다.

***

몽유병 증상이 재발했다는 걸 깨달은 건 작년 겨울, 보스턴 여행을 마치고 호텔로 돌아온 밤이었다. 푸르스름한 새벽이 되어 눈을 떴을 때, 제일 먼저 알아차린 건 수아의 부재였다.

건너편 침대는 방금 일어난 것처럼 어수선하게 비어 있었다.

수아 이름을 부르며 불을 켰다. 건너편 침대로 가 빈자리를 손으로 쓸어내리자 차가운 감촉이 물씬 느껴졌다.

언제부터 비어 있었던 걸까.

수아는 어디로 간 것일까.

곧장 복도로 나가 아이를 찾았다. 울부짖는 소리에 잠에서 깬 사람들이 문을 열고 무슨 일이냐 물어왔다. 나는 아이가 없어졌다고 울먹거리며 딸을 찾아 달라 애원했다.

그들은 심각한 표정이 되어 호텔 직원을 불렀고, 얼이 빠진 나를 대신해 상황을 설명했다.

"sua. sua lee."

호텔 직원에게 아이 이름을 말해주자, 그는 인상착의를 알 수 있는 사진 같은 게 있냐고 물었다.

걱정하는 사람들의 얼굴을 뒤로하고 방으로 뛰어 들어가 지갑을 들었다.

지갑 속에는 비자를 발급받기 위해 찍어두었던 수아의 증명사진이 들어 있었다.

사진을 꺼내는 단 몇 초의 시간이 숨을 옥죄어왔다. 복도에서 주고받는 사람들의 말소리가 흘러들었다. 사진을 손에 들고 뒤돌았을 때, 화장실 안쪽에서 울음소리 같은 게 번져왔다. 환청을 들은 게 아닐까 싶을 정도로 희미하게 훌쩍이는 소리였다.

화장실로 다가가 왈칵 문을 열었다.

엄마아, 엄마아.

어둠 속에서 나를 찾는 수아의 목소리가 흘러나왔다. 흐느끼는 소리가 피를 바싹 마르게 했다. 한 걸음 한 걸음 내디디며 소리가 들려오는 쪽으로 팔을 뻗었다.

"수아야!"

욕조 속에 있던 아이는 내 목소리를 듣고 더 큰 소리로 울기 시작했다.

어둠 속에서 눈을 뜬 탓인지 수아는 질린 듯이 놀라 있었다. 나는 수아를 꺼내 품에 안고 방을 나왔다.

바깥에서 기다리던 사람들은 품에 안긴 수아를 보며 아이를 찾은 거냐고, 무슨 일이 있었던 거냐고 다그치듯 물었다. 정신이 없었다. 호텔 직원은 아이가 괜찮은지 확인했고, 나는 괜찮은 것 같다고 더듬더듬 대답했다. 등줄기로 흐른 땀이 차가워진 걸 그제야 느낄 수 있었다.

상황이 허무하게 정리되자, 걱정 어린 시선들은 호기심과 의심으로 변모했다. 복도에 모인 이들의 눈동자가 수아의 등과 맨다리를 눈여겨 살폈다. 그들의 끈질긴 시선이 불쾌하고 무서워서 수아를 안은 팔에 힘을 주었다.

괜찮아, 이제 괜찮아. 입술을 비집고 나온 말이 수아에게 하는 것인지, 나 자신에게 되뇌는 것인지 장담할 수 없었다. 말은 그저 그렇게 흘러나올 뿐이었다.

넌지시 폴리스 이야기를 꺼내는 호텔 직원에게는 단호하게 감사하다는 말로 거절했다. 아이가 화장실에 갔다가 그곳에서 그냥 잠이 든 모양이라는 설명을 덧붙이자 그는 모호한 미소를 지으며 내 목을 안은 수아의 팔을 흘끔거렸다.

머뭇거리던 호텔 직원은 도울 일이 필요하면 언제든 부르라고 당부하고는 복도를 떠났다. 모여 있던 투숙객들도 다행이라는 말을 주고받으며 걸음을 돌렸다. 의심을 지우지 못한 몇 사람은 여전히 복도에 우두커니 남아 입을 달싹였다.

나는 한 명 한 명 시선을 맞추며 미안하다고, 이렇게 신경 써줘서 고맙다고 했다. 진심은 아니었다. 그저 한시라도 빨리 방으로 돌아가고 싶은 마음뿐이었다.

날 끝이 무딘 칼처럼 뭉툭한 시선들이 걸음마다 몸을 찔렀다. 나는 더 깊숙이 수아를 숨기고 문을 열었다. 어깨를 잡았던 수아의 손이 꼼지락거리며 움직이는 게 느껴졌다. 남겨진 이들에게 인사를 하는 듯싶었다.

방으로 돌아와 수아를 침대에 앉혔다. 수아는 조금 진정된 얼굴로 방안을 두리번거렸다. 빨갛게 상기돼 있던 얼굴이 평소처럼 뽀얗다.

"욕조에는 왜 들어가 있었어?"

아이가 무서워하지 않도록 상냥하게 묻자, 수아는 대답 대신 베개를 끌어안았다.

"엄마가……."

"응?"

"엄마가 거기에 넣었어."

웅얼거리던 수아는 끌어안고 있던 베개를 정말 사람처럼 안고는 느릿하게 화장실로 걸어갔다. 덩달아 조심스레 따라 들어가자 수아는 욕조 앞에 서서 기다렸다.

수아는 잠시 나를 쳐다본 뒤, 품에 안은 베개를 욕조 속으로 집어넣었다. 소중한 것을 대하듯 조심스럽게. 마치 아이를 넣는 것처럼.

거기까지 마무리한 수아는 무대가 끝난 배우처럼 당당하게 나를 올려다봤다. 아이는 장난처럼 웃지도 않았고, 거짓을 숨기려는 것처럼 고개를 돌리지도 않았다. 그저 아득하게 나를 보고 있었다.

숨을 삼킬 수가 없어서 먼저 고개를 돌린 건 나였다. 화장실 문에 등을 기대고 손으로 입을 막은 다음 고개를 숙였다. 당혹스런 표정을 수아에게 들키고 싶지 않았다. 낮아진 시야로 화장실을 나가는 수아의 정수리가 보였다. 아이가 지나간 자리에서 향긋한 샴푸 냄새가 풍겼다.

짐작 가는 부분이 있기는 했다. 이혼하기 전, 남편으로부터 내가 밤에 일어나 방문을 쥐고 앉아 있었다는 말을 들은 적이 있었다. 당시엔 웃으며 넘어간 일이었지만 지금은 그럴 수 없었다. 한국도 아닌 미국. 이 먼 나라에서 수아를 지켜줄 사람은 오직 나뿐이었다.

욕조에서 베개를 집어 들고 화장실을 나오자 수아는 이미 창 쪽 침대에 누워 잠들어 있었다.

그날 밤새 잠을 이룰 수가 없었다. 잠든 후의 내가 무서워서 어떻게든 졸음을 이겨내려 애썼다. 무겁게 눈꺼풀이 내려올 때면 입 안쪽 살을 깨물었다. 목구멍을 넘어가는 비릿한 맛이 뱃속을 요동치게 했다. 그게 허기인지 다른 무엇인지는 확신하기 힘들었다.

아침이 밝자마자 호텔을 나왔다. 몽유병 증상은 일시적인 증세라고, 낯선 타국에서 보일 수 있는 스트레스성 행동이라고 치부하면서도 심장 한구석에 박힌 불안감은 제멋대로 요동쳤다.

정착할 수 있는 곳이 필요해.

불안감이 삶을 좀먹어가기를 두 달. 우리는 LA에 있는 어바인으로 터를 옮겼다.

어바인은 수아와 함께 살기에 모든 게 적당한 곳이었다. 계절은 온화했고, 사람들은 상냥했다. 이웃집 노부인은 수아를 자기 손녀처럼 예뻐했다. 심신이 안정돼가자 정혜는 공부를 시작해보는 게 어떻겠냐고 권유했다.

마당에서 인형을 가지고 노는 수아를 보며 정혜의 말을 들었다. 대학 동기이자 현재는 보스턴에서 경영학 박사 학위를 공부 중인 그녀는 자식을 이유로 꿈을 포기하지 않았으면 좋겠다며 나를 설득했다. 고민해보겠단 말을 남기고 전화를 끊었다. 얼마 안 돼 전화기가 다시 울렸다. 한국에 있는 부모님이었다.

수아를 데리고 미국으로 들어온 후 1년 가까이는 누구와도 연락하지 않았다. 마음이 흔들리면 안 될 것 같단 각오 때문이었다. 한국으로 다시 전화를 걸 용기가 생긴 건 정혜의 도움을 받아 보스턴에 자리를 잡은 뒤였다.

1년 만에 듣게 된 엄마의 목소리는 기억보다 매우 탁해져 있었다. 카랑카랑하던 목소리는 허스키하고 낮았다. 그래도 말투는 그대로였다. 문장의 끝 음을 올리는 습관이나 중간중간 섞어 쓰는 영어 단어까지도.

익숙한 엄마의 말투가 형용할 수 없는 안정감을 주었다.

"들으면 깜짝 놀랄 거다, 얘."

내가 떠난 1년 사이 대학에서 심리학을 가르치던 아버지는 정년퇴임을 했고, 최근엔 중고 캠핑카를 직접 구매해 전국을 여행하고 있다고 엄마가 소식을 전했다.

좀처럼 야외활동을 즐기지 않는 아버지가 여행을 다닌단 소식은 예상치 못한 것이었다. 의아해하는 반응을 보이자 '원래 나이 들면 취향도 입맛도 변하는 거니까' 하고 엄마는 아버지의 새로운 취미를 변호했다.

처음엔 힘들고 귀찮아하던 엄마도 종종 아버지를 따라다니는 모양인지 가끔 새가 우는 소리나 파도 소리 같은 게 엄마의 목소리 뒤로 은근하게 깔려 있었다. 여행이 어찌나 좋은지, 가끔은 새로운 삶을 사는 것 같다며 어린애처럼 밝은 목소리로 기뻐하기도 했다.

적당히 맞장구치며 수다를 떨다 보면 하루가 저물었다. 길고 긴 근황을 전한 뒤에는 항상 보고 싶단 말을 남겼고, 수아의 목소리를 들려주기도 했다. 간단한 말만 할 줄 알던 손녀가 이제는 제법 완성된 문장을 말할 수 있단 사실에 부모님은 크게 기뻐하면서도 직접 볼 수 없어 안타까워했다. 그래서 나는 내게 몽유병 증상이 있다는 걸 더욱 알릴 수 없었다.

엄마와 내가 나누는 이야기의 절반은 수아에 관한 것이었다. 나와 관련된 내용은 최대한 아끼고 아낀 다음 어쩔 수 없을 때 한두 마디를 꺼내놓는 정도에 불과했다. 시시콜콜한 것까지 깊게 대화를 나누다 보면 나도 모르게 몽유병에 관한 이야기가 나올까 두려웠다. 나도 모르는 사이에 수아를 욕조로 옮기고, 그것도 모른 채 눈 떠 아이를 찾아 호텔 복도를 뛰어다녔다는 사실을, 떳떳하게 늘어놓을 수는 없었다.

자마 가속에게도 말하지 못할 비밀이 쌓여 가는 동안 몽유병은 다시 나를 괴롭히기 시작했다.

잠든 수아를 욕조에 넣는 대신 나는 침대에서 일어나 1층으로 내려온 다음 현관문 앞에 무릎을 모으고 앉아 구부정하게 허리를 구부렸다. 눈을 뜨면 아침이었다. 매일 그런 건 아니었고 한 달에 한두 번쯤 이런 일이 반복됐다.

수아가 내 상태를 알아차린 건 현관문 앞에서 네 번째로 아침을 맞이한 날이었다.

정신을 차리자 수아는 퉁퉁 부은 얼굴로 내 잠옷 자락을 쥔 채 잠들어 있었다. 아이의 젖은 머리카락만으로도 무슨 일이 일어났는지 유추할 수 있었다. 심장이 아플 정도로 쿵쿵 뛰었다. 아무리 숨을 내쉬어도 진정할 수 없는 공포였다.

쐐기를 박은 건 다시금 눈을 떴을 때, 열린 현관문 앞에 서 있던 밤이었다.

옆에 수아는 없었으나, 현관문이 열려 있었다. 문은 내가 열었을 게 분명했다. 짙은 어둠. 인적 없는 도로. 직사각형 문은 액자라도 된 듯 밤의 풍경을 고스란히 담고 있었다.

한 걸음만 내디뎠더라면 어떻게 됐을지 몰랐다. 상상조차 하고 싶지 않았다. 끔찍했다.

1년 전 보스턴에서 수아를 찾아 호텔 복도를 헤맨 날처럼, 어쩌면 이번엔 수아가 나를 찾기 위해 헤맬 수도 있었다.

집 밖으로 나가지 않은 건 다행이었지만 언제까지고 집 안에만 있을 거라는 보장은 없었다. 당장 내일 아침엔 마당 한구석에서 눈을 뜰지도 몰랐고, 어쩌면 이웃의 신고로 경찰에 붙잡혀서야 정신을 차릴지도 몰랐다.

혹시라도 그런 일이 발생한다면, 수아는 아동 보호국에서 데려갈 게 자명했다. 부모님의 원조를 받아 금전적 문제는 거의 없이 생활하고 있지만, 경제적 능력과 별개로 이곳은 아동학대를 대하는 기준이 엄격했다.

그렇다면 그들에게 내 상태는 어떻게 보일까?

몽유병 상태로 돌아다니는 엄마. 그런 엄마를 찾기 위해 헤매다 지쳐 잠드는 딸.

결정이 필요했다.

고민하지 않아도 답은 나와 있었다.

미리 한국으로 짐을 보내둔 덕분에 LA를 떠나는 마지막 날은 정리할 게 없었다.

혹시 두고 가는 게 있을까 싶어 2층을 한 번 더 둘러본 후에야 계단을 내려왔다.

액자로 가득하던 계단 벽면이 휑하게 빈 것을 보자 기분이 이상했다. 가까이서 보지 않으면 모를 정도로 옅은 액자 자국만이 우리가 이곳에 살았었다는 걸 증명하는 유일한 흔적 같았다.

옷과 가구, 사진과 살림살이들이 모두 떠나간 공간을 차례대로 훑자, 오늘이 이곳에서 마지막이라는 게 실감이 났다.

모든 게 완벽하게 사라졌다는 걸 인정하고 돌아섰다. 노란색으로 칠해진 현관문을 보자 오늘 아침의 일이 떠올랐다.

현관문 앞에서 눈을 뜬 일곱 번째 아침.

이제는 볼 일 없을 노란 현관문을 마지막으로 눈에 담고 마당으로 나섰다. 따뜻한 LA의 날씨를 피부로 느끼며, 마당에 쪼그려 앉은 수아 곁으로 다가갔다. 기척을 느낀 수아가 얼른 고개를 들었다.

"가자, 수아야."

수아와 함께 마당을 나오자 우리를 발견한 노란색 우버 택시가 속도를 줄이며 가까워졌다.

3년 만의 귀국이었다.

1부

즐거운 나의 집

1

눈을 떴을 때 든 생각은 하나였다.

아, 드디어 한국이구나.

익숙한 냄새, 공기, 언어, 사람들까지. 3년이란 시간이 그리 긴 시간이 아닌데도 오랜만의 귀국은 모든 걸 애틋하게 느끼도록 만들었다. 그건 생소하면서도 기분 좋은 일이었다. 뻑뻑한 눈을 두어 번 감았다 뜬 다음 수아를 보았다.

수아는 내 허벅지에 머리를 대고 누워 잠들어 있었다. 아이의 이마를 손으로 쓸어내리자 따뜻한 온기가 손바닥을 데웠다.

화려한 조명으로 빛나는 거리를 지나는 동안 공항 리무진에 탄 승객의 수는 어느새 처음보다 반이나 줄어 있었다.

어림잡아 스무 명쯤 되던 수가 고개를 내밀고 확인해보니 여덟 명쯤 되는 것 같았다.

젊은 여자 한 명이 이어폰을 꽂은 채 졸고 있었고, 나와 수아가 앉은 중간자리 앞으론 옷을 맞춰 입은 노부부와 젊은 커플, 사십대쯤 돼 보이는 정장을 입은 남자가 핸드폰을 보고 있었다.

시간은 벌써 자정에 가까웠다. 도착 예정 시각보다 이미 세 시간은 늦은 시각이었다.

손바닥으로 수아의 어깨를 가볍게 흔들었다.

깨느라 인상을 찌푸리던 아이가 금세 눈을 떠 나를 올려다봤다.

"다 왔어. 이제 곧 내릴 거야."

아파트촌으로 들어선 버스가 속도를 줄였다.

눈을 비비고 수아는 창에 이마를 기대 바깥을 구경했다. 수아의 발이 리듬에 맞춰 움직였다. 노란색 운동화가 허공을 휘저었다.

창밖으로 어두운 거리가 휙휙 스쳐 지날 때마다 3년 전 이곳을 떠나던 날이 파노라마처럼 떠올랐다.

3년 전, 그러니까 내가 서른이고, 수아가 세 살이던 해 나는 이혼과 이민을 결정했다. 쉬운 일은 아니었다. 누구도 내 결정을 지지하지 않았으니까. 그럼에도 결심을 굽히지 않은 건 살면서 단 한 번도 스스로 내 삶을 살아본 적이 없다는 걸 깨달아서였다.

이혼의 계기는 연호의 외도였지만, 지금 생각해보면 그 이유가 전부는 아니었다는 생각이 들 때가 있다. 어쩌면 무엇이든 버리고 싶었던 게 아닐까. 중력처럼 나를 누르는 것으로부터. 그것이 무엇이든 간에.

따지고 보면 이상한 일이지. 30년을 사는 동안 나는 나 스스로, 온전한 나만의 선택을 해본 적이 없었으니까.

늘 부모님의 조언을 의지했고, 친구들의 선택을 따라서 했고, 결혼조차도 내가 아닌 남편의 선택으로 진행된 일이었다.

그게 당연한 거라고, 원래 삶이란 게 그런 거 아니겠냐고, 엄마가 위로했지만 아니었다. 아무런 선택도 하지 않고 살아가는 사람은 존재하지 않았다.

"엄마, 세상의 모든 사람이 선택하면서 살아. 근데 난 아니야. 난 아니라고."

이혼서류를 제출하고 법원을 나오던 날, 나는 엄마에게 그렇게 말했다.

전화기 너머에서 엄마가 악을 쓰며 소리를 질렀다. 아무런 상의도 없이 어떻게 그런 결정을 할 수 있느냐고 소리치는 엄마의 목소리를 들으며 생각했다. 이건 내 이혼이지 않은가. 엄마의 이혼도, 아빠의 이혼도 아닌 나의 이혼. 나와 연호의 이혼. 다시 말하면, 이건 오로지 나의 선택으로 이루어질 수밖에 없는 것 아닌가.

법원 계단에 우두커니 서서 뒤따라오는 연호를 바라봤다. 이혼 사유에 '성격 차이'라 적던 연호의 표정과 계단을 내려오는 연호의 표정이 비슷했다. 언제나 그랬듯 짙은 눈썹은 일자로 굳어 있었고 다물린 입술은 열릴 틈을 보이지 않았다. 과묵함이 연호의 장점이라고 생각하던 때도 있었지만, 더는 아니었다.

"어떻게 살 거야?"

연호가 물었을 때, 그제야 나는 삶에 대해 고민하기 시작했다. 늦어도 한참 늦은 계획이었다.

"글쎄, 어떻게 살지……."

황망한 대답에 연호의 미간이 좁혀졌다. 그런 것도 생각하지 않고 이런 일을 벌였어, 하고 나를 책망하는 시선이었다.

"저 비행기 말이야, 지금 어디로 가는 중일까?"

다소 뜬금없이 물어보는 말에 연호가 눈썹을 긁으며 말을 흐렸다.

그 길로 택시를 잡아타고 집으로 돌아갔다. 위자료라며 기꺼이 이 집을 넘겨주던 연호의 표정이 떠올라 잠시 눈을 감았다 떴다.

이제 더는 연호가 없는 집이었지만 집 안 곳곳에는 그 흔적이 남아 있었다. 연호가 미처 챙겨가지 않은 물건들을 쓰레기봉투에 쑤셔 넣었다. 터질 듯 부푼 봉지를 한쪽에 치워두고 거실 가운데 가만히 섰다. 어딜 바라본다는 의식 없이 베란다 창문 너머로 시선을 두었다. 개구리가 겨울잠에서 깬다는 경칩. 봄의 시작이었다.

창고에 있던 캐리어를 꺼내 손에 잡히는 대로 짐을 챙겼다.

엄마가 쉬지 않고 전화를 해대고 있었지만 받을 수 없었다. 엉망이 된 집을 뒤로하고 맞은편 아파트 1층 어린이집으로 서둘러 걸음을 옮겼다. 캐리어 바퀴가 듣기 싫은 소음을 내며 굴렀다. 어린이집에 도착해 수아를 품에 안았다.

아무것도 묻지 않는 아이의 천진한 눈동자를 바라보며 속삭였다.

수아야, 우리는 어디로든 떠날 거야. 그게 어디라도, 우리는 떠나버릴 거야.

나직한 말에 수아는 가만히 품에 안겨 있었다.

수아를 품에 안고 아파트를 빠져나왔다. 갈 곳이 없었기에 어디든 갈 수 있었다. 손을 뻗어 택시를 잡았다.

그게 3년 전, 이곳을 떠나던 날의 일이었다.

버스는 '연지동 파밀리에 1차' 앞에서 멈춰 섰다.

먼저 내린 기사에게 번호표를 주자 숫자를 확인한 후 짐칸에서 은색 여행용 캐리어를 꺼내 인도에 올려놓았다. 기사는 수아에게 잘 가란 인사를 하고 버스에 올라탔다.

버스 창에 기댄 무표정한 승객들의 얼굴들을 훑어보곤 캐리어를 끌고 횡단보도를 향해 걸었다. 나란히 따라 걷던 수아가 막 생각난 것처럼 입을 열었다.

"집에 할머니랑 할아버지도 있어?"

"아니, 할머니랑 할아버지는 여기 말고 다른 집에 계셔."

수아는 내 대답이 마음에 들지 않았는지 입술을 삐죽 내밀었다. 수아의 볼을 톡톡 건드리자 아이는 금세 배시시 웃었다.

부모님에게는 귀국에 대해 미리 알리지 않았다. 숨기려는 건 아니었고, 일종의 깜짝 선물인 셈이었다.

아파트 단지 안으로 들어오자 군데군데 가로등이 켜져 있었다.

여전히 몸이 기억하는지 자연스럽게 103동 방향을 찾아 들어가는 사이 수아가 놀이터를 발견하고 그쪽으로 뛰었다.

수아를 부르려다 너무 늦은 시간이라는 걸 깨닫고 소리를 죽였다. 드문드문 불이 켜진 집들이 있었지만 큰 소리를 내기엔 너무 적막한 시간이었다.

아이의 뒷모습을 따라 놀이터로 다가갔다. 7월 초인데도 늦은 밤이라 그런지 선선한 바람이 불었다.

놀이터로 뛰어 들어간 수아는 그네부터 찾았다. 엉덩이를 걸치자마자 발을 굴렀다. 끼익, 끼익 소리를 낸 그네가 조금씩 높이 올라갔다.

벤치 앞에 캐리어를 세워둔 채 수아에게 다가섰다. 가로등 빛이 쏟아져 얼굴이 노랗게 물들어 있었다.

"잘 시간이야."

"지금 안 졸린데?"

"침대에 누우면 졸릴걸? 우리 집이 어떻게 생겼는지 궁금하지 않아?"

흥미가 생겼는지 땅을 구르던 발이 모래를 밟고 섰다. 놀이터 밖으로 쪼르르 뛰어간 수아가 나를 향해 손을 흔들었다. 유원지에 놀러 온 아이처럼 흥겨운 동작이었다.

"우리 집이 어딘데?"

"103동이야. 여기 숫자 보이지? 일, 공, 삼. 이렇게 써진 숫자를 찾으면 돼."

일, 공, 삼. 일, 공, 삼.

수아는 연신 숫자를 외우며 따라왔다. 놀이터 뒤편으로 나오자 아파트가 도미노처럼 일렬로 세워져 있었다. 간격을 두고 늘어선 가로등을 세며 걸었다. 가로등을 세 개쯤 지났을 때 103동이 보였다.

"일공삼!"

수아 역시 103동을 발견하고 외쳤다.

마침내 집이었다.

***

복도식으로 된 아파트는 한 층에 여덟 개의 집이 있었다.

아파트 입구를 기준으로 양옆으로 각각 네 개의 집들이 위치했고, 그중 101호는 오른편 맨 끝 집이었다.

도어록 키패드에 수아의 생일을 누르자 문이 열렸다.

퀴퀴한 먼지 냄새가 코끝을 간질였다. 텅 빈 현관에 캐리어를 두고 신발을 벗었다. 수아는 어둡고 낯선 집이 무서운지 캐리어 손잡이를 꼭 쥔 채 몸을 움츠렸다.

조심스럽게 걸음을 내디디며 전등 스위치를 찾아 벽을 더듬거렸다. 엄마아, 뒤에서 수아가 애처롭게 나를 불렀다.

이쯤인가.

거실 쪽 벽을 더듬다 스위치를 찾아 불을 켰다.

불이 들어오자 현관에 있던 수아가 한걸음에 거실로 달려왔다.

예상대로 거실엔 커튼이 쳐 있었다. 이상할 정도로 실내가 어두웠던 건 커튼이 가로등 불빛을 막아서 그런 것이었다. 커튼을 걷자 뒤편 102동 복도가 훤히 보였다.

마지막으로 보았던 것과 달리 거실은 휑하니 비어 있었다. 3년 전 이곳엔 수아의 장난감들과 육아용품, 널려진 옷과 물건들로 가득했었다. 그러나 지금은 아니었다. 베이지색 소파나 나무로 만들어진 커피 테이블을 제외하면 가구랄 게 없었다.

엄마가 걸어둔 게 분명한 보라색 커튼은 처음 보는 것이었고, 텔레비전을 제외하면 거실엔 손댈 만한 가전제품조차 없었다. 나와 수아가 미국으로 떠난 뒤에 엄마가 모두 처리한 모양이었다.

뒤따라 들어온 수아가 내 옷소매를 꼬옥 잡았다. 불안해서 눈을 굴리는 아이에게 물어봤자 소용없는 걸 질문했다.

"수아는 이 집이 기억 안 나지?"

"응?"

"예전에 엄마랑 수아랑 여기서 살았는데."

호기심이 동한 건지 수아의 입술이 벌어졌다.

"그럼 여기가 고향이야?"

"고향? 너 고향이란 말도 알아?"

까르르, 맑은 웃음소리가 폭죽처럼 터졌다. 흐트러진 수아의 머리카락을 정리해주고 소파에 앉아 등을 기댔다.

수아는 집 안을 돌아다니며 기웃기웃 구경하느라 바빴다. 방 세 개에, 화장실 두 개. 특별히 크지도 않은 집이건만 수아에겐 커다란 성이라도 되는 모양이었다.

자리에서 일어나 침실 문을 열었다. 화장실이 딸린 큰 방은 3년 전과 달라진 게 없었다. 킹사이즈 침대도 그대로였고, 화장대나 옷장도 그대로였다. 달라진 부분이라면 먼지가 쌓여 있을 만큼 오랜 시간이 지났다는 정도였다.

"엄마, 나 졸려."

먼지가 소복한 안방을 둘러보다 돌아섰다. 문손잡이를 잡은 채 수아가 눈을 비볐다. 눈을 깜빡이는 게 느려진 걸 알아채고 팔을 벌렸다. 품에 수아를 안고 거실 소파로 다가갔다. 다른 방은 둘러보지 않아 어떨지 모르나 당장 수아를 눕히기에는 소파가 최선인 것 같았다.

캐리어에 있던 담요를 꺼내 수아의 몸 위에 덮어주었다. 아슴아슴 잠에 빠지는 수아의 눈을 보며 작은 별을 불렀다. 반짝반짝 작은 별, 아름답게 비치네, 서쪽 하늘에서도, 동쪽 하늘에서도…….

노랫소리가 작아지는 것에 맞춰 수아의 숨이 규칙적으로 변했다.

거실 불을 끄자 집 안은 숨죽인 짐승처럼 고요했다. 새근새근 내

쉬는 숨소리를 뒤로하고 베란다로 나가 창문을 열었다. 비가 오려는지 습한 냄새가 났다.

거실을 한 번 돌아보고 주머니에서 담배를 꺼냈다. 잠든 수아를 떠올리면 뒷머리가 무거웠지만, 입에 문 담배를 이기기는 힘들었다.

라이터를 찾아 몸을 더듬는데 톡, 소리와 함께 난간으로 빗방울이 떨어졌다.

톡, 톡, 톡…….

쏴아아.

예고 없이 내린 빗방울이 모든 걸 파헤칠 기세로 쏟아져 내렸다.

2

비는 정오가 지난 오후까지도 계속해서 내렸다. 집 안을 정리하는 동안에도 빗줄기는 가늘어지지 않았다.

수아는 거실에 앉아 만화영화를 봤다. 이때다 싶어 창고에 있던 청소기를 꺼내 안방으로 들어갔다. 안방 옷장에 있던 이불을 꺼냈지만, 곰팡이가 피어 있어 사용할 수 없을 듯했고, 그나마 작은 방에 있던 수아의 어린이용 침대는 먼지를 털고 닦으면 쓸 수 있을 것 같았다.

서재도 비슷했다. 문을 열자마자 쏟아져 나오는 먼지를 감당할 수가 없어서 비가 오는데도 서재 창문을 활짝 열어둬야 했다. 마치 타임캡슐을 연 것처럼 모든 게 오랜 시간 방치돼 있던 것 같았다.

서재 책장에 쌓인 먼지를 닦으며 남아 있는 책들을 훑었다. 대학 때 산 전공 서적부터 향수를 불러일으키는 소설책과 영어 원서들이 가득했다. 지나온 시간이 그곳에 머물러 있었다.

거실로 나오자 수아가 보는 만화의 주제가가 신경 쓰일 정도로 크게 들렸다. 리모컨으로 볼륨을 조금 낮추자 수아가 불만스럽게 쳐다보는 게 느껴졌다.

지난밤에는 몰랐는데 거실도 먼지가 많았다. 손으로 커튼을 건드릴 때마다 뽀얀 먼지가 터져 나왔다. 부모님이 주기적으로 관리하는 줄로 알았는데, 그게 아닌 모양이었다.

청소는 오후 두 시가 가까워서야 끝이 났다. 창고에 청소도구가 그대로 있었기에 망정이지 그렇지 않았다면 더 오래 걸렸을 게 분명했다. 이마에 맺힌 땀을 닦고 부엌으로 가 씻어둔 컵에 물을 받아마셨다.

몸 안에 찬 기운이 퍼지자 조금 정신이 드는 것 같았다. 아침 일찍 배달 음식을 시켜 먹고 거기서 나온 쓰레기를 마저 정리하고 거실로 향하자 베란다에 나가 있던 수아가 쪼르르 달려왔다.

"밖에 나가도 돼?"

"밖에? 비가 너무 많이 오는데."

"그럼 앞에만 나갔다가 올래."

아이의 동그란 눈을 바라보다 창밖으로 시선을 던졌다. 세차게 내리는 비는 멈출 기미가 없어 보였다.

"우비도 입고 앞에만 나갔다가 올게."

"집에 있으면 안 돼?"

"심심하단 말이야."

"텔레비전 보면 안 될까?"

"재미없어. 다 끝났어."

아이는 지루함을 온몸으로 표현했다. 입술을 쭉 내밀고 몸을 꼬며 팔에 매달렸다. 실랑이가 이어졌다. 밖에 나가겠다는 수아와 비가 그칠 때까지만 집에 있으란 내 의견이 합쳐지지 못하고 대립했다.

결국 백기를 든 건 나였다. 마트에 가서 먹을 것도 살 겸 외출 준비를 했다. 한국에 와서 첫 외출이라 신이 나는지 수아는 콧노래를 부르며 몸을 들썩거렸다.

베란다 창고를 뒤져 우산 두 개를 꺼냈다. 수아가 들기에는 조금 벅찰 검은색 긴 우산 하나와 3단 접이식으로 된 노란색 우산이었다.

노란색 우산을 수아에게 쥐여주었다. 수아가 장난감 칼 휘두르듯 우산을 흔들었다.

미국에서 부친 짐이 아직 도착하지 않아 수아가 입을 우비나 장화가 없었다. 하는 수 없이 수아의 바지 밑단을 접었다.

현관문을 닫고 복도로 나서며 수아에게 몇 가지 주의를 시켰다.

"알았지? 조심해서 걷는 거야. 미국에서 짐 올 때까지는 수아 옷도 엄마 옷도 별로 없단 말이야."

"응, 응."

"건성으로 대답하지 말고. 조심해야 해?"

"응!"

왼쪽 팔에 매달려 걷는 수아를 데리고 103동을 나와 보도를 걷기 시작했다.

아파트 화단에 핀 꽃들이 싱그러웠다. 빗물이 생기를 더하는 것 같았다. 수아는 몇 번이나 걸음을 멈추고 화단 앞에 앉아 꽃을 구경했다.

"이건 무슨 꽃이야?"

붉은색 꽃을 가리키며 수아가 고개를 들고 물었다.

"그거? 글쎄, 그게 무슨 꽃일까?"

"채송화예요. 저기 노란 꽃도 채송화고."

불쑥 끼어든 낯선 목소리에 등을 돌리자 머리가 하얀 노인이 서 있었다.

화려한 무늬가 수놓아진 우산을 든 그녀는 사람 좋은 미소를 지으며 곱게 핀 꽃들을 가리켰다. 하얀 가디건 끝자락이 비에 젖어 있었다.

“이맘때쯤 막 개화하는 꽃이란다.”

“개화가 뭔데요?”

수아가 묻자 노인이 오른손을 들어 활짝 폈다.

“이렇게 꽃이 피는 걸 개화라고 하는 거야. 활짝 피는 거.”

“그러엄, 여기 있는 거 전부 할머니 꽃이에요?”

수아를 말리려는 나보다 노인의 대답이 빨랐다. 그녀는 눈을 접어 웃으며 손을 저었다.

“이건 여기 아파트 사는 사람들의 꽃이야. 모두가 꽃의 주인이고.”

“그럼 내 꽃도 되는 거죠? 여긴 우리 집이니까.”

“그럼, 당연하지.”

“죄송해요. 애가 호기심이 많아서.”

“저 나이 땐 다 그렇죠, 뭘.”

화단의 꽃을 세는 수아의 좁은 등을 바라보다 말고 노인이 내 어깨로 손을 뻗었다. 동작이 빨랐다. 흠칫 어깨가 떨렸다. 무안한 마음에 시선을 돌렸다.

“나뭇잎이 붙어 있어서.”

노인의 주름진 손에 초록색 나뭇잎이 들려 있었다.

“이사 왔나 봐요?”

“네?”

“처음 보는 얼굴이라서. 내가 여기 오래 살았거든.”

“아, 이사는 아니고…… 외국에 있다 돌아온 거예요.”

노인의 시선이 내 목 언저리에서 멈춰 움직일 생각을 안 했다. 어린아이처럼 그녀의 시선이 머문 부분을 슬며시 손으로 가렸다.

길게 난 흉터 자국. 오해를 사기에 좋은 상흔이었다.

"어릴 때 다친 거예요."

"아이고, 미안해요. 그걸 보려고 그런 게 아닌데."

"괜찮아요."

미묘하게 불편한 침묵을 비집고 노인이 먼저 입을 열었다.

"올해는 꽃들이 활짝 필 것 같네요."

그녀가 비 내리는 하늘을 보며 손바닥을 내밀었다. 손바닥 위로 빗방울이 떨어졌다.

"땅이 비옥하면 안개만 있어도 만개한다더니. 이렇게 비까지 내리네."

"꽃을 좋아하시나 봐요."

"그럼요, 좋아하죠. 저렇게 예쁜 생명력을 본 적 있어요?"

노인의 눈이 나를 지나 화단으로 움직였다.

"너무 예쁘잖아요."

"엄마!"

손에 붉은색 채송화를 든 수아가 옆구리에 매달렸다.

"이것 봐. 예쁘지?"

수아가 꽃을 꺾어서 흔드는 모습이 괜히 눈치가 보였다. 슬쩍 노인을 훔쳐보며 일부러 수아에게 심각한 투로 말했다.

"함부로 꺾으면 안 돼. 할머니가 그러셨잖아. 이건 여기 아파트 사는 사람들 거라고."

"괜찮아요, 애가 그럴 수도 있지."

그녀가 수아의 시선에 맞춰 무릎을 굽혔다.

"이름이 뭐니?"

"수아요."

"수아? 이름이 예쁘네."

노인의 칭찬에 수아가 싱긋 웃었다.

"비도 오는데, 엄마랑 산책하는 중이니?"

"마트 가요!"

"마트?"

"살 게 좀 있어서요."

수아 대신 대답하자 노인이 고개를 끄덕였다.

"그럼 조심히 다녀와요."

수아가 노인을 향해 손을 흔들었다. 마주 손을 흔들어주는 노인에게 나는 고개만 까닥이고 마트로 향했다.

아파트 정문 건너편에 보이는 마트를 발견하곤 수아가 내 손을 잡고 흔들었다. 수아의 손에 들린 꽃이 물에 젖은 것처럼 시들어 있었다.

"벌써 시들었네."

"뭐가?"

되묻는 수아의 볼을 손등으로 문질렀다.

"아니야, 아무것도."

***

아파트 앞 마트는 평일 낮인데도 사람으로 북적거렸다. 할인 판매 중인지 여기저기 할인율이 적힌 종이가 붙어 있었다.

당장 써야 할 침구류와 식기, 페트병에 든 생수 여섯 묶음을 카트에 집어넣었다. 추리고 추려도 한 짐이었다. 필요한 건 이보다 훨씬 많았지만 들고 갈 수 있는 데는 한계가 있었다.

소고기 한 팩을 카트에 넣고 수아를 불렀다. 시식용 완자를 입에 넣은 수아가 이쑤시개를 버리고 달려왔다.

"혼자 그렇게 움직이면 어떡해. 그러다 엄마 잃어버리면 어쩌려고."

"괜찮아."

"하나도 안 괜찮아. 엄마 옆에 꼭 붙어 있어. 알겠지?"

내 당부는 들리지 않는지 수아가 이번엔 과자 판매대를 향해 뛰었다. 수아야! 이름을 불러도 막무가내였다. 과자가 즐비한 매대 앞에 선 어떤 당부나 약속도 위력을 발휘하지 못했다.

카트를 밀어 수아 쪽으로 가려는데 누가 앞을 막았다. 긴 머리를 내려 묶은 여자였다.

"은수 맞지? 김은수."

"네?"

여자는 모르겠냐며 재촉하듯 입을 열었다.

"나야, 성희. 안성희!"

"성희? 성희라고?"

너무 반갑다며 어깨를 들썩이던 성희가 덥석 손을 잡았다.

"잘 지냈어? 너무 오랜만이다."

"그러게. 정말 오랜만이다. 너무 달라져서 못 알아봤어."

맙소사. 나는 성희의 얼굴에서 눈을 떼지 못하고 입을 벌렸다. 내 표정이 우스운지 성희가 입을 가리고 웃었다.

성희는 정혜만큼이나 친했던 친구였다. 스무 살 봄, 우리는 영문학 강의실에서 만나 친해졌다. 성희는 음악교육을 전공했지만, 부전공으로 영문학을 선택했고, 나는 화학을 전공했으나, 적성에 맞지 않아 영문학 수업을 청강하던 때였다.

전공생으로 가득하던 수업에서 타과 학생은 유일하게도 우리 둘뿐이었다. 그곳에서 형성된 유대감은 대학을 졸업한 뒤로도 꽤 길게 이어졌다.

시선은 자연스럽게 그녀의 배로 내려갔다. 눈에 띌 만큼 부른 배였다.

"이제 막달이야."

부드럽고 차분한 음성. 듣기 좋다고 생각했던 목소리는 여전했다.

성희는 뿌듯한 표정을 지으며 배를 만졌다. 돈이 가득 찬 지갑을 보는 것처럼, 보물이 가득한 상자를 발견한 선원처럼 배부른 얼굴이었다.

"축하해. 너무 잘됐다."

"고마워. 참, 우리 남편 소개해줄게."

주위를 둘러보던 성희가 누군가를 부르며 손을 들었다. 다가온 남자는 훤칠한 체격에 미소가 매력적인 사람이었다.

"반갑습니다."

그는 성희에게 간단한 소개를 듣더니 의례적으로 내게 악수를 청했다. 그의 손을 마주 잡고 인사했다.

"성희 대학 친구예요. 김은수라고 합니다."

성희는 지금 서 있는 데가 마트 한가운데라는 것도 잊은 채 느긋하게 떠들었다. 그런 성희를 말린 건 남자였다. 남자는 성희의 등을 부드럽게 어루만지며 카페라도 가는 게 어떻겠냐고 권했다.

"내 정신 좀 봐. 은수 너 시간 되니?"

나도 모르게 카트에 가득 쌓인 짐을 쳐다봤다. 성희도 내 카트를 봤는지 머쓱하게 뺨을 긁었다.

"엄마!"

모두 어쩌나 하고 섰는데 수아가 외치듯 부르는 소리가 들렸다. 종종대며 달려온 수아가 나와 성희 가운데 섰다. 성희가 수아를 보며 크게 웃었다.

"어머, 네 딸이야? 네가 수아구나."

성희는 익숙하게 수아의 이름을 불렀다.

수아는 손을 흔들어주며 성희의 배를 흘끔거렸다. 아이의 시선을 눈치채곤 그녀가 다정하게 말을 걸었다.

"신기하지? 이 안에 아기가 있는 거야."

"우와."

수아가 성희의 배로 다가섰다. 성희는 수아의 손을 잡고 자신의 배에 올려놓았다.

"어때? 아기가 움직이는 게 느껴지니?"

"으응, 모르겠는데."

"그래? 아기가 낮잠이라도 자나 보다."

성희와 남자가 수아를 사랑스럽다는 듯 내려다보았다. 유화 그림처럼 단란한 그 모습을 지켜보다 넌지시 물었다.

"근데 수아 이름은 어떻게 알았어?"

"응?"

"내가 수아 이름은 안 알려준 것 같은데. 네가 너무 익숙하게 불러서."

성희는 그런 걸 왜 묻냐는 듯 빤히 나를 들여다봤다. 흔들림 없는 시선이었다.

"그게 무슨 소리야?"

"어?"

"네가 알려줬잖아."

"뭘?"

"얘 정신 빼놓고 다니는 것 좀 봐."

성희가 남자의 팔에 팔짱을 꼈다. 내 옆으로 다가온 수아가 카트를 밀며 장난을 쳤다.

"작년에 말이야. 명동 백화점에서."

"명동 백화점?"

"그래, 작년 크리스마스 때. 거기서 네가 알려줬잖아."

"작년에? 내가 알려줬다고?"

"어머, 너 진짜 기억 안 나?"

성희의 표정이 굳어갔다.

"그때 네가 수아 자랑을 얼마나 했는데. 사진도 보여주고."

수아를 바라보며 성희가 남자에게 기댔다.

"계속 서서 얘기하기는 좀 그렇다. 번호 알려줄래? 나중에 시간 잡아서 보자."

"내 핸드폰에 입력해줘. 아직 개통이 안 돼서 전화는 안 되거든."

"개통이 안 돼?"

"미국에서 귀국한 지 얼마 안 됐어."

"그래?"

고개를 갸웃하며 성희가 내 핸드폰에다 자신의 번호를 입력했다. 번호를 남기면서 꼭 연락 달라는 말을 여러 번 했다. 나도 꼭 보자는 말을 남기고 계산대로 카트를 밀었다. 옆에서 따라오던 수아가 바닥에 꽃을 떨어뜨렸다.

붉은색 채송화가 핏자국처럼 짓이겨져 있었다.

3

이번엔 30까지 세는 거야.
절대 숨을 쉬면 안 돼.
숨을 참고 30까지. 할 수 있어?

눈부시도록 환한 빛이 들어차 있는데도 소름이 돋을 정도로 추웠다. 팔로 몸을 껴안아봤지만 소용이 없었다. 중력이 사라진 것처럼 몸은 가벼웠고 세상의 모든 추위를 삼킨 것처럼 목구멍이 아렸다.

지금부터 시작이야.
하나, 둘, 셋, 넷…….

빛은 더 환해졌다. 눈을 감았는데도 눈꺼풀 사이로 비집고 들어온 빛이 각막을 쏘아댔다.

……열두울, 열세엣, 열네엣…….

숫자를 세는 목소리가 늘어진 테이프처럼 느려졌다. 그건 반칙이라며 고개를 젓자 킥킥 웃음소리가 정수리로 떨어졌다.

스물여섯, 스물일곱, 스물여덟…….

이제 그만하고 싶다고, 더는 재미가 없다고 외치려 해도 입을 벌릴 수가 없었다. 눈도 그랬다. 강렬한 빛 때문에 도저히 뜰 수가 없었다.

스물아홉…….
서른.

마지막 숫자와 동시에 빛이 사라지고 몸이 무겁게 변했다.
축축 늘어지려는 팔다리에 힘을 주고 겨우 디뎌 섰다. 가슴께에서 찰랑이던 물이 몸을 중심으로 원을 그리며 파장을 일으켰다.

아무 일도 없네.
재미없다.

아이의 발걸음에 맞춰 포니테일이 통통 튀어 올랐다.
수아인가?
수아의 이름을 불렀지만 아이는 반대쪽으로 등을 돌려버린 후였다.

나는 아이를 잡으려 했다. 수영선수처럼 손을 뻗었지만 닿지 않았다.

발가락에 힘을 줘 몸을 움직였지만 내가 앞으로 한 걸음 나아가면 아이는 두 걸음 멀어졌고, 자리에 멈춰 서면 아이는 한 걸음 뒤로 물러났다.

가까워질 수 없구나.

그 사실을 깨닫자 다시금 몸이 아래로 가라앉기 시작했다. 물 밖으로 나가기 위해 애를 써도 제자리였다.

재미있다.

언제 돌아섰는지 아이는 킥킥, 웃으며 수면 속으로 빨려 들어가는 내게 손을 흔들었다.

수십 개의 하얀 손가락들이 어깨를 잡아 끌어내렸다.

눈을 떴을 땐 어둠뿐이었다. 손을 움직여봤지만, 어디에 손이 있는지 가늠이 되지 않았다.

어깨를 잡아 내리던 손가락들의 감촉이 생생해서 오히려 정신이 몽롱했다.

천천히 팔을 들어 올려보았다. 손가락을 펼치고 건반을 치듯 움직이자 몽롱함이 가시기 시작했다. 어둠에 익숙해진 시야로 손톱이 보였다. 고개를 이리저리 둘러보며 더듬더듬 손을 움직였다. 차가운 물체가 연이어 만져졌다.

손을 움직이다 마침내 손잡이를 쥐고 돌렸다.

문이 열리자 거실 풍경이 한눈에 들어왔다. 텔레비전에서 나온 빛이 거실을 밝히고 있었다.

화장실 입구에 서서 생각나는 것들을 모두 되짚었다.

마트에 다녀온 일, 성희를 만나 연락처를 교환한 일, 집으로 돌아와 새 이불로 바꾸고 저녁을 해먹은 일, 졸려 하는 수아를 침실에 눕히고 작은 별을 불러준 일까지. 아무리 생각해봐도 왜 화장실에 있었는지는 떠오르지 않았다.

손가락을 내려다보았다. 열 개의 손톱이 낯선 이의 것처럼 생소했다.

속이 울렁거렸다. 토해내지 않으면 숨조차 쉴 수 없을 정도로 거북한 느낌이었다.

화장실로 되돌아가 변기를 붙잡고 속을 게워냈다. 저녁으로 먹은 음식들이 흉하게 섞여 물 위를 떠다녔다. 헛구역질이 이어지고 음식을 게워내다 겨우 멈췄을 때, 방문 열리는 소리가 났다.

"엄마?"

수아의 목소리가 등을 찔렀다. 고개를 돌리고 보니 수아가 눈을 비비며 서 있었다.

"엄마."

서둘러 일어나 입을 헹궜다. 문 앞에 선 수아는 불안한 마음이 가득한 표정으로 나를 지켜봤다.

미국에서의 일이 자꾸만 겹쳐졌다. 현관문 앞에 앉아 눈을 뜨는 아침. 그런 내 옆에 누워 쪽잠을 지새우는 아이. 하루도 편할 수 없던 나날들.

"깼어?"

"엄마, 괜찮아?"

입가에 묻은 물기를 닦고 나와 수아 앞에 무릎을 굽히고 앉았다. 수아의 시선이 화장실을 응시했다.

아이의 따뜻한 뺨이 손바닥으로 느껴졌다. 침을 삼키고 입을 열었다.

"엄마 괜찮아. 그냥 속이 안 좋은 것뿐이야."

아이는 가만히 내 눈을 들여다봤다. 동그란 눈동자가 거짓을 밝히는 등불처럼 진지하게 빛났다.

"졸릴 텐데, 그냥 자지. 왜 나왔어?"

"엄마가 없어서."

"들어가자. 아직 밤이야."

화장실 문을 닫고 침실 안쪽으로 아이의 등을 밀었다.

수아는 침대에 누워서도 눈을 감지 않았다. 아이의 눈에 어린 감정이 무엇인지 단언할 수 있었다. 불안과 공포. 여섯 살 아이에겐 너무 무겁고 다루기 힘든 감정이었다.

이불을 가슴까지 덮어주자 아이는 금세 노곤하게 눈을 깜빡였다. 잠든 아이의 뺨을 만지다 조용히 방을 나와 여태 켜진 텔레비전 전원을 끄고 소파에 앉았다.

두 손으로 얼굴을 감싸고 고개를 숙였다.

수아가 느끼는 공포만큼 내게도 공포가 밀려들었다. 나는 내가 무서웠다. 잠든 내가, 잠든 뒤에 내가 할 행동이, 잠든 나를 바라보는 수아가 너무도 무서웠다. 오늘은 화장실이지만, 며칠 후에는 집 밖일지도 몰라. 어느 날 눈을 떴을 때, 내가 수아를 위험한 상황으로 밀어 넣은 후라면 어떡하지?

잠든 아이를 욕조 속에 넣던 내 모습이 상상돼 목덜미가 스산했다. 아이를 숨겨두고 그 사실을 모른 채 찾아다니던 그 긴박함이 아직도 심장 언저리에 남아 있었다.

베란다 창문으로 가로등 불빛이 새어들었다.

신경질적으로 머리카락을 넘기고 자리에서 일어나 베란다 문을 열었다.

창고로 발을 옮겼다. 거기 넣어둔 캐리어를 꺼내고 나서 잠시 고민했다.

엄마 괜찮아?

수아의 목소리가 환청처럼 나를 자극했다.

그래, 지금은 이게 최선이야.

용기를 내 캐리어에서 작은 카메라 두 개를 꺼냈다. 손바닥 크기의 카메라를 손에 들고 거실로 돌아와 천장 구석구석을 훑어 내렸다. 적당한 곳이 필요했다.

4

"수아야, 조금만 조용히 해줄래?"

아침부터 만화에 빠진 수아가 목청 높여 주제가를 따라 불렀다. 지난밤 일로 미국에서 그런 것처럼 무서워하지 않을까 걱정이 컸으나, 고개를 흥겹게 까딱이는 걸 보니 괜한 걱정인 것 같았다. 수아는 내 생각보다 더 건강했고, 씩씩했다.

나는 서재 책상 앞에 앉아 앞으로 해야 할 일들을 적어 내려갔다.

먼저 핸드폰을 개통해야 했다. 수아가 다닐 유치원을 알아봐야 했으며, 신용카드와 계좌를 새로 개설해야 했다. 그것 외에도 할 일은 많았지만 우선 처리해야 할 건 이 정도였다.

안경을 벗고 콧대를 주물렀다. 아침으로 주문한 도시락을 기다리며 피곤한 눈꺼풀을 밀어 올렸다. 부모님에겐 언제 말해야 하려나. 핸드폰을 개통하고 전화를 할까. 아니면 수아랑 같이 찾아가는 게 나을까. 딸과 손녀가 귀국했다는 걸 알면 얼마나 좋아할까.

상상만으로도 미소가 튀어나왔다.

"엄마, 초인종 울렸어!"

수아가 소리치는 걸 듣고 현금을 챙겨 의자에서 일어섰다. 아침으로 주문한 도시락이 도착한 모양이었다.

수아에게는 소파에 앉아 있으라고 일러둔 뒤 현관문을 열었다.

종이백 두 개를 든 배달원이 별다른 말 없이 물건을 내밀었다.

종이백을 받아들고 현금을 건넸다. 힙색을 뒤져 잔돈 꺼내는 걸 보고 고개를 저으며 말했다.

"잔돈은 괜찮아요."

배달원은 고맙다는 인사도, 가보겠다는 말도 없이 내 얼굴을 빤히 보고 있었다. 힙색 안에 손을 넣은 채였다. 문을 닫으려 해도 그가 손잡이를 잡은 통에 그럴 수가 없었다.

손을 뻗으면 닿을 거리를 두고 나와 그가 대치했다.

"……왜 그러세요?"

어렵게 꺼낸 말에 그가, 아닙니다, 대꾸하고 문이 닫히지 않도록 대고 있던 발을 치웠다. 그는 문이 닫히기 직전까지도 기분 나쁠 정도로 빤히 나를 쳐다봤다.

현관문이 닫힌 걸 확인한 뒤에도 현관에 서 있다고 생각한 건 멀어지는 발소리가 들리지 않아서였다. 복도를 울려야 할 걸음 소리가 전혀 나지 않았다. 신발을 벗고 걷는 게 아니라면, 배달원은 아직 문 앞에 있는 거였다.

종이백을 든 채로 현관문에 귀를 댔다. 아무 소리도 들리지 않아 더 불안했다.

"엄마, 배고파."

"그래, 가자."

언제 왔는지 뒤에 서서 칭얼거리는 수아를 데리고 식탁으로 향했다. 도시락을 꺼내면서도 신경은 조용한 복도에 집중돼 있었다.

이미 떠났을 수도 있지만, 여전히 문 앞을 지키고 있을지도 모른단 생각이 불안을 넘어 불쾌감을 일으켰다.

괜스레 입고 있는 옷을 내려다봤다. 검은색 반팔 티셔츠에 청바지. 딱히 눈에 띄지 않는 조합이었다.

"수아야, 엄마 옷 이상해?"

젓가락으로 햄을 집던 수아가 눈을 깜빡이며 고개를 흔들었다.

"그럼?"

"평범해."

"그치? 평범하지?"

"왜애?"

"아냐, 먹어."

냉장고에서 물을 꺼내 식탁 위에 올려두었다. 배가 고팠는지 수아의 볼이 계속 빵빵한 채로 오물오물 움직였다. 수아에게서 눈을 떼고 복도를 향해 난 작은 창문으로 고개를 돌렸다.

투박한 걸음 소리는 그제야 멀어지고 있었다.

***

"다 됐습니다."

개통은 한 시간도 안 돼 끝이 났다.

대리점을 나오자 꽤 더운 바람이 불었다.

분주한 거리를 신이 나서 구경하던 수아는 이내 시들해졌는지 내 손목에 매달려 핸드폰을 달라고 졸라댔다.

"지금은 안 돼. 걸으면서 핸드폰 하면 다칠 수도 있단 말이야."

"조심할게, 응?"

"집에 가서 줄게, 알겠지?"

아이는 삐쳤다는 티를 내며 입술을 삐죽 내밀었다. 부푼 수아의 볼과 입술을 흐뭇하게 보다 걸음을 멈췄다.

횡단보도 앞에서 신호를 기다리는데 어디선가 찰칵거리는 셔터음이 연속으로 들려왔다.

찰칵찰칵.

본능적으로 소리가 난 방향으로 고개를 돌렸다.

그리 멀지 않은 곳에 일곱 명 정도 되는 오토바이 무리가 핸드폰을 들고 있었다.

길가에 오토바이를 세워둔 그들은 삼삼오오 모여 담배를 피우거나 수다를 떨며 핸드폰을 들여다봤다. 그중 누가 사진을 찍었는지는 알 수 없었다.

헬멧과 모자로 가려진 익명의 그들 위로 아침의 일이 둥둥 떠올랐다. 기분 나쁠 정도로 빤히 바라보던 배달원. 그가 저 속에 있는 걸까? 손을 뻗어 수아의 등을 잡아당겼다.

"엄마, 왜?"

내 다리를 껴안고 있던 수아가 손장난을 치며 물었다. 아무것도 아니야. 나는 오토바이 무리에 시선을 둔 채 대답했다.

모여 있던 무리는 하나둘 오토바이를 타고 자리를 떠났다. 신호가 두 번 바뀌는 동안 남아 있는 사람은 두 명밖에 없었다. 다리가 아프다고 징징거리는 수아를 달래며 다음 신호를 기다렸다.

차량용 신호가 주황색 불로 바뀌었을 때, 남아 있던 두 명 중 한 명이 오토바이를 타고 우리 앞을 빠른 속도로 지나갔다. 이제 남은 건 배달용으로 주로 사용되는 빨간색 오토바이 한 대뿐이었다.

보행자 신호가 켜지자 곧장 횡단보도를 건너기 시작했다.

건너편에 도착하고 나서 돌아보니, 빨간색 오토바이는 여전히 그 자리에 있었다.

오토바이 주인인지 모자를 쓴 사람이 오토바이에 기대 이쪽을 보고 있었다.

나는 수아의 손을 잡고 잰걸음을 해서 아파트 단지 안으로 들어갔다.

빠른 걸음이 벅찼는지 수아가 천천히 걷자며 팔을 끌었다. 첫날 그네를 타던 놀이터 옆을 지나다 수아가 멈춰 섰다.

"이수아!"

잡힌 손을 빼낸 아이가 놀이터 안으로 뛰어갔다.

평일 오전이라 또래 아이들은 보이지 않았다. 수아는 제 세상이라도 되는 것처럼 놀이터를 마음껏 휘저었다. 불러도 올 생각은 없어 보였다.

잠시 고민했다. 얼른 집으로 가는 게 낫지 않을까. 한편으로 너무 과민하게 구는 건 아닐까. 그건 별것 아닌 상황이었을지도 모르는데.

고민 끝에 놀이터 안쪽에 놓인 벤치로 걸음을 옮겼다.

같이 놀 사람이 없는데도 수아에게 그런 건 문제가 안 되는 모양이었다.

짤막하게 진동이 느껴졌다. 주머니에서 핸드폰을 꺼내자 개통 완

료 메시지가 도착해 있었다.

메시지를 삭제하고 주머니에 넣으려다 손가락을 움직여 번호를 찾았다. 성희.

간단명료하게 저장된 이름을 보다 메시지를 보냈다.

"은수야?"

메시지를 보낸 지 오 분도 지나지 않아 전화가 걸려왔다. 성희답다고 생각하며 전화를 받았다.

"응, 성희야."

"어머, 생각보다 일찍 개통했네?"

"미룰 것도 아니니까."

이런저런 이야기가 오갔다. 성희의 집은 서울이라는 것과 서울과 제법 가까운 이곳, 연지시까지 왔던 이유는 언니네 집이 근처기 때문이었고, 결혼 3년 만에 아이가 생겼다는 것까지.

성희는 수다 떨 사람이 생겨 얼마나 신나는지 모른다며 반색했다. 나는 간간이 반응하며 성희의 말을 들었다. 한꺼번에 쏟아내듯 떠벌리던 성희가 어느새 말수를 줄였다. 불편한 공백에 무슨 말을 할까 고민하다 마트에서 나눈 대화를 떠올리고 먼저 물었다.

"근데 말이야, 그 얘기는 뭐야?"

"뭐가?"

그네에서 내린 수아가 미끄럼틀 계단을 뛰어올랐다. 위에서 손을 흔드는 모습이 운동선수처럼 당당했다.

"명동 백화점 어쩌고 했던 거."

"뭐야, 너 정말 기억 안 나?"

미끄럼틀을 타고 내려온 수아는 다시 그네로 가 발을 굴렀다. 올려다본 하늘이 파랬다. 나는 성희의 말에 좀 더 귀를 기울였다.

"작년 크리스마스에 백화점에서 만났었잖아. 하긴 그때도 넌 날 못 알아보기는 했어. 그거 되게 섭섭해."

수아가 탄 그네는 나무에 닿을 것처럼 높이 올라갔다. 수아에게 조심하라 손짓하고 대답했다.

"작년 크리스마스?"

"이브도 아니고 크리스마스 당일이었지 아마?"

"정말…… 나를 본 게 확실해?"

"응?"

"미국에서 귀국한 지 얼마 안 됐다고 했잖아. 작년에도 미국에 있었거든."

"미국?"

작년 크리스마스의 일은 선명하게 기억한다. 그날 수아와 함께 트리나 산타 모양의 쿠키를 만들고 이웃집 노부인과 함께 나눠 먹었다.

수아는 산타에게 주겠다며 직접 만든 쿠키와 우유를 트리 밑에 두고 잠들었다. 쿠키와 우유는 당연하게도 내 차지였고, 수아는 인형의 집을 선물로 받았다.

잠시 눈을 감았다. 감은 눈 위로 햇살이 부드럽게 내려앉았다.

"3년 전에 미국으로 갔어. 한 번도 한국에 들어온 적 없고."

"정말? 이상하네. 지금 장난치는 거 아니지?"

"내가 이런 걸로 왜 장난을 치겠어."

미간을 문지르며 진지하게 대답했다. 성희는 연신 '이상하네' 하고 중얼거렸다.

"분명 네가 맞았는데. 정말 너 아니야? 네가 수아 얘기도 그때 해

줬었는데."

"수아 얘기?"

"다섯 살이라고 그랬어. 이름은 수아고. 사진도 보여줬어, 나한테."

성희는 그날 일을 상세히 기억하고 있는 것 같았다. 사람이 북적이던 백화점 여성복 코너, 크리스마스 노래가 연이어 울려 퍼지는 그곳에서 빨간색 롱코트를 입은 나를 봤다고.

다가가 말을 건네자 내가 어색하게 머뭇거렸다고. 계속해서 말을 거니까 그제야 겨우 기억했는지 인사를 받았다고 했다.

"잠깐만 기다리라고, 남편이랑 소개해주겠다고 했는데, 가보니까 네가 없는 거야."

"그게 나였던 거 확실해?"

"얘는. 그럼 내가 이 나이에 치매라도 왔을까 봐? 그때 찍은 사진에 너도 찍혀 있었어. 기다려봐. 그 사진이 클라우드에 저장돼 있을 텐데……."

클라우드에 확실히 있을 거라고 말하는 성희의 목소리가 작아졌다. 해프닝 정도로 여길 수 있을 텐데도 성희는 증거 찾기에 열심이었다.

"아마 오해한 거 아닐까? 그쪽이나 너나 서로……."

눈을 떠 그네를 보는데 수아가 없었다. 핸드폰 건너편에서 성희가 나를 불렀지만, 대답을 계속할 수 없었다. 놀이터 기구들을 눈으로 훑으며 자리에서 일어섰다. 성희에게는 다시 걸겠다고 한 뒤 전화를 끊었다.

"수아야!"

그네는 조금 전까지 누군가 타고 있던 것처럼 앞뒤로 움직이고 있었다.

5

남자는 딸이 하는 행동을 유심히 관찰했다.

이상하다고 콕 집어 말할 수는 없지만 그래도 딸의 행동이나 말투에는 어색한 감이 있었다. 얼핏 보기엔 평소와 다름없어 보이지만 면밀하게 들여다보면 티가 났다. 설명하기 힘든 어떤 것. 이거다, 하고 말할 수는 없지만 알 수 있었다. 20년이 넘도록 키운 자식을, 부모가 모를 리는 없었으니까.

이런 남자의 말에 아내는 최근 딸이 겪어야 했던 일들을 상기시키며 충격의 여파일 거라고 단정 지었다.

그런 일을 겪고 얼마나 힘들었겠냐며, 정상적으로 행동하는 게 이상한 거 아니겠냐고 남자를 설득하려 했다.

글쎄, 남자의 생각은 달랐다. 뭐랄까……. 딸은 충격이나 상실로 바뀐 게 아니라, 그것보다 근본적인 어떤 이유로 바뀐 것만 같았다. 그런 예감이었다.

예감이 길어질수록 남자가 딸을 관찰하는 시간은 길어졌다. 밥을 먹을 때, 화장실에 들어갈 때, 계단을 오르내리고 방에 들어갈 때까지.

나중에는 수저를 들고 물을 마시는 일련의 과정까지도 이상하다는 생각이 들 정도였다. 하나가 눈에 띄니 전체가 신경이 쓰였다.

"당신 요즘 왜 그래? 왜 자꾸 애 부담스럽게 그래."

딸이 집으로 돌아온 지 2주가 지났을 무렵, 아내는 남자를 타박했다. 왜 갑자기 딸의 행동을 연구실의 생쥐를 관찰할 때처럼 메모하고 기록하는 거냐며 기분 나빠 했다.

아내의 잔소리를 들으며 그는 걱정했다. 아내는 모르는 걸까? 딸의 눈빛이 변했다는 걸. 우리가 키워온, 우리의 소중하고 사랑스러운 딸의 눈빛이 처음 보는 사람의 것처럼 변했다는 것을.

그는 계속해서 관찰했고, 걱정했다. 분명 딸이 맞았지만, 딸의 모습이었지만, 그건 딸이 아니었다. 자신의 미친 생각일 뿐이라며 그만두고도 싶었지만, 딸과 눈이 마주칠 때면 자꾸만 뇌 한구석에서 경고를 보냈다.

저건 딸이 아니야. 딸이 아니라고. 봐, 보라고. 저 낯선 눈빛을. 번쩍이는 안광을.

……그렇다면 지금 내 옆에 앉아 드라마를 보는 건 누구란 말인가?

조심스러우면서도 자연스러워 보이게 자리에서 일어난 그는 서재로 들어가 문을 잠갔다. 아내가 안다면 타박하기 이전에 놀라 쓰러질 일이었다.

단 한 번도, 비밀은커녕 문을 잠가본 적도 없는 사람이었다. 그러나 지금은 달랐다. 그에겐 시간이 필요했다. 그간 적어온 메모를 확인하고, 딸의 행동을 분석하는 일.

아내는 이걸 '실험실의 생쥐를 기록할 때처럼'이라고 표현했지만 달랐다. 이건 일종의 증거였다.

—5월 7일. 집으로 돌아온 지 열흘. 7살 때 잠시 키웠던 앵무새에 대해 기억하지 못함

—5월 9일. 초등학교 시절 친했던 친구의 전화에 당황함

—5월 14일. 제 옷이 아니면 절대 입지 않던 아이가 자신의 패딩을 놔두고 아내의 것을 입고 나옴

—5월 23일. 냄새조차 싫다며 거부하던 당근을 어떤 불만도 없이 먹었음

—5월 25일. 딸이 좋아하던 농담을 건넸지만 아무런 감흥도 없는 표정으로 바라봄

—6월 6일. 아내가 함께 즐겨봤던 드라마에 관해 이야기했지만 웃기만 하다 자리를 피함

—집에 돌아온 첫째 날 자꾸만 집 안 여기저기를 두리번거림

—돌아온 며칠간은 불러도 반응이 없거나 다른 곳을 쳐다봄

—새벽에 거실을 돌아다니는 걸 세 번이나 목격(화장실에 가려고 했다지만 2층 화장실을 두고 왜?)

—지나칠 정도로 말이 없고 밖에 나가려 하지 않음

—생각해보니, 딸이 돌아온 후 집 앞에 내다 놓은 쓰레기봉투가 지금까지도 뜯어지거나 찢기지 않고 멀쩡했다

수첩에 정리한 내용을 살피던 그는 마지막 문장에 밑줄을 쳤다.

몇 년 동안이나 내놓기만 하면 뜯어지고 찢어진 채 나뒹굴던 쓰레기봉투가 희한하게도 딸이 집으로 돌아온 뒤부터 멀쩡했다.

배고픈 길고양이 소행이라 여기고 감시카메라까지 달았지만 소용없던 일인데.

쓰레기통을 구해 넣어놔도 마찬가지로 범인을 잡을 수 없었던 오리무중의 사건이었다. 그런데 그 사건이 저절로 해결된 것이다.

귀찮고 짜증 나던 일이 한순간 사라졌다는 게, 그것도 딸이 집으로 돌아온 후 그랬다는 게 이상했다.

전에는 어땠지? 딸애가 밖에서 살던 때는? 종종 집으로 놀러 오던 때도 그랬던가?

턱을 만지며 고민하던 그가 밑줄 아랫부분에 빨간색의 별을 그려 넣었다. 확신할 수 있었다. 딸이 완전히 집으로 돌아온 후부터 쓰레기봉투가 멀쩡해지기 시작했다.

대체 왜? 이유를 알고 싶어도 짐작할 수조차 없었다. 어째서 딸이 낯설게 느껴지는지조차 명확히 설명할 수 없는데, 어떻게 쓰레기봉투 사건의 진상에 대해 알겠는가.

바깥에서 두런두런 말소리가 들려왔다. 우스개 대화라도 나누는지 아내가 크게 웃었고, 뒤를 이어 딸이 웃었다. 두 사람의 모습이 보이지 않는 곳에선 그저 정상적으로 느껴지는 평범한 저녁이었다.

아내의 말처럼 과도하게 비약하는 것일 뿐일까? 내가 이상한 상상을 하는 것일까?

강조된 부분을 손가락으로 톡톡 두드리다가 수첩을 덮어 잠금장치가 있는 서랍 깊은 곳에 숨겼다. 서랍이 제대로 잠겼는지 손잡이를 당겨본 뒤에야 자리에서 일어났다.

나가려다 말고 손잡이를 잡은 채 긴 한숨을 토했다. 문밖에 있는 딸을 어떻게 봐야 할지, 어떻게 대해야 할지 결정할 수가 없었다.

전처럼 평범하게 딸을 대할 수 있을지도 자신이 없었다.

아내가 말한 '충격의 여파'로 스스로 주체할 수 없는 딸이 일시적으로 어색한 행동을 하는 것일지도 모르는데 괜한 의심을 하는 건 아닐까.

온갖 죄책감이 그를 괴롭혔다. 딸의 뒷모습을 볼 때면 특히 심했다.

그는 아버지로서의 마음가짐으로 손잡이를 돌렸다.

그깟 눈빛. 변할 수도 있는 거 아니냐는 위로를 되뇌며.

"마침 나왔네. 내일 시간 되죠? 은수가 다 같이 드라이브 가자네."

아내는 순진하게 물었다.

그는 대답하지 못했다. 코와 입을 한꺼번에 틀어막은 것처럼. 그의 숨이 멈춘 건 공포 때문이었다.

열린 문 앞에 딸이 서 있었다. 문을 두드리려고 했는지 한 손을 올린 채였다.

사람 한 명이 들어갈 정도의 근접한 거리라 어느 때보다 딸의 얼굴이 가까웠다.

"드라이브?"

그는 티가 나지 않게 목울대를 겨우 움직여 아무렇지 않은 척 되물었다. 두피에서 흐른 땀이 왼쪽 눈으로 들어가 따끔거렸고, 음성의 뒷부분이 티가 날 정도로 떨렸다. 그럼에도 불구하고 그를 보는 딸의 시선은 무덤덤했다.

소파에 앉아 있는 아내는 몰라도 찰나에 대면한 눈빛으로 그는 확신할 수 있었다.

이건 내 딸이 아니야.

굳어 있는 그를 빤히 보던 딸이 한쪽 입꼬리를 씰룩 올렸다.

"좋은 곳이에요. 같이 가요."

딸이 아닌 낯선 여자가 속삭였다.

6

놀이터 어느 곳에도 수아는 없었다.

원래부터 비어 있던 것처럼 자그마한 공간은 정적으로 가득했다. 아이들의 웃음소리가 들리지 않는 놀이터는 공포 영화의 한 장면처럼 섬뜩했다. 망연히 서 있다가 놀이터 바깥으로 뛰다시피 종종걸음을 쳤다.

나무와 화단으로 꾸며진 주변을 전부 살펴봤지만 어디서도 수아를 찾을 수는 없었다. 비슷한 또래 아이조차 보이지 않았다. 숨이 가쁘게 차올랐다.

몸은 기울어질 것처럼 앞뒤로 비틀거렸다. 잘만 나오던 수아의 이름이 어느 순간부터는 목구멍에 걸려 나오지 않았다. 숨이 차올라서 가슴이 답답했다. 한 걸음 걷다 멈추고, 한 걸음 걷다 멈추고를 반복한 끝에야 103동 앞까지 올 수 있었다.

걸음은 목적지를 잃고 헤맸다. 어디에 있을지 갈피가 잡히지 않았다. 머릿속은 온갖 나쁜 상상으로 가득 차 부풀어 있었다.

수아의 노란 운동화를 발견한 건 그때였다. 103동 입구 앞에 수아의 노란색 운동화 한 짝이 떨어져 있었다. 걸음이 본능적으로 입구를 향해 움직였다. 가까워질수록 가슴이 크게 들썩거렸다.

"수아……."

수아의 운동화를 주우려 허리를 굽혔을 때, 입구에서 나오던 누군가와 부딪혔다.

중심을 잡지 못하고 있던 몸이 바닥으로 쓰러졌지만, 상대에게선 어떤 사과나 걱정하는 말도 나오지 않았다.

시야로 수아의 운동화가 드리워졌다. 운동화를 주워들고 고개를 들었다. 헬멧을 쓴 탓에 상대의 얼굴이 보이지 않았다.

헬멧에 내 모습이 반사되어 비쳤다. 노란 운동화를 품에 안은 채 하얗게 질린 얼굴의 여자.

거울처럼 뚜렷하게 드러난 모습을 보는데, 헬멧을 쓴 사람은 아무렇지 않게 나를 지나쳐 주차된 오토바이에 올랐다.

오토바이는 바로 움직일 생각이 없는지 계속 그 자리에 머물러 있었다. 내 행동을 기다리는 것처럼 지켜보던 오토바이는 지상 주차장으로 들어오는 차를 보고서야 자리를 떠났다. 멀어지는 뒷모습을 보다 정신을 차리고 일어섰다.

무릎이 후들거렸다. 손은 중독자처럼 떨렸고, 폐는 잠수하는 사람의 것처럼 고통스러웠다.

겨우 103동 입구 계단을 올랐을 때, 복도 끝에 선 아이가 보였다. 아이는 닫힌 문 앞에 앉아 고개를 까딱이며 노래를 흥얼거렸다.

"수아야."

속삭이듯 내뱉은 말이었지만, 수아는 얼른 고개를 들어 나를 쳐다봤다. 엄마! 벌떡 일어나 달려온 아이가 내 다리에 매달렸다.

"너……."

아이는 아무것도 모른단 표정으로 나를 보았다. 어떤 불안이나 초조함도 담기지 않은 눈을 보자 안심이 되면서도 속이 끓었다.

"언제부터 여기 있었어?"

"응?"

"엄마한테 말도 없이 혼자 오면 어떡해. 엄마가 얼마나 걱정했는지 알아? 혼자 이렇게 와 있으면 위험하잖아!"

가늘고 높은 목소리에 놀랐는지 눈을 맞춘 아이가 입술을 움직였다.

"엄마가 기다리라며."

"뭐?"

"엄마가 기다리라고 했잖아."

웅얼거리는 아이의 목소리가 작아졌다. 닦달하듯 아이의 어깨를 붙잡았다.

"엄마가 기다리라고 했다니?"

"엄마가 여기서 기다리라고 했잖아."

아이는 볼을 붉히거나 눈을 피하는 대신 지나칠 정도로 똑바로 나를 바라봤다. 거짓말을 하는 표정이 아니었다.

"엄마가 언제 그랬다는 거야? 엄마는 지금 놀이터에서 너 없어지고 놀라서……. 너 운동화는?"

문득 손에 들린 노란 운동화가 눈에 걸렸다. 분명 아파트 입구에서 한 짝을 주웠는데 내게 매달린 수아의 발에는 모두 노란 운동화가 신겨져 있었다.

내가 들고 있는 것과 수아가 신은 운동화는 같은 색에 같은 크기, 같은 브랜드의 운동화였으나, 수아의 신발이 아니었다.

수아 게 아니라면, 이건 누구 거야?

뱉지 않은 질문을 손에 들고 침을 삼켰다. 힘이 풀린 손에서 노란색 운동화가 바닥으로 떨어졌다.

***

수아는 집으로 가는 나를 발견하고 놀라서 뒤를 따라갔다고 했다.

저녁밥을 먹는 내내 수아와 나의 대화는 간격을 좁히지 못한 채 답답한 거리를 유지했다. 나와 함께 집으로 왔다는 수아와 그럴 리가 없다는 나의 대화에는 구멍이 숭숭 뚫려 있었다.

"모르는 사람을 따라간 거 아니야?"

고개를 요란하게 좌우로 젓고는 아이가 답답하다는 듯 오른손을 들었다.

"엄마가 내 손도 잡았어."

이렇게 잡았단 말이야. 수아는 왼손으로 오른손을 잡는 시늉을 했다.

아이의 손동작을 쳐다보다 컵을 들고 물을 마셨다. 아직도 긴장이 풀리지 않았는지, 미세하게 컵에 든 물이 흔들렸다.

아이의 말은 한결같았다. 나와 '함께'였다는 것.

반면에 나는 수아가 장난을 치거나 거짓말을 한다고 생각했다.

장난을 치려고 먼저 왔다가 화내는 나를 보고 거짓말을 하는 거라고. 그렇게 대화를 끝내고 싶었으나 수아의 주장은 집요하리만치 계속됐다.

"좋아, 알겠어. 대신, 다음번엔 잘 확인해야 해."

불만이 가득한 아이 입술이 꽃봉오리처럼 튀어나왔다. 다 먹은 식기를 치우며 수아에게는 양치를 하라고 일렀다.

부러 콩콩 발소리를 내며 화장실로 향하는 아이가 귀여우면서도 아직 충격이 가시지 않은 가슴이 쿵쿵 뛰었다.

거품 목욕을 끝내고 연달아 만화영화 두 편을 다 본 뒤에야 수아의 눈꺼풀이 아래로 처졌다.

소파에 기대 눈을 감은 채로 고개를 까닥이는 수아를 안아 들어 침실 침대에 눕혔다.

이불을 가슴까지 덮어주자 아이의 숨소리는 일정한 박자에 맞춰 내쉬었고, 안정적으로 배가 오르락내리락했다.

극심한 감정의 격랑을 겪은 탓에 피로가 몰려왔으나 수아 옆에 바로 누워 잘 수는 없었다. 어젯밤 일 때문이었다.

소파 등받이에 등을 기대고 앉았다. 카메라를 설치해둔 천장을 확인하고 텔레비전 전원을 껐다.

거실이 어두워지자 건너편 아파트 전경이 한눈에 쏟아져 들어왔다. 밤 열한 시. 불이 꺼진 집과 켜진 집의 수가 얼추 비슷했다.

불이 꺼지는 집을 세다 눈을 감았다. 잔물결처럼 얕은 수면이 밀려왔다.

다시 눈을 떴을 때 액정에 표시된 시간은 새벽 한 시.

겨우 눈꺼풀을 밀어 올리며 지금 있는 장소를 확인했다. 다행히도 화장실이나 낯선 곳이 아닌, 소파에 앉은 상태 그대로였다.

찌뿌둥한 어깨를 주무르며 자리에서 일어섰다. 겨우 두 시간 만에 102동 1층의 불은 전부 꺼져 있었다. 침실로 가 수아가 잠들어 있는지 확인하고 베란다로 나왔다. 베란다 창고에 숨겨둔 담배와 라이터를 꺼내 창문 앞에 섰다.

담배에 불을 붙였다. 입에 물고 연기를 내뿜는데, 유리에 빨간 점이 나타났다.

나는 그게 내가 불붙인 담배라고 생각했다. 위화감을 느낀 건 오른손으로 담배를 들었을 때였다.

창문에 내 모습이 비치는 거라면, 빨간 점이 더 커야 하지 않나.

스멀스멀 기어 나온 의문이 몸을 길게 늘어트렸다. 시야에 들어온 빨간 점은 너무 작았다. 내가 바라보는 빨간 점은 내 것이 아니었다.

필터 끝에서 타들어 가는 담배를 쥐고 손을 높이 들어 흔들었다. 내 행동을 따라 건너편 빨간 점도 허공에서 좌우로 움직였다. 우뚝, 내가 행동을 멈추자 빨간 점 역시 허공에 가만히 멈춰 있었다. 그러고는 깨달았다는 듯, 천천히 빨간 점이 아래로 내려갔다.

거울처럼 내 행동을 모방하던 건너편의 빨간 점은 손을 바꿔 들었다. 오른손에서 왼손으로. 일련의 행동이 나를 놀리는 것처럼 느리고 정확했다.

불빛이 옮겨 가는 걸 보며 담배를 껐다. 오른손에서 왼손으로 옮겨간 건너편 빨간 점은 내가 담배를 끄자 이내 자취를 감췄다.

사람의 검은 형체는 움직이지 않았다. 그저 복도에 선 채로, 유령처럼 서 있을 뿐이었다.

몸을 숨기지도, 누구냐고 소리를 치지도 못한 상태로 나는 그 형체를 마주하고 있었다. 거리가 떨어져 있어 얼굴이나 특이점을 알 수는 없었으나 상대의 시선이 정확하게 날 향해 있다는 건 분명했다.

마치 나를 지켜보는 것처럼, 내가 여기에 있다는 걸 알고 있다는 것처럼.

검은 형체는 건너편에 서서 내게 손을 흔들었다. 인사였다.

7

오전 열 시.

택시는 주택가 골목 끝 붉은 벽돌집 앞에서 정차했다.

오랜만에 보는 붉은 담이 어색하고 반가워서 새삼스럽게 코끝이 찡했다.

기사에게 현금으로 요금을 치르고 수아와 함께 택시에서 내렸다. 수아가 움직일 때마다 하늘색 원피스가 바람에 나풀거렸다.

"수아야, 이리로 와."

대문 앞으로 먼저 다가간 다음 수아를 불렀다.

골목 아래로 떠나는 택시를 향해 손을 흔들던 아이가 부르는 소리에 종종걸음으로 달려왔다.

"여기가 할머니 할아버지 집이야."

"할머니랑 할아버지 집?"

"궁금하지?"

아이는 열심히 고개를 끄덕였다. 신이 난 수아더러 초인종을 누르라고 하자, 아이의 손이 가볍게 버튼을 눌렀다. 종소리가 두어 번 울렸다.

문이 열리기를 기다렸으나 안에선 아무런 응답이 없었다.

기다리다 다시금 초인종을 눌렀는데도 마찬가지였다.

뒤로 물러나 2층 창문이 있는 쪽을 올려다보았다.

담쟁이가 길게 이어진 벽을 따라 아무리 시선을 돌려도 인기척은 없었다.

수아에게 잠시만 기다려보라 하고 핸드폰을 확인했다.

엄마에게 보내둔 메시지는 여전히 '읽지 않음' 상태였다. 오늘 새벽부터 아침까지 보낸 모든 메시지의 상태가 같았다. 어디 멀리 나간 건가?

눈을 부릅뜨고 다시 액정을 들여다보는데, 마찰음 같은 소리가 고막으로 끼쳐 들었다.

고개를 들자 열린 대문 안으로 불쑥 들어가는 수아의 뒷모습이 보였다. 불러 세우기도 전에 수아가 사라졌다.

"이수아!"

눈앞에서만 안 보여도 어제 일이 떠올라 가슴이 요란하게 뛰었다. 대문 안으로 뛰어들었을 때, 아이는 이미 돌계단을 지나 마당을 총총거리며 뛰어다니고 있었다. 불러도 요지부동이었다.

대문을 닫고 돌계단을 올라 마당에 들어섰다. 마당 한쪽에 텃밭과 화단이 잘 정리돼 있었다. 텃밭엔 방울토마토들이 주렁주렁 열려 있었고, 화단엔 노랗고 하얀 꽃들이 가득 피어 있었다.

수아는 고개를 숙였다 폈다 하며 텃밭과 화단을 구경하다 마당

구석에 눈길이 머물렀다.

"마음대로 들어오면 어떡해?"

나무라는 말에도 아이는 개의치 않았다. 함부로 이런 행동을 하면 안 된다고 혼을 내려는데, 수아가 말을 걸었다.

"엄마, 이것 봐."

구석에 쪼그려 앉은 아이가 손짓했다. 이것 봐, 이것 봐봐, 엄마. 마당을 향해 난 창문을 흘끔 보고 수아에게 다가갔다. 아이는 담벼락과 집 사이의 공간을 손가락으로 가리키고 있었다.

수아 뒤에 서서 아이가 가리키는 쪽으로 고개를 내밀었다.

성인 여자 한 명쯤 지날 수 있을 정도로 폭이 좁은 곳이었는데, 마당과 달리 이쪽만 잔디가 없었다. 죽은 땅처럼 길게 이어진 흙바닥 전체가 황량했다.

"이게 뭐야?"

잡초를 대신한 건 볼록하게 솟아 있는 흙더미였다. 무슨 무덤처럼, 뭔가를 묻어둔 것처럼 솟아오른 봉우리가 여러 개였다.

튕기듯 일어선 아이가 나를 돌아봤다. 작은 무덤 같은 것들에서 나도 고개를 돌렸다. 정체가 뭔지 모르는데도 속이 메슥거렸다.

"그만하고 이리로 와."

수아의 손목을 잡고 현관문으로 걸었다. 저게 무엇인지 알 수도, 알고 싶지도 않았다.

아이를 뒤에 세워둔 채 현관문을 두드렸지만, 안에선 아무 기척이 없었다.

잠깐 나간 걸까.

여행을 떠났을지도 모르는 일이었다. 미리 연락해야 했나.

온갖 생각에 어쩌지 못하고 서성이다 문손잡이를 잡아당겼다. 당연히 잠겨 있을 거란 예상과 달리 현관문이 열려 있었다.

문틈 사이로 반쯤 열린 중문이 보였다. 나도 모르게 대문을 돌아봤다.

어디로 간 건지는 몰라도 의아한 일이었다. 대문과 현관문을 모두 열어놓고 다닌다는 건 부모님에게 있을 수 없는 일이었다.

바닥에도 이상한 게 있었다. 현관이 비어 있었다. 현관에 늘 놓여 있던 엄마의 슬리퍼가 없었다. 꺼림칙한 마음에 수아에게 잠시 기다리라 일러두고 중문을 밀었다. 천장이 높은 2층 주택이라 소리가 메아리처럼 울렸다.

"엄마, 안에 있어?"

이렇게 문을 열어놓고 멀리 가지는 않았을 텐데.

집으로 들어서는데 발바닥이 축축했다. 양말이 젖고 있었다. 물 같은 게 바닥에 흥건히 고여 있는 걸 알아차렸다.

"엄마."

대충 발을 털고 거실 가운데로 가서 섰다. 그 자리에서 실내를 전체적으로 둘러보았다.

갈색 가죽 소파와 벽걸이 텔레비전, 벽난로와 장식장. 눈에 띄는 것 중에 달라진 건 없어 보였다. 중간자리가 움푹 들어간 소파나 거울처럼 나를 비추는 텔레비전, 겨울이 되면 종종 사용하던 벽난로, 엄마가 아끼는 그릇과 접시가 가득한 장식장까지, 거실은 내가 자란 집 그대로였다.

마당을 향해 난 세로로 긴 창문. 그리로 햇살이 내려앉았다.

홀린 듯 바라보는데, 창문 너머 마당을 돌아다니는 수아가 눈에 들어왔다. 광고의 한 장면처럼 따뜻한 풍경이었다.

나는 여기서 많은 시간을 보냈다. 내가 기억하는 가장 어린 나이부터 나는 이 집과 함께였다. 결혼하기 직전까지도 이곳에서 살았으니 내 인생의 대부분은 이 집에 소속되어 있던 것과 별반 다르지 않았다. 내게 여긴 부모님과 같은 가족이었고, 친구였다.

집.

이 한 단어가 주는 안락함이란 대단한 것이어서 나는 이 집이 언제라도 좋았다. 수아를 데리고 여기로 온 건 그런 이유가 컸다. 내게 이 집은 안전을 약속할 수 있는 공간이지만, 그곳, 지금 우리가 머무는 그곳은 달랐다.

사소한 모든 것들이 나를 불안하게 만들었고, 그렇게 야기된 불안 때문에 잠조차 제대로 잘 수 없었다. 눈을 감을 때면 집 안을 멋대로 서성거리는 내 모습이 상상돼 머리가 어지러웠다.

나는 도움이 필요했다. 안정된 상태로 다시 시작하고 싶었다. 내가 나를 믿을 수 있도록, 상황을 개선하고 미래를 도모하고 싶었다.

문 열리는 소리가 뒤에서 들려왔다.

창 너머 수아가 아직 보이는 걸 확인하고 등을 돌렸다. 닫힌 안방문과 서재를 보다 2층으로 올라가는 계단으로 향했다.

"엄마야? 엄마, 거기 있어? 있으면 대답 좀 해봐."

계단 난간을 잡고 엄마를 불러도 여전히 대답이 없었다.

주머니에서 핸드폰을 꺼내 메시지를 확인해봤지만 메시지 옆의 숫자는 여전히 사라지지 않은 상태였다.

"나 왔다니까. 수아랑 같이 왔어."

2층으로 오르는 계단을 밟으며 다시 엄마를 불렀다.

"엄마?"

계단을 중간쯤 올라섰을 때 밖에서 대문 열리는 소리가 났다.

계단을 뛰어 내려와 창문 앞에 섰다.

마당에 있어야 할 수아가 보이지 않았다.

곧장 현관문을 열고 뛰쳐나와 수아를 찾았다.

수아가 숨을 만한 곳을 훑으며 돌아다녔지만 그리 넓지 않은 마당인데도 찾을 수가 없었다. 혹시나 하는 마음에 무덤처럼 솟아오른 봉우리가 있는 쪽으로 들어가 불러도 마찬가지였다.

"수아야."

소리쳐 부르며 돌계단을 내려갔다. 대문이 열려 있었다.

"이수아!"

대문 밖으로 뛰어나왔다. 담 높은 주택들밖에 보이지 않는 이곳에 수아가 어디 숨는다는 건 말이 되지 않았다. 굳이 장난삼아 아이가 숨었다면 금세 들통나야 했다.

밖이 아니면 안인가? 안에 숨은 건가? 그렇지만 마당 어디에도 수아는 없었는데.

담 옆으로 주차된 차들을 하나하나 살피며 주택가 아래로 내려갈 때였다. 이마에서 흐른 땀이 눈으로 흘러와 소매로 눈가를 비비는데, 거친 엔진소리와 함께 뒤쪽에서 하얀 오토바이 한 대가 달려왔다. 피할 틈도 없이 눈을 질끈 감으며 뒤로 엎어졌다.

위협적으로 달려온 오토바이는 나를 지나쳐 주택가 초입으로 빠르게 달려갔다.

꺾인 손목의 고통을 느끼기도 전에 먼저 터져 나온 건 낮은 비명이었다.

오토바이가 지나간 자리에, 내 사진이 떨어져 있었다.

***

무언가를 잃어버리는 것.

내게 가장 끔찍한 건 폭력이나 외로움이 아닌 무언가를 잃어버리는 일이었다. 이유는 몰랐다. 왜 잃어버리는 일에 집착하게 된 건지 원인을 찾고 싶어도 또렷하게 생각나는 게 없었다. 내가 기억하는 가장 오래된 기억부터 나는 잃어버리는 걸 공포로 받아들였다.

그런 내게 수아의 존재는 더욱 큰 공포였다.

임신한 뒤로 나는 종종 꿈속에서 아이를 잃어버렸다. 마트와 놀이공원, 길거리, 골목, 어느 땐 아무것도 없는 백색의 공간에서도. 공간은 유추할 수 없을 정도로 광범위하게 무작위로 나타났고 그곳에서 나는 아이를 잃어버린 채 황망히 서 있거나 울었다.

아직 얼굴도 모르는 아이였지만 아이의 손을 놓친 순간의 감각은 섬뜩하리만치 생생했다. 꽉 차 있던 내부가 한순간 쏟아져버린 것처럼 비어버린 감각. 어디서 어떻게 놓친 건지도 모르면서 무작정 앞만 보고 뛰며 소리치던 먹먹함. 생생함이 바늘로 바뀌어 온몸을 찌르는 순간이 되면 자연스레 눈이 떠졌다.

나는 누가 훔쳐 갈까 허겁지겁 부른 배를 부여잡았다. 그러고는 휙휙 고개를 돌려 존재하지도 않는 강탈자에 대한 적개심을 온몸으로 드러냈다. 누구도 내게서 아이를 훔쳐 갈 수 없어. 그런 마음가짐이었다.

수아가 태어난 뒤로 아이를 잃어버리는 꿈은 더 빈번하게 찾아왔다. 엄마는 예민해져서 그런 거라며 사골을 우렸고, 먼저 아이를 낳은 친구는 자신도 가끔 그런 꿈을 꾼다며 웃어넘겼다.

꿈이라 다행이지. 친구는 위로하듯 툭 말을 던졌다. 진짜로, 만약에 진짜로 애를 잃어버렸다고 생각해봐. 지금처럼 대화나 나눌 수 있었겠니? 친구는 아이가 깼다며 전화를 끊었다. 끊긴 전화의 기계음을 들으며 친구의 말을 곱씹었다.

친구의 말대로 꿈이라 다행인 일이었다. 현실이 아닌 꿈이라서. 눈을 뜨면 잊을 수 있는 꿈이라 다행인, 정말로 꿈이라 다행인 일이었다. 나는 요람 속에서 조용히 잠든 수아에게로 다가가 속삭였다. 여긴 꿈이 아니라고. 그러니 너를 잃어버릴 일은 절대 없다고.

진심으로 그건, 꿈이라 다행인 일이라고.

8

도로와 맞닿은 편의점 앞이었다. 우두커니 도보에 선 여자가 짧게 심호흡을 했다.

여자는 바닥으로 고개를 숙이고 어깨를 들썩거리며 웃었다. '한눈을 팔았다'라는 표현은 지금 상황과 어울리지 않았다. 아이에게서 눈을 뗀 건, 아이가 먹을 우윳값을 결제하던 잠깐의 시간이었다. 우유를 산 이유는 자꾸만 의심의 눈초리로 흘끔거리는 아이를 안심시키려고 했던 것뿐이다.

신체가 연약하기 때문일까. 어린아이들은 어른들보다 생존본능이 뛰어났다. 아이들은 예민하게 자신을 좋아해주는 사람과 싫어하는 사람의 경계를 구분할 줄 알았다. 그런 면에 있어선 보이는 것만 믿는 어른들보다도 아이들이 나았다.

"수아……."

여자는 나지막이 아이의 이름을 불렀다. 고개를 돌려 아이의 손을 잡고 걸어온 언덕길을 올려다봤다. 그녀의 까만 머리카락이 쇄골 근처에서 찰랑거리며 흔들렸다.

놀란 토끼처럼 자신을 보던 아이의 얼굴이 생각나 여자는 상황도 잊고 잠시 웃었다.

홀로 마당에서 놀던 아이는 대문을 열고 부르자, 쪼르르 달려왔다. 집을 한 번, 눈앞에 있는 여자를 한 번 보던 표정이 말하려는 게 무엇인지 정도는 쉽게 짐작할 수 있었다.

어떻게 여기에? 아이는 그런 생각을 하는 것 같았다. 순진한 표정. 그 순진함과 순수함이 가여워서 여자는 미소를 지우고 눈을 내리깔았다.

우유를 사는 사이에 감쪽같이 사라진 수아.

대체 누가 수아를 데리고 갔을까.

자신은 '가짜'이기에 아이가 실종되었다고 신고할 수도 없는 노릇이었다. 실종 신고를 하는 건, 어디까지나 '진짜'의 몫이었다.

은수는 지금쯤이면 그녀와 마주했을까.

은수가 그녀를 기억하고 있을까.

'진짜'에게도 궁금한 게 많았으나 당장은 수아를 되찾아오는 게 먼저였다.

아이를 노리는 사람이 자신 말고 또 있다는 사실이 달갑지 않았다.

어디에 있냐며 제호에게서 연락이 왔지만, 어떤 답장도 하지 않은 채 여자는 아이가 있던 곳을 노려봤다. 차들이 오가는 4차선 도로. 주택가로 진입하는 골목 초입에 있는 편의점 앞.

이런 대낮에 대담하게 아이를 데려갈 사람. 수아가 짧은 시간 안에 혼자 도망쳤을 리는 없으니 누군가 데려갔다고 보는 것이 타당했다.

여자는 자신을 뒤쫓을 만한 사람에 대해 떠올려보았다. 꼽아보자니 많았고, 세세히 기억해보자니 하나같이 기억이 나지 않았다. 머릿속에 떠오른 얼굴들은 전부 형체가 없었다.

〔출발했니?〕

저장되지 않은 번호로 온 메시지였지만 누가 보낸 건지는 확인하지 않아도 알았다. 여자는 편의점 야외 테이블에 우유를 두고 대로변으로 걸음을 옮겼다.

손을 뻗고 기다리자 얼마 지나지 않아 택시 한 대가 여자가 있는 곳으로 가까워졌다.

여자는 기사에게 서울 근교에 있는 요양병원 주소를 불렀다.

난색을 하던 기사가 값을 두 배로 주겠단 말에 액셀러레이터를 밟았다. 택시가 한적한 도로 위를 빠르게 달렸다.

〔소원이는 처리했어?〕

여자가 메시지를 보내자 곧바로 답장이 도착했다.

〔문제가 생겼어〕

"급한 일인가 봐요. 거기까지 택시를 타고 갈 정도면."

오지랖 넓은 기사의 참견에 여자의 입술이 호선을 그리며 열렸다.

"조용히 가죠."

룸미러로 기사의 시선이 느껴졌다.

수아야, 대체 누가 널 데리고 간 거니.

여자의 눈이 창밖의 모든 것을 담아냈다.

나를 증명해줄 나의 증거.

네가 없으면 안 되는데.

고층 건물로 가득한 삭막한 풍경이 뒤로 멀어졌다. 고속도로에 진입한 차가 차선을 추월해 속력을 높였다.

목덜미가 따끔거렸다. 손바닥으로 목을 문지르던 여자가 스르르 눈을 감았다.

9

순찰차가 도착할 때까지도 나는 고개를 처박은 채 사진을 움켜쥐고 있었다.

순찰차에서 내린 경찰이 나를 부르지 않았다면 언제까지고 계속 그러고 있었을지 모르는 일이었다.

경찰은 집이 어디냐고 물으며 나를 일으켜 세우려 했다. 나는 사진부터 내밀었다. 확대해서 그런지 화질이 떨어졌지만 사진 속 여자는 분명 내가 맞았다. 언제 찍힌 건지는 알 수 없었다. 그러니 누군가 몰래 찍었다는 건 분명했다. 찍힌 기억이 없는 나의 사진을 들고 있는 손이 부르르 떨렸다.

"딸이…… 딸이 없어졌어요."

나이 든 경찰이 눈썹을 찌푸리며 되물었다.

"딸이 없어졌다고요?"

"분명 정원에서 놀고 있었는데……."

말이 제대로 다 나오지 않았다.

발끝에서 시작된 진동이 거세게 몸을 흔들었다. 무릎에서 자꾸만 힘이 빠졌다.

"어머님, 진정하시고. 딸이 없어졌다는 거죠?"

두 손으로 입을 틀어막았다. 들려오는 모든 소음이 진동 상태인 것처럼 멍했다. 무전기에 대고 무슨 말인가를 하던 중년의 경찰이 내게 물었다.

"마지막으로 딸을 본 게 언젭니까?"

"모르겠어요. 조금 전, 아니, 20분, 20분 전이요."

몸이 뒤로 기울었다. 기우뚱, 넘어가려던 찰나에 젊은 경찰이 재빠르게 팔을 붙들었다.

"일단 주변에 돌아다니는 애 없는지 확인해보자고. 어머님, 딸 이름이 뭐예요? 혹시 아이가 갈 만한 곳은 아세요?"

질문에 바로 대답해야 한다고 생각했지만, 목소리가 나오지 않았다. 발을 얻은 대신 목소리를 잃은 인어공주와 달리 나는 목소리와 수아를 모두 잃은 채였다.

"어머님, 제 말 들리세요?"

젊은 경찰의 음성에도 정신이 들지 않았다. 귀는 계속해서 멍했고, 나와야 할 말들은 목구멍을 넘지 못했다.

"어머님, 정신 좀 차려보세요."

젊은 경찰이 내게 말을 걸었을 때.

"어머님!"

까무룩 세상이 암전됐다.

***

파출소에 앉아 있는 동안 경찰들은 바쁘게 움직였다. 이곳에서 내가 할 수 있는 일이라곤 자리에 앉아 무력하게 기다리는 일뿐이었다. 내게 종이컵을 건넨 경찰은 안쓰러운 눈길로 나를 바라보았다.

따뜻한 차가 든 종이컵을 들고 허공에 시선을 둔 채 꼼짝도 하지 않았다. 무슨 말을 하려 해도 뱉어지는 건 수아의 이름밖에 없었다. 수아, 수아, 수아.

아이의 이름을 뱉다 보면 정신이 또렷해졌다. 그러다가도 잠깐의 공백이 생기면 머릿속은 다시 백지가 됐다.

"소장님, 감시카메라 확인해봤는데요."

파출소 안으로 들어온 경찰이 곧장 소장에게 다가가 말을 꺼냈다. 늘어져 있던 몸을 일으켰다. 나를 흘끔 쳐다보던 그가 소장에게 말을 이었다.

"대부분 감시카메라가 자기 집 대문 쪽만 찍고 있더라고요."

"뭐?"

"뭐라고요?"

되물은 건 나와 소장이었다. 벼락에 맞은 것처럼 목덜미가 찌릿거렸다.

"그게 무슨 말이야? 행적이 확인이 안 돼?"

"협조해준 집들 감시카메라는 전부 확인했는데, 애가 잡히는 건 없어요. 언덕 아래쪽에 공공 CCTV가 있기는 한데, 거기에도 찍힌 게 없고요."

"그럼 수아가 어디로 갔단 거예요?"

나는 매달리듯 그의 팔을 잡았다. 소장을 보고 있던 그가 내 어깨를 잡고 천천히 입술을 뗐다.

"근데 맞은편 집 가정부가 기억하는 게 있더라고요."

"뭔데?"

"화단 정리하러 나왔다가 그 시간대에 웬 여자가 애 손을 잡고 걸어가는 걸 봤다는데……."

그는 나를 흘끔 보고는 뒷말을 흐렸다.

"인상착의가 어머님하고 너무 닮았던데요. 애도 무서워하는 기색은 없었다고 하고."

소장과 경찰의 시선이 동시에 내게 닿았다. 그들의 표정은 보스턴 호텔에서 날 보던 외국인들의 것과 흡사했다.

목이 졸린 것처럼 숨이 막혔다. 가슴이 거칠게 들썩거렸다. 의자에서 일어난 소장이 내게로 다가와 손을 뻗었다.

"어머님 괜찮으세요?"

"내가, 지금 내가 내 딸을 데려가고 그걸 경찰에 신고했다는 거예요?"

턱이 덜덜 떨렸다. 분노가 아니었다. 이건 일종의 공포였다.

"내가 왜…… 내가 뭐 때문에!"

"어머님 진정하시고, 일단 서로 인계해서 도와드리겠습니다."

소장은 젊은 경찰에게 눈짓하고는 나를 일으켰다. 눈치를 주고받은 경찰들이 어디론가 전화를 걸기 시작했다.

그때였다.

허벅지 부근에서 짧은 진동이 연달아 울렸다. 더듬거리며 손을 훑어내리자 주머니에 넣어둔 핸드폰이 만져졌다.

발신자는 엄마였다. 온종일 연락되지 않던 이름이 액정에 뜨자 울컥 눈물이 차올랐다.

서둘러 전화를 받았다. 할 말이 많았다. 수아가 없어졌다고, 지난 밤에는 누군가 건너편 아파트에서 나를 지켜보고 있었다고. 뭐가 어떻게 된 건지, 누가 수아를 데리고 간 것인지 혼란스럽다고. 온갖 너저분한 변명들이 입안을 맴돌았다.

"은수니?"

"엄마, 큰일 났어. 수아가……."

꺄르륵!

건너편에서 맑은 웃음소리가 터져 나왔다. 입안에 가득 찬 말들을 꾹 삼키고 귀를 기울였다.

"전화 온 걸 이제 확인했네."

엄마의 목소리가 컸다. 옆에 있던 소장이 조심스레 나를 불렀다. 나는 그와 눈을 맞추며 입을 떼었다.

"혹시 수아랑 있어?"

소장은 물론이고 전화기를 들고 있던 경찰들까지 나를 쳐다봤다.

"지금 수아랑 있는 거야?"

이거 먹어도 돼요, 하는 어린아이의 음성이 엄마의 목소리 뒤로 연신 이어졌다. 중력이 사라진 것처럼 몸이 흐느적거렸다. 무릎이 꺾일 것 같아 엄지발가락에 힘을 주어야 했다.

"그래, 수아 지금 나랑 있어."

엄마는 그걸 이제야 알았냐는 투로 시큰둥하게 말했다.

"엄마가 왜 수아를 데리고 있어? 나한텐 아무 말도 안 하고 그냥 데려간 거야?"

"미안해. 너한테 말해주려고 했는데 배터리가 다 됐지 뭐야."

"언제 데려간 거야? 내가 집에 있었는데 대체 언제? 그보다 수아는 어떻게 알아봤어?"

"얘는. 아무리 떨어져 있었어도 내가 수아 얼굴을 모르겠니? 너랑 똑 닮은 앤데."

삭이지 못한 분이 눈가를 넘실거렸다. 눈두덩이가 뜨거웠다. 어깨를 두드린 소장이 내게 핸드폰을 건네 달라고 손짓했다.

입술을 깨물며 그에게 핸드폰을 넘겼다.

소장이 '할머님 되세요?' 하고 정중하게 질문했다. '그러시군요', '그런 건 미리 알려주셨어야죠' 같은 말을 반복하며 고개를 끄덕거렸다. 그의 펼친 손이 수화기를 든 경찰들에게로 향했다.

손짓을 확인한 경찰이 수화기를 내려놨다. 주름진 미간을 펴고 그가 '알겠습니다, 그럼 그렇게 전해드리지요' 하고 대답한 뒤 내게 핸드폰을 내밀었다.

"아이 할머님이 데리고 계신다네요."

"지금 어디에 있대요?"

"아이 데리고 마트에 계신다고, 금방 돌아오시겠다고 하셨어요."

그는 종종 이런 일이 있다며, 집으로 데려다주겠단 말로 상황을 마무리하려 했다. 구정물을 뒤집어쓴 것처럼 기분이 더러웠다. 다행이라는 심정보다도 분노가 먼저였다.

순찰차는 온 길을 되돌아가 주택가로 진입했다.

언덕을 오르고 올라 마침내 붉은 벽돌담 앞에 정차했을 때, 시간은 오후 세 시가 지나고 있었다.

차에서 내려 뒷좌석 문을 열어주며 젊은 경찰이 내게 손을 내밀었다. 나는 그 손을 잡는 대신 발에 힘을 주고 밖으로 나와 섰다.

민망해하던 그가 운전석에 타 창문을 내렸다.

"저 그럼, 조심히 들어가세요."

친절하게 인사까지 한 젊은 경찰이 옆 좌석에 앉은 다른 경찰에게 묻는 소리가 들렸다.

"근데 정말 본청에 안 넘겨도 돼요?"

"정리된 걸 뭐하러 넘겨. 출발이나 해, 인마."

젊은 경찰이 노파심에서 물었지만 타박 섞인 대답만 돌아왔다. 순찰차는 언덕 밑으로 출발했다.

망연히 서서 멀어지는 경찰차를 바라봤다. 동면에서 깬 곰처럼 정신이 아득했다. 의뭉스러운 점은 여전히 달라붙어 있었다. 대문 쪽으로 걸음을 돌렸다.

다리에 도통 힘이 들어가지 않은 채 겨우 걸으며 반으로 접어둔 사진을 펼쳤다. 위협하듯 지나쳐간 오토바이가 떨어트린 사진. 엄마가 수아를 데려가고, 거의 직후에 이 사진을 주운 건 정말 우연일까? 우연에 불과한 것일까?

대문을 열고 한 걸음 안으로 발을 들였을 때, 누군가 멱살을 잡았다. 숨이 훅 막혔다.

방비하지 못한 몸이 속수무책으로 끌려들어 갔다. 상대의 손목을 잡으려 허우적거리는데 무언가 옆머리를 강타했다. 둔탁한 소음이 귀를 웅웅 울렸다. 몸이 오른쪽으로 기울어지고 있다는 걸 한 박자

늦게 깨달았다.

쿵, 속절없이 바닥으로 쓰러졌다. 시야가 가물가물했다. 전기가 오른 것처럼 눈꺼풀이 경련을 일으켰다. 벌어진 입술 사이론 희미한 신음만 새어 나왔다.

정신을 차리려 애쓸수록 세상이 희미해졌다.

툭툭, 등을 건들던 무언가가 왼쪽 손목을 지그시 밟았다. 신음도 나오지 않을 정도로 감각이 무뎌졌다.

"이봐."

시야 안으로 검은색 운동화가 들어왔다.

"정신 차려."

얇고 허스키한 목소리. 거칠게 뒷머리를 잡아챈 손이 엎드린 내 몸을 뒤집었다.

어렴풋이 눈을 뜨자 늘어진 내 모습이 보였다. 바닥에 누워 가늘게 눈을 뜬 내 모습이었다.

헬멧을 벗은 여자가 땀에 젖은 앞머리를 툭툭 털며 몸을 숙였다.

그제야 내가 본 게 헬멧 유리에 비친 모습이라는 걸 알아챘다.

나를 이 지경으로 만든 여자의 얼굴을 보려고 눈에 힘을 줬다. 눈썹 밑까지 내려오는 앞머리가 노인의 것처럼 드문드문 하얀색이었다.

"날 찾아와. 그럼 당신 딸을 돌려줄게."

짧은 머리카락. 특이한 것 없는 이목구비. 익숙하지 않은 외모.

머리가 하얗게 센 것을 제외하면 여자의 외모는 평범했다.

"당신 가족들 전부 데리고 와야 해. 그래야 당신 딸을 되찾을 수 있을 거야."

움직이지 않는 왼쪽 눈동자.

부자연스러울 정도로 움직임이 없는 눈동자가 나를 집요하게 노려보고 있었다. 생기 없는 그 눈동자가 어둠 사이로 사라졌다.

"재회는 뜨거워야겠지?"

볼을 건드는 손길이 느껴졌다.

눈을 떠야 한다고, 눈을 뜨고 저 얼굴을 기억해야 한다고 외쳐봐도 눈을 뜰 수는 없었다.

세상이 하얗게 부서졌다.

10

정금은 언덕을 내려오는 경찰차를 보며 우산을 접었다.

화려한 무늬가 수놓아진 우산을 가방에 넣고, 신호를 기다리는 경찰차 뒷좌석을 확인했다. 언덕을 오를 땐 있던 얼굴이 지금은 없었다. 고개를 돌려 언덕 위를 쳐다봤다.

마음 같아선 지금이라도 당장 '그 애'를 처리하고 싶었다. 기다리는 건 정금의 성격과 맞지 않았다. 뭐든지 빠르고 확실하게 마무리하는 게 그녀의 방식이었다.

"이거 떨어트리셨어요."

길을 지나던 젊은 남자가 바닥에 떨어진 손수건을 주워 정금에게 건넸다.

정금은 늘 그렇듯 인자하게 미소 지으며 '고마워요' 하고 대답했다. 고개를 까딱이고 멀어지는 남자의 뒷모습을 지켜보다가 정금이 눈을 가늘게 떴다. 신호를 받은 경찰차가 사라졌다. 우산에 수놓아진 것과 비슷한 무늬가 새겨진 리넨 손수건을 손가방에 넣고 언덕 가운데 서서 고개를 기울였다.

"소원아."

오랜만에 불러보는 이름이 싸구려 사탕처럼 달았다. 내가 그 애 이름을 불러준 적이 있던가? 정금은 기억을 곱씹었으나 마땅히 떠오르는 추억 따위는 없었다.

추억, 그따위 게 있을 리가.

정금이 어깨를 들썩이며 컥컥대는 이상한 소리를 냈다. 그게 웃는 건지 우는 건지 분간하기 어려웠다.

"곧 보자."

남자에게 말할 때와는 다른 목소리였다. 탁하고 낮은, 작위적인 음성이었다.

"얼마나 보고 싶었는지 몰라."

무려 3년. 내가 이 자리를 차지하기 위해 얼마나 공을 들였는지, 너는 상상도 하지 못할걸.

정금의 입꼬리가 찢어질 듯 한껏 위로 올라갔다. 눈은 표정과 따로 노는 것처럼 전혀 움직이지 않았다. 손수건으로 입을 가리고 그녀가 천천히 몸을 돌렸다.

길게 늘어진 그림자가 그녀의 뒤를 따랐다.

11

정신을 차렸을 땐 해가 뉘엿뉘엿 지고 있었다. 모래를 삼킨 것처럼 목과 입안이 까끌까끌했다. 빽빽한 눈을 반복해서 떴다 감으니 제법 시야가 트였다.

푸른색과 오렌지색의 경계가 모호한 하늘. 연기처럼 흩어진 구름.

그런 단편적인 것들이 인지되고 나서야 옆머리와 등, 손목에서 차례로 고통이 느껴졌다.

욱신대며 화끈거리는 고통이 원인인지, 아니면 막연한 분노 때문인지 턱이 아팠다. 내내 어금니를 꽉 물고 있었다는 건 한참 후에야 인지한 사실이었다.

몸 어느 곳 하나 쉽게 움직일 수가 없었다. 손바닥을 더듬자 딱딱하고 차가운 돌이 만져졌다. 고개를 돌리니 수풀과 돌이 보였다.

돌계단.

나는 집으로 가는 돌계단에 쓰레기처럼 놓여 있었다.

"으……."

관절을 움직일 때마다 신음이 절로 났다. 겨우 허리를 일으켜 앉아 손으로 옆머리를 만져보았다. 끈적거리는 촉감과 함께 머리가 부어 있었다.

손바닥에 젤리처럼 굳은 피가 묻어났다.

날 찾아와. 그럼 당신 딸을 돌려줄게.

여자가 했던 말을 되새기며 바닥을 짚었다. 팔꿈치에 힘을 주자 등이 칼로 난도질당한 것처럼 쓰라렸다. 머리와 비슷한 수준의 고통이었다.

일어서지 못하고 그 자리에 다시 주저앉아 숨을 골랐다. 찬찬히 눈을 굴렸다. 계단 아래 있는 대문은 굳게 닫혀 있었고, 계단 위로는 불빛이 없었다. 부모님은 아직도 집에 오지 않은 듯했다. 하긴 부모님이 집에 와 나를 발견했다면 돌계단이 아니라 병원에서 눈을 떴겠지.

무릎을 매만지며 힘을 줬다. 날이 선선한 편인데도 이마에 땀이 흐를 정도로 힘을 주고 근육을 긴장시켰다.

돌계단을 밟고 서자 가벼운 현기증이 일었다. 흐른 피 때문이라 생각하니 공연히 어지러운 느낌만 더 했다.

돌계단에 함께 떨어져 있는 사진과 핸드폰을 들었다. 방전된 것인지 핸드폰은 켜지지 않았다.

대문 밖으로 나와 주택가 초입을 향해 비틀거리며 내려갔다.

탁, 탁, 탁. 드문드문 설치된 가로등으로 불빛이 들어왔다.

몇 번이고 멈춰 서서 벽을 짚고 숨을 내쉬었다. 코로 피비린내가 연하게 풍겨왔다. 손에 묻은 피를 담벼락에 닦아내고 다시 걸음을 옮겼다. 올라오던 차들이 경적을 울리며 나를 지나쳐갔다.

날 찾아와. 그럼 당신 딸을 돌려줄게.

여자의 목소리를 곱씹으며 걷는 사이 주택가 초입에 도착했다.

대로변까지 나갈 필요도 없이 마침 손님을 내려주던 택시를 잡아탔다. 무심코 차에서 내리던 젊은 여자가 외마디 비명을 지르며 물러났다. 그 반응으로 지금 내가 어떤 몰골인지 미루어 짐작할 수 있었다.

뒤를 돌아본 택시 기사가 걱정스러운 눈길로 괜찮냐고 물었다.

"경찰서로, 아니 일단 병원으로 갈게요."

핸들을 돌리는 그의 어깨를 잡았다. 놀란 그가 어깨를 움츠렸다. 왜 그러세요? 묻는 그에게 애원하듯 주소를 불렀다.

"병원 말고, 파밀리에…… 연지동 파밀리에 아파트로 가주세요."

***

꿈을 꿨다.

나와 똑같이 생긴 여자가 나를 보고 있는 꿈이었다. 여자는 내 얼굴을 한참 동안 들여다보았다. 보물을 찾는 탐험가처럼 진중하던 얼굴이 부서지며 미소 지었다.

여자는 다정한 손길로 내 이마와 볼을 어루만졌다. 손길이 어찌나 부드러운지 눈을 감았다 뜨는 속도가 계속해서 느려졌다.

감았다 뜰 때마다 여자의 얼굴은 조금씩 가까워졌다. 이제는 속눈썹이 닿을 정도로 가까운 거리였다. 나는 여자의 동공 속에 비치는 내 모습에 집중했다. 내가 바라보는 여자의 얼굴과 똑같은 얼굴.

이마, 눈썹, 코, 입술, 광대, 턱, 점까지. 여자는 거울에 반사된 '나'가 아니라 살아 숨 쉬는 또 다른 '나'였다.

정말 몰라?

고개를 비틀며 여자가 귓가에 속삭였다. 높낮이 없는 음성이 안개처럼 귀에 쏟아졌다.

얼굴이 아닌 목소리는 아무리 내 것이라 하더라도 생소한 법이었다. 얼굴은 하루에도 몇 번, 몇십 번은 보지만 내가 내 목소리를 타인에게서 듣는 건 흔한 일이 아니었다.

정말 아무것도 몰라?

여자의 손이 얼굴 위를 덮었다. 정전된 것처럼 사방이 캄캄했다. 감긴 눈은 뜰 수 없을 정도로 무거웠고, 미약하게 느껴지던 여자의 숨소리도 더는 들리지 않았다.

깊은 물 속으로 가라앉듯 의식이 멀어졌다.

딸랑, 종소리가 울렸다.

***

"손님, 괜찮아요?"

눈을 뜨자, 정차해 있는 택시 안이었다.

창밖의 상가들이 익숙했다. 핸드폰을 개통한 대리점과 그 옆에 있는 마트. 횡단보도와 신호를 무시하고 달리는 오토바이들.

"도착했어요."

택시 기사에게 현금을 내밀고 차에서 내렸다. 잔돈 받아 가라는 말에도 대답할 시간이 없었다.

손을 들어 4차선 도로를 건넜다. 빠르게 달리던 차들이 경적을 울리며 속도를 줄이거나 나를 피해 멀어졌다.

경적 사이를 뚫고 아파트 단지로 들어와 절뚝이며 103동으로 뛰었다.

비밀번호를 누르고 집으로 들어가자, 거실 풍경은 나올 때와 별반 다르지 않았다. 방마다 문을 활짝 열고 수아가 있는지 확인해봤지만 모두 텅 비어 있었다.

핸드폰에 충전기부터 꽂고 전원을 켰다. 엄마에게 온 연락은 없었다. 전화를 걸어봤지만, 아침과 똑같이 엄마는 받지 않았다.

베란다 쪽을 향해 섰다. 무릎에 힘이 쑥 빠져나가는 것처럼 온몸이 흔들렸다. 똑바로 서 있기 위해 이를 깨물었다.

건너편 아파트 1층 집들은 전부 불이 켜져 있었다. 망망대해의 등대처럼 밝힌 불빛들이 스며들어와 거실은 그다지 어둡지 않았다.

무너지려는 몸을 지탱하며 서 있는 게 힘이 들었다. 무너질 수 없어. 절대로 무너져서는 안 돼. 그런 마음가짐으로 머리를 세차게 흔들었다.

발끝에 힘을 주고 걸음을 내디뎠다. 베란다로 가까워질수록 어두운 창문에 비친 내 모습이 선명해졌다.

눈썹 위에 난 생채기에 피가 맺혀 있었다. 눈과 볼은 퉁퉁 부어 있었고, 왼쪽 손목은 감각이 느껴지지도 않을 정도였다. 등은 아까보다는 고통이 가셨으나 옆머리는 여전히 눅진하게 아려왔다. 하얀 블라우스는 지저분했고, 어깨까지 내려오는 머리카락은 엉망으로 헝클어져 있었다.

"으아아악!"

죽기 직전의 짐승이 내는 울부짖음 같은 게 목구멍을 타고 올라왔다.

입을 한계까지 벌린 다음 무엇인지 모를 말들을 뱉고 또 뱉었다.

말들이 무슨 방언처럼 쏟아져 나왔다.

멀쩡한 오른손으로는 베란다 창문을 쳐댔다. 덜컹거리는 창문이 깨질 것처럼 위태로웠다.

비약적이다, 비약적인 상상이다, 생각하면서도 몸집을 키운 의심을 지울 수 없었다.

엄마가 수아를 데리고 사라졌다.

나를 위협한 여자가 수아를 데리고 있다고 했다.

엄마는 지금 어디에 있지?

수아는 지금…… 누구와 있는 거지?

깨물 것도 없는 손톱을 억지로 물어뜯으며 눈을 굴렸다.

엄마가 뭐라고 했었지? 통화할 때 내가 들었던 목소리가 정말 수아가 맞았나? 내가 수아와 통화를 했던가?

방향을 잃고 움직이던 발이 바닥에 있던 리모컨을 밟았다. 적막한 거실에 TV 소음이 깔렸다. 수아가 설정해뒀는지 음량이 지나치게 컸다. 겨우 몸을 숙여 리모컨을 들었을 때였다.

꺄르륵!

방송엔 수아와 비슷한 또래의 아이가 나와 소리 내 웃었다. 리모컨을 든 상태 그대로 숨을 멈췄다.

"이거 먹어도 돼요?"

아.

아아.

스스로의 무지함에 욕지기가 밀려왔다. 어떻게, 어떻게 그걸 착각할 수 있을까. 어째서 아이의 목소리를 의심하지 않았던 걸까.

"귀신이다!"

순간, 복도에서 찢어질 것 같은 외침이 들려왔다.

"귀신이다! 귀신이 왔다!"

누군가 끈질기게 문을 두드리며 소리쳤다. 쉿소리 가득한 노인의 외침이었다.

나가 봐야 한다는 생각이 들었지만 기력이 없었다. 귀신. 그런 건 전혀 무섭지 않았다. 지금 무서운 건 수아를 데려간 사람이었다.

끈질기게 이어지던 소음은 어느 순간 잦아들기 시작하더니 문 닫는 소리와 함께 사라졌다.

바닥에 있던 핸드폰이 진동했다. 무릎을 꿇고 핸드폰을 확인했다.

〔사진 찾느라 눈 빠지는 줄 알았어.〕

〔이거 봐. 너 맞지?〕

메시지를 보낸 사람은 성희였다. 위로 올리자 첨부된 사진이 있었다.

사진 속에는 트리를 배경으로 하얀 패딩을 입은 성희와 회색 정장을 입은 남자가 서로를 끌어안고 있었다. 남자는 마트에서 만난 성희의 남편이었다.

누가 보더라도 흔히 보는 평범한 커플이라는 생각이 들 사진이었다. 그런데도 사진에서 시선을 떼지 못한 건 그 뒤로 보이는 여자 때문이었다.

다정해 보이는 두 사람 뒤로 빨간 코트를 입은 여자가 고개를 옆으로 돌린 채 서 있었다. 쇄골까지 내려오는 검고 긴 머리에, 반듯하게 자른 앞머리. 붉은색 립스틱을 바른 입술.

옆모습뿐이었지만 충분히 알아볼 수 있었다.

그건 나였다.

2부

귀신들

12

"귀신이다!"

노파는 순옥을 향해 읊조렸다. 살가죽이 죽죽 처진 노파의 허벅지를 물수건으로 닦아내던 순옥이 불만스레 투덜거렸다.

"어르신, 벌써 2년이나 됐는데, 아직도 저한테 귀신이라고 하시면 저 섭섭해요."

순옥은 노파를 의자에 앉혀두고 바닥에 흐른 소변을 닦았다. 웅덩이처럼 고인 소변에서 나는 시큼한 냄새가 코를 찔렀다. 어서 닦지 않으면 오전 내내 냄새가 빠지지 않을 것 같아 그녀는 내심 초조했다.

노파는 초록 풀잎이 가득한 베란다 창문 너머를 보며 손을 들었다. 중력을 이기지 못한 손이 바들바들 떨리며 자꾸만 아래로 내려갔다. 노파의 손은 끈질기게 바깥을 가리켰다.

노파가 하는 짓을 확인하고 순옥은 수건을 화장실 바닥에 던져둔 채 구석으로 갔다. 센터에서 나눠준 색칠 책을 가져와 노파에게 건넸다. 치매 노인들에게 좋다며 센터에서 나눠준 책이었다.

"여기 색연필이랑 있으니까 한번 해보세요."

12색 색연필을 사용하기 편하도록 케이스에서 꺼내두자 노파의 시선이 일순 순옥에게 머물렀다. 처진 살에 가려진 흐리멍덩한 눈이 느리게 깜빡거렸다.

팔십이 넘었다는 노파는 종종 순옥, 자신의 어머니를 떠올리게 했다. 치매로 정신이 오락가락한 것도, 저를 못 알아보고 자꾸만 다른 이름을 부르는 것도 비슷했다. 그래서 순옥은 노파에게 최선을 다했다.

죄책감.

사는 게 바쁘단 이유로 어머니를 돌보지 못했다는 죄책감이 들 때면 순옥은 슬그머니 노파의 손을 잡고 싶어졌다. 최선을 다하는 건 좋지만 감정에 휘둘리면 힘들 거라 경고하던 센터 직원의 말이 생각나기도 했으나 후회는 없었다. 순옥은 늘 최선을 다해 노파를 돌보았고, 노파의 가족은 그런 그녀를 신뢰했다. 그녀가 2년이 넘도록 노파의 집에서 일할 수 있었던 건 바로 그 신뢰 때문이었다.

"어머!"

순옥이 한눈판 사이 노파는 빨간색 색연필을 들고 종이 위를 죽죽 긋고 있었다. 무채색의 귀여운 캐릭터 위로 빨간 선이 피처럼 뭉개졌다. 순옥은 노파의 손에서 색연필을 빼앗아 케이스 안에 넣어두고 물티슈로 손가락 사이와 손바닥을 문질렀다. 색연필이 묻어나지는 않았지만, 손을 씻기는 게 나을 것 같았다.

노파를 부축해서 거실 화장실로 들어갔다. 세면대 앞에 선 다음 미지근한 물을 틀고 가죽만 남은 노파의 손을 씻어냈다. 아무리 향좋은 비누로 손을 문질러 닦아도 노파의 손에선 언제나 살가죽 냄새 같은 인간 본연의 냄새가 났다. 죽음이 다가올수록 인간은 날것에 가까워진다고, 순옥은 잠시 생각했다.

"어르신, 대체 귀신이 뭐예요?"

거품이 씻겨 내려가는 것을 보며 그녀가 물었다. 큰 의미도 뜻도 없는 질문이었다.

노파는 자글자글하게 주름진 입술을 다물고 거울을 쳐다봤다. 물때조차 없는 깨끗한 거울 속에 순옥과 노파의 모습이 나란했다.

"귀신이 뭐기에 그렇게 무서워하세요? 저희 엄마는 귀신보다 사람이 더 무서운 거라고 몸서리를 치셨는데."

노파의 눈은 아주 가끔 맑고 또렷해졌다. 정신이 돌아오는 게 아니라 머릿속을 채운 안개가 열어지는 것처럼 아주 잠깐 환해지는 시간이 생기는 것이었다.

"이렇게 좋은 집에는 귀신도 없을 거예요. 귀신도 이런 집에는 못 온다니까요?"

아파트 단지 근처에 생활편의시설이 모두 모여 있는 이 아파트가 순옥은 좋았다. 서울 근교, 연지시에 있는 고급 아파트는 때때로 그녀의 가슴을 설레게 했다. 서울 근교라고는 해도 서울까지는 30분이면 충분했고, 단지 내 조성된 공원도 깔끔하니 마음에 들었다. 가능하다면 오랫동안 노파의 집에서 일하고 싶다는 생각이 들 정도였다.

"아니야."

"네?"

수도꼭지를 잠그는데 노파가 불쑥 말을 꺼냈다. 수건으로 노파의 손에 묻은 물기를 닦아주던 그녀가 되물었다.

"귀신은…… 여기에도, 저기에도 있어."

거실로 이동하는 노파의 눈을 따라 순옥의 시선이 거실로 옮겨갔다. 드라마나 영화에 나올법한 평범한 가정집 거실이었다. 벽에는 커다란 가족사진이 걸려 있었고, 가죽으로 된 갈색 소파는 앉은 흔적도 없이 말끔했다.

"그건 늘 우리를 관찰해. 우리가 하는 걸 모두 보고 있지."

똑, 똑.

수도꼭지에서 물방울 떨어지는 소리가 화장실을 울렸다.

"귀신은 사람의 자리를 노린다."

노파가 또렷한 눈으로 순옥을 쳐다봤다. 회색빛으로 번들거리는 노파의 눈동자에 겁먹은 순옥의 얼굴이 담겨 있었다.

"무서워요, 어르신. 인제 그만 하세요."

어젯밤에도 발작하듯 집 밖으로 뛰쳐나간 노파가 귀신을 외치며 아파트를 돌아다녔다고 했다. 귀신이다, 귀신이야, 귀신이 온다. 상상만으로도 어젯밤의 일이 머릿속으로 그려졌다.

순옥의 손을 잡아챈 노파가 목소리를 낮췄다.

"사람이 되려고 그러는 거야. 그것들은 육신이 없으니까."

잡힌 손을 빼려 순옥이 힘을 줬지만 헛수고였다.

"조심해. 그것들은 아주 흉악하고 포악하니까."

그 말을 끝으로 입을 다문 노파가 순옥의 손을 놓고는 화장실을 나섰다. 거실로 돌아간 노파는 흔들의자에 앉아 베란다 밖을 구경했다. 의자가 앞뒤로 흔들거렸다.

그제야 뒤따라 나온 순옥은 노파에게 잡혀 있던 손목을 주물렀다. 팔에 소름이 돋아 있었다.치매에 걸려 죽어가는 노인의 힘이라고는 믿기지 않을 정도로 강한 악력이었다.

13

"엄마는 언제 와?"

"금방 올 거야. 널 너무 보고 싶어 하니까, 당장이라도 오고 싶을걸."

아이는 태은의 말을 잘 따랐다. 제법 의젓한 태도였다. 여섯 살이면 집에 가고 싶다거나 엄마가 보고 싶다고 떼를 쓸 법한데도 아이는 때때로 인상을 쓰고 불안감을 표현할 뿐, 대부분은 얌전했다.

태은은 그런 아이의 태도가 생존본능에서 비롯된 것이라고 생각했다. 아이들은 어른들보다도 눈치가 빠르다. 누가 자신을 좋아하고 싫어하는지. 누가 자신을 위협하고 보호하는지 정도는 예민하게 알아차렸다.

어린 시절, 자신이 그랬던 것처럼.

수아는 태은의 말에 고개를 주억거리며 몸을 돌렸다.

창틀이 달린 창문 앞에 앉아 아이는 맞은편의 허름한 3층짜리 빌라를 구경했다. 이제는 겨우 세 가구가 사는 빌라였다. 반지하에 한 집이, 2층과 3층에 각각 한 집이 입주해 있었다.

입주한 가구들도 이달 내로 모두 이사 갈 예정이었다. 태은이 머무는 빌라의 입주민들도 마찬가지였다. 다른 점이라면, 저들은 모두 다른 곳으로 터를 옮겨 살아가겠지만 태은은 이곳을 떠나지 못할 거라는 정도였다.

"고양이다."

아이가 빌라 담벼락을 걷는 검은색 고양이를 가리켰다.

5층에서는 모든 걸 내려다볼 수 있었다. 아이는 그게 재미있다고 했다. 아파트에선 내려다볼 수 없다고, 집이 1층이라 올려다볼 수만 있다고 투덜거렸다.

"수아야."

태은이 부르자 아이가 얼른 고개를 돌렸다. 붉게 물든 아이의 뺨이 태호의 뺨을 연상시켰다.

"엄마가 좋아?"

아이는 배시시 웃으며 고개를 주억거렸다.

아이 옆에는 사진이 한가득 쌓여 있었다. 불안해할 아이를 위해 태은이 찾아온 사진들이었다. 어린 태은과 태호 그리고 여자가 함께인 사진.

수아에게는 태은을 신뢰할 증거였고, 태은에게는 수아를 안심시킬 수단이었다.

그래, 그렇구나.

의미 없는 반응을 하던 태은이 돌아가는 현관문 손잡이를 바라봤다.

초록색으로 칠해진 문이 열리자 그 틈으로 하얀 봉지를 든 팔이 나타났다. 왔구나. 태은의 나직한 말에 팔의 주인이 모습을 드러냈다. 석진이었다.

신발을 벗고 들어선 석진이 태은에게 봉지를 내밀었다. 고소한 냄새가 풍겼다.

“수아, 안녕.”

석진이 아이를 향해 장난스럽게 인사했다. 수아는 약간은 불안한 표정으로 그에게 손을 흔들었다.

“먹을 것 좀 사왔어. 라면만 먹기는 좀 그럴 것 같아서.”

태은의 어깨를 가볍게 붙잡고는 석진이 수아를 불렀다.

봉지를 든 채 서 있던 태은이 정신을 차리고 수아에게 봉지를 내밀었다.

봉지를 들고 2인용 식탁으로 가 의자에 올라앉은 수아가 손으로 태은을 불렀다. 먼저 먹어, 하고는 태은이 고개를 돌렸다.

방금까지 아이가 있던 창문은 세로로 긴 액자 같았다. 창밖은 한 폭의 그림처럼 모든 게 평화롭기만 했다. 재개발로 폐허가 된 풍경과 어울리는 감상은 아니었으나 건물 위로 펼쳐진 파란 하늘을 보면 잔잔한 동요가 일었다.

“그 여자는?”

석진이 수아의 눈치를 보며 태은에게만 들릴 정도로 소리 죽여 물었다.

“아직.”

“언제쯤 올까.”

막연한 질문이었지만 태은은 곱씹듯 입을 움직였다.

"금방 올 거야. 귀신같은 여자니까."

귀신같은 여자라, 어느 순간 나타날지도 모르지. 덧붙여진 말을 듣던 석진이 손뼉을 쳤다. 눈을 접으며 웃고 나서 태은을 잡아끌었다.

"일단 밥부터 먹자. 먹고 죽은 귀신이 때깔도 곱다는데."

식탁 쪽으로 등을 밀자, 태은이 마지못해 수아 앞에 앉았다. 방에서 의자를 가져와 석진도 자리를 잡았다. 식탁에 포장을 푼 볶음밥이 차려졌다.

"엄마가 빨리 왔으면 좋겠다."

우물거리며 먹던 수아가 무심코 말을 던졌다. 석진은 자연스럽게 태은에게로 눈을 굴렸다. 태은은 아무렇지 않은 표정으로 수저를 들었다.

"언니도 그렇지?"

태은이 고요한 눈으로 웃었다.

14

해가 뜰 때까지도 나는 성희가 보낸 사진을 보고 있었다.

성희와 남편, 두 사람의 모습 뒤에 찍힌 나. 그러나 내가 아닌 여자.

퍼즐처럼 흩어진 파편들이 엉성하게 자리를 찾아갔다. 놀이터에서 사라진 수아가 집에 와 있던 일, '엄마'와 함께 왔다며 믿지 못하는 내게 억울해하던 수아…….

생각하다 보니 걸리는 게 한두 개가 아니었다. 빤히 쳐다보던 배달원부터 작년 크리스마스에 나와 만났다던 성희의 말까지.

그럼 엄마는 뭐지? 엄마는 왜 수아를 데려갔다고 한 거야?

어제의 습격을 생각하면 수아는 여자와 함께 있는 게 맞았다.

부모님에게도 무슨 일이 생겼을지 모른다는 생각에 수십 통 넘게 전화를 걸었는데도 엄마에게 걸려온 전화는 한 통도 없었다.

베란다를 나와 핸드폰을 충전시켰다. 빨간색이던 배터리 잔량이 노란색으로 변했다. 몇 번을 감았다가 떠도 눈이 빽빽했다.

화장실 앞에 서서 옷을 벗었다. 의식을 치르는 사제처럼 어떤 생각도, 감정도 없는 행동이었다. 속옷까지 모두 벗은 다음 화장실 안으로 발을 들였다. 발바닥에 차가운 타일이 닿았다. 선뜩한 감각이었다.

불을 켜지 않은 탓에 화장실 안은 어두웠지만 불을 켤 생각 같은 건 없었다. 거울을 보고 싶지 않았다. 수아를 데려간 그 여자가, 거울 속에 있는 것만 같아서.

그게 아니라는 걸 알면서도 거울 속 나를 볼 때마다 욕이 튀어나오려 했다. 머리채를 붙잡아 수아를 데려오라고 악을 지르고 싶었다.

수도꼭지를 돌리자 샤워기에서 차가운 물줄기가 쏟아져 내렸다. 닭살이 돋을 정도로 차가웠지만, 온수로 돌리지 않았다.

정신 차려야 했다.

정신을 차리고 순서를 짚어야만 했다.

'누가' 수아를 데려갔는지는 중요하지 않았다. 중요한 건, '어떻게' 해야 수아를 데려올 수 있는가였다.

어떻게 해야, 내가 뭘 어떻게 해야 수아를 되찾을 수 있는 걸까.

경찰에 신고하는 게 나을까? 그렇지만 그들은 부모님, 그러니까 수아의 조부모가 아이를 데려갔다고 알 텐데.

혹시라도, 부모님은 내게 일어난 일들과 관련해 뭔가를 알고 있는 걸까.

내가 모르는 뭔가를 숨겨야 하는 게 있는 걸까? 그걸 숨기려고 수아를 데려갔다고 한 걸까?

세수하며 내가 기억하는 부모님의 삶을 떠올렸다. 심리학자였던 아버지, 가정주부로 평생을 살아온 엄마. 얼굴도 기억나지 않는 먼 친척들을 제외하면 부모님에게 가족이란 나밖에 없었다. 누구나 인정할 만큼 단란한 가족이 부모님과 나였다. 교과서 같은 가족이었고 삶이었다. 부모님과 나의 삶에는 고난이나 역경, 고통 같은 것들은 존재하지 않았다.

아무리 생각해봐도 부모님을 증오할 사람들은 떠오르지 않았다. 거액을 기부한다거나 타인에게 도움이 되는 삶을 살려고 노력하지는 않았어도, 남에게 해를 끼치며 사는 분들은 아니었다. 적어도 내가 기억하는 부모님은 그랬다.

쏟아지는 물줄기 사이로 수아의 모습이 함께 떨어졌다. 잔상은 살갗을 도려내는 것처럼 날카롭게 파고들었다.

수도꼭지를 돌려 잠그고 그대로 화장실을 나왔다. 몸에서 흐른 물이 바닥을 적시며 흔적을 남겼다. 발자국이 걸음마다 남아 있었다.

침실로 들어가 전신거울 앞에 섰다. 나체의 내가 물귀신처럼 섬뜩한 모습으로 거울 속에 존재했다. 목에 있는 상흔을 손가락으로 만지며 고개를 옆으로 기울였다. 손끝에 닿은 피부가 몹시 차가웠다. 드러난 목덜미가 하얗게 질려 있었다.

죄책감이 피부 위를 기어 다녔다. 발바닥에서 시작해 발목, 종아리를 타고 올라온 죄책감은 허벅지와 엉덩이를 지나 허리를 쓰다듬고는 목을 졸랐다.

온몸이 답답하고 따끔했다. 손바닥을 거울에 대고 입을 벌렸다. 깊은 곳에서 올라온 한숨이 톡톡 발등 위로 떨어졌다.

거울을 붙잡고 선 채로 나는 내가 가진 카드를 생각했다. 나는 여자에 대해 아는 게 없었다. 여자뿐만 아니라 부모님에 대해서도, 나에 대해서도 몰랐다. 아무것도. 정말이지 아무것도 아는 게 없었다.

"생각하자. 생각하자……."

의안(義眼)에 하얗게 센 짧은 머리카락.

부모님의 집 앞에서 기절하기 직전, 여자가 쓰고 있던 게 헬멧이었던가.

"오토바이……."

문득 이상할 정도로 나를 쳐다보던 배달원과 횡단보도 근처에 모여 있던 배달원들이 생각났다. 연속적으로 찰칵, 울려 퍼지던 셔터음. 그리고 사라진 수아.

그들이 수아를 노렸다면, 하다못해 수아를 노린 여자를 알고 있다면.

억지라고 해도 상관없었다. 나는 무엇이든 해야 했다. 무엇이라도 찾아내야 했다. 우선은 근처를 돌며 배달원들을 붙잡고 물어볼 생각이었다. 나를 아느냐고, 의안에 백발인 여자를 보았느냐고. 혹, 하얀 오토바이를 타는 사람을 알고 있냐고.

물기가 마른 몸이 오들오들 떨렸다. 옷장을 열어 손에 잡힌 옷을 꺼내 입었다. 짙은 녹색의 티셔츠와 청바지를 입고 머리를 질끈 묶었다. 스치며 바라본 거울 속의 나는 하루 사이 얼굴 윤곽이 드러날 정도로 말라 있었다. 생기 없는 입술은 까칠했고, 눈 밑이 까맣게 그늘져 안색도 나빠 보였다.

크로스백에 지갑과 핸드폰, 충전기를 넣고 현관으로 가 운동화를 신었다. 힘을 줄 때마다 발목이 시큰거렸지만 버틸 만했다.

어제보다 통증이 가신 손목을 돌리며 현관문을 열었다.

"귀신……."

현관문 앞 복도에 노파가 서 있었다.

일부러 시선을 내려야 할 정도로 작은 체형의 노파였다.

당황스러운 나머지 저절로 몸이 굳었다. 팔십은 족히 넘었을 주름진 얼굴이 뚫어져라 나를 응시했다.

"귀신이다……."

노파는 같은 말을 되뇌었다.

귀신. 귀신이다. 달달 떨리는 노파의 턱이 조금씩 벌어졌다.

"귀신이 온다."

"어르신!"

"귀신이! 귀신이 온다!"

옆집에서 튀어나온 중년의 여자가 노파의 팔을 붙들었다. 왜소한 체구임에도 노파는 쉽게 끌려가지 않았다.

집 안으로 사라질 때까지 노파의 눈은 내게서 떨어지지 않았다.

***

남자는 배달업체 바깥에 비치된 플라스틱 의자에 앉아 담배를 물었다. 담배를 피우려는 건 아니었고 일종의 습관이었다. 금연을 시작한 지 벌써 1년이 넘었으나 그는 종종 담배를 입에 물고 잘근잘근 씹고는 했다.

생긴 거랑 다르게 담배는 안 피우시나 봐요.

지난달 막 들어온 배달원이 그렇게 말했을 때, 남자는 외모에 대한 지적보다도 담배도 안 피우냐며 비아냥대던 태도가 더 마음에 들지 않았다.

갓 스물이나 되었을까 싶은 녀석이 그런 말을 하는 게 같잖기도 했고, 담배나 씹는 제 모습이 그렇게까지 우스운가 싶어 궁금하기도 했다.

남자는 건방진 말을 해대는 배달원에게 아무런 대꾸도 하지 않았다. 그런 사소한 데까지 일일이 반응하기에는 그의 나이가 녀석보다 훨씬 많았다.

그나저나 요 며칠 석진이 녀석이 안 보이네.

끝이 다 터진 담배를 손가락으로 튕겨 바닥에 던져놓고, 그걸 내려다보며 반질반질하게 생긴 석진을 떠올렸다. 30대 중반인 자신보다 열 살이나 어렸지만, 석진의 경력은 남자보다도 길었다. 그래서인지 업체 사장은 새로운 배달원이 출근하는 첫날이면 꼭 석진을 불러 소개했다.

경력 8년 차에, 단 한 번의 사고도 없던 무사고 배달원. 시간을 중시하는 배달원들에게는 자잘한 사고가 잦기 마련이지만 석진의 경력에는 그런 사고 사항이 없었다.

남자는 그게 신기했다. 3년간 남자가 지켜본 석진은 돈에 대한 집착도, 강렬한 욕망도 없는 순한 애로 보였는데, 누구보다 많은 오더를 받았고 배달을 했다. 돈 모아서 차라도 사려고? 누군가 물었을 때, 석진은 손을 내저으며 그런 건 아니라는 뜻을 분명히 밝혔다.

차도, 옷도, 하다못해 애인이 있어 퍼주는 것도 아닌데 무슨 배달을 그렇게 많이 하냐는 질문이 재차 이어지면 석진은 순하고 잘생긴 얼굴로 싱글싱글 웃었다. 그냥요. 그냥, 사람들 얼굴을 좀 확인하고 싶어서요.

뜻 모를 말에 모두가 고개를 갸웃거렸다. 남자도 마찬가지였다. 석진이 하는 말은 낯선 언어처럼 어려웠다.

"저기요."

상념에 빠진 남자의 시야 안으로 깨끗한 운동화가 들어왔다.

때 묻지 않은 하얀 운동화였다. 고개를 들자 남자보다 어려 보이는 여자가 불편한 기색을 감추지 못하고 서 있었다. 뭘 해야 할지 몰라 방황하는 어린애 같은 태도였다.

안쓰러울 정도로 수척한 여자였다. 핏기없는 얼굴이 청순해 보인다고들 하는데, 사람들이 흔히 말하는 청순함과는 거리가 있었다. 남자는 주변을 휘휘 둘러보다 손가락으로 자신을 가리켰다.

"저요?"

침을 삼키던 은수가 고개를 끄덕였다.

"무슨 일이세요?"

퉁명스럽게 묻자 은수가 입술을 우물거리며 움직였다.

"사람을 찾는데요. 여자고, 키는 이만하고, 머리가 하얗게 센. 혹시 아시나요? 오토바이를 타는 것 같은데."

"잘 모르겠는데. 그런 건 다른 사람한테 물어보는 게 나을 텐데요. 오토바이 탄다고 다 배달하는 것도 아니고."

남자가 시큰둥하게 말하는 게 못마땅했는지 은수는 입술을 깨물며 업체 안을 흘끔거렸다.

"안에 다른 배달원들도 있나요?"

"네?"

"다른 분들한테도 여쭤보고 싶은데."

은수가 가방 안에서 하얀 봉투를 꺼내 들었다. 누가 봐도 돈이 든 것처럼 보이는 봉투였다.

멀리서 오토바이 한 대가 빠른 속도로 가까워지고 있었다.

고개를 돌려서 누군지 확인하던 남자가 눈을 가늘게 떴다. 하얀색 오토바이였다.

"기다려보세요. 저기 한 명 오니까."

순식간에 가까워진 오토바이가 거리를 두고 섰다.

남자가 손을 들어 소리쳤다.

"석진아!"

헬멧을 벗으며 석진이 남자에게 인사를 하려다 말고 은수를 바라봤다.

은수가 오토바이에 탄 채로 가만히 선 그를 마주 쳐다봤다.

"누굴 찾는다는데, 너 혹시 아냐?"

머리가 하얗게 세고, 키는 이만한 여자래. 덧붙여진 남자의 설명에 석진의 표정이 구겨진 채로 굳었다.

은수의 시선이 닿는 곳마다 따끔거렸다. 굳이 자세히 살피지 않아도 수아와 닮았다는 걸 알 수 있었다. 그녀의 시선이 석진을 향해 집요하게 머물렀다.

오토바이에서 내린 석진이 바지를 털며 두 사람에게 다가갔다.

"이름은 모르시고요?"

남자가 이번엔 친절하게 물었지만 은수는 고개를 저었다.

"이름은…… 이름은 몰라요."

"나이는요?"

"그냥 머리가 하얗게 세고, 한 스물쯤 된 여자에요."

자연스럽게 말을 주고받는 두 사람 가까이 석진도 슬며시 다가섰다. 은수의 얼굴 곳곳에 난 작은 생채기가 눈에 띄었다. 물끄러미 상처를 보던 석진이 입을 열었다.

"다른 건요?"

"네?"

"그런 거 말고, 다른 건 아는 게 없어요?"

은수가 눈을 굴렸다. 필사적으로 생각하는 표정이 역력했다.

"한쪽 눈이 의안이에요."

"의안이요? 가짜 눈?"

남자가 놀라서 되물었다. 석진은 잠자코 은수의 말을 들었다.

"왼쪽 눈일 거예요, 아마."

"의안에, 하얗게 센 머리면 기억에 남을 텐데……. 근데 그 여자를 왜 여기서 찾으세요?"

남자가 그거야말로 정말 궁금하다는 듯 물었고, 머뭇거리던 은수는 자신 없어 하는 목소리로 대답했다.

"혹시 몰라서요. 아는 분이 계실지……."

남자가 싱겁다는 듯 웃었다.

"너무 뜬구름 잡는 소린데요. 배달하는 애들이 한두 명도 아니고."

"다른 건 아는 게 없어요?"

남자의 음성이 갈수록 가벼워지는 것과 달리 석진의 말투가 딱딱했다. 평소 석진의 태도와 다르게 날이 좀 서 있다는 걸 느낀 탓인지 남자가 일부러 그를 올려다봤다.

"다른 거요?"

"아는 게 너무 없으신 것 같아서요."

힐난에 가까운 목소리였다. 남자가 은수와 석진을 번갈아 쳐다보고 머리를 긁으며 불렀다.

"야, 석진아."

"외형 말고는 아무것도 모른다는 게 이상하잖아요."

석진의 말에 은수가 움찔거렸다.

"정말 아무것도 몰라요?"

은수의 입술이 달싹였지만 아무 말도 나오지 않았다. 사람을 대하는 태도가 선을 넘었다고 생각한 남자가 석진의 어깨를 잡았다.

"그만해. 너답지 않게 왜 이러냐?"

"아무것도 모른다는 게 말이 안 되죠."

낮지만 신경질적인 음성이 노골적으로 은수를 깔아뭉갰다. 미동도 없이 은수는 석진을 빤히 응시했다.

"일찍 오셨네요."

때마침 등장한 건 남자에게 건방진 태도를 보이던 새내기 배달원이었다. 앳된 얼굴의 그가 석진과 남자, 은수를 보며 무슨 일 있어요, 하고 물어왔다.

남자는 신경 쓰지 말라고 손을 내젓고는 석진을 건물 옆 계단으로 끌었다. 손님이 아니더라도 이런 식이면 클레임이 걸릴 수도 있었다. 워낙 일을 잘하는 놈이니 크게 문제 되지는 않겠지만 그래도 조용히 넘어가는 게 좋았다.

"잠시만요!"

은수가 두 사람을 붙잡았다. 뒤돌아선 석진이 은수를 노려보듯 쳐다보았다.

"왜 나한테 그런 말을 해요?"

초조한 기색이 얼굴 가득 번져 있었다. 급한 데 뭘 해야 할지 모르는 다급한 마음도 엿보였다. 은수가 성큼 다가와 석진의 손목을 잡았다.

"그 여자 누군지 알아요?"

석진은 비웃듯이 입꼬리를 올렸다.

"그쪽이 모르는데 내가 어떻게 알겠어요."

내가 아는 게 이상한 거 아닌가?

조롱하는 말투였다. 석진을 끌고 가던 남자도 그걸 느낄 수 있었다.

은수의 손을 툭 쳐내고 석진은 성큼성큼 건물 안으로 들어갔다. 배달원들이 주로 쓰는 화장실이 있는 곳이었다.

그 뒤를 쫓아 은수가 서너 개의 낮은 계단을 올라 잠긴 화장실 문을 두드렸다.

굳게 잠긴 문 안에선 아무런 응답도 없었다.

***

"그 애가 데려간 게 아닌 건 확실해?"

책망하는 말투에 소희는 미간을 찌푸렸다. 담배를 태우던 정금이 주름진 눈가를 만지며 연기를 뿜었다.

"걔가 아니면 대체 누가 애를 데려가는데?"

"그걸 알면 여기에 있겠어?"

소희가 무성의하게 대꾸하자 정금의 눈이 가늘어졌다.

"괜한 의심 사지 말고 엄마나 잘해."

깨진 유리창을 대신해 판자를 덧대놓은 창문 밖에서 벌레 우는 소리가 들렸다.

2년 만에 돌아온 모텔이었다. 4층 높이, 한 층에 여섯 개의 방이 있는 모텔은 2년간 관리한 사람이 없었는데도 제법 잘 정돈돼 있었다.

드문드문 1층과 2층 창문이 깨져 있기는 했지만 안에서 판자로 막아둔 상태였고, 가구나 집기 같은 것들은 호실마다 파손 없이 말끔하게 자리해 있었다. 물론 벌레나 죽은 쥐 사체 같은 것들이 있기는 했다. 정돈이 돼 있는 것과 별개로 2년이나 사람의 손길이 타지 않은 모텔이니 그 정도 잡다한 흔적이 생기는 건 당연한 일이었다.

두 사람 사이에 팽팽하던 긴장감은 제호가 문을 열고 쑥 들어오는 바람에 간단히 허물어졌다. 물끄러미 제호를 바라보던 소희가 그의 어깨를 툭툭 치고 206호를 나갔다.

판자 사이로 바깥을 내다보던 정금이 다그치듯 물었다.

"찾았니?"

"없어. 아무 데도."

"누가 애를 데려간 걸까."

제호는 벽에 등을 구부정하게 기대고 선 정금을 빤히 봤다. 언뜻 평범한 노인처럼 보이는 외모에서 그런 의미심장한 말이 나오는 게 어울리지 않았다.

"눈치챘을까?"

제호의 말이 소심하게 들렸는지 정금이 판자에 담배를 비벼 끄며 비웃었다.

"멍청한 소리. 갠 아무것도 몰라."

확고한 대답이었다.

"걱정해서 나쁠 건 없잖아."

"좋은 것도 없지."

정금은 고개를 돌려 문 앞에 우두커니 선 자신의 장남을 탐색하듯 바라보았다.

소희와 별반 다르지 않은 체격에, 가는 목을 덮은 짙은 고동색의 머리카락. 민첩한 몸놀림과 예민한 성격. 머리를 굴릴 줄은 모르지만, 상황 판단은 빠르다. 제호의 장점이라면 본능적인 감각. 그것뿐이었다.

관찰하던 얼굴에서 시선이 내려와 제호의 손에서 멈추었다. 7월에 접어들었어도 장갑을 끼고 있었다. 그녀의 눈길을 의식했는지 제호가 후드 주머니 속으로 손을 집어넣었다.

머리는 나쁘지만 말은 잘 듣는 아이였다. 제호는. 소희와 자신이 계획을 세우면 움직이는 건 주로 제호였다. 제호는 최선을 다해 정금이 시킨 일을 대부분 해냈다. 쓸모 있는 인간이 되기 위한 처절함 같은 게 그림자처럼 붙어 다녔다.

"다혜는?"

"1층에. 아버지랑 같이."

제호의 뒷말이 흐려졌다.

쓸모없는 것들. 들으라는 듯 읊조리던 정금이 팔짱을 끼고 한숨을 쉬었다.

"준비해. 금방 내려갈 테니까."

무슨 뜻인지 모르겠다는 제호의 표정이 멍청해 보였다. 정금은 어린아이를 가르치는 선생처럼 차분하게 설명했다.

"수아가 사라졌어. 그 애가 데려간 게 아니라면, 대체 누가 데려갔을까? 우린 그걸 몰라. 하지만 그 애는 알 수도 있겠지. 누가 데려갔는지."

아, 짧은 탄성이 제호의 입에서 나왔다.

화려한 자수가 놓인 우산을 들고 정금이 먼지 쌓인 거울 앞에 섰다.

평범한 이웃집 노인, 홀로 아이들을 키우는 엄마, 친한 언니, 이모, 아줌마, 할머니, 친구.

특이한 지점이 하나도 없는 수식어는 그녀의 보호색이었다. 낯선이를 경계하던 사람들은 그녀의 평범한 외모와 외형에 경계심을 풀었다. 그녀는 사람들 속으로 능수능란하게 스며들었다. 아무도 정금의 진짜 얼굴을 몰랐다. 사람들에게 그녀는 평범한 이웃집 노인이었고, 홀로 아이들을 키우는 엄마였고, 친한 언니였고, 이모였고, 아줌마였다.

"가자."

그녀는 제호를 지나쳐 206호를 나왔다. 복도를 달리던 쥐 한 마리가 정금을 발견하곤 후다닥 도망쳤다.

더러운 쥐새끼. 경멸이 담긴 시선으로 쥐가 사라진 곳을 흘겨보던 정금이 걸음을 툭툭 옮겼다.

발소리를 죽이려고 일부러 복도와 계단에 깔아둔 카펫만 밟고 1층으로 내려가자 마침 소희가 관리실에서 나오고 있었다.

뒤따라 내려오던 제호가 차에 시동을 걸어두겠다며 모텔 밖으로 나갔다.

먼저 입을 연 건 소희였다. 검은색 롱 원피스 자락을 손으로 움켜잡은 소희가 허벅지 부분에 묻은 먼지를 털었다.

"적당히 하고 와. 티 좀 내지 말고."

"그 애가 한국에 있는 이상, 너야말로 몸조심해야 할 거야. 돌아다니다 마주치기라도 하면 큰일이지 않겠니?"

뭐, 네가 당장이라도 그 애를 죽여버린다면 걱정할 게 없기는 하겠지만.

덧붙인 정금의 말에 소희가 미간을 좁혔다.

바깥에서 시동 거는 소리가 났다.

정금이 짧은 한숨을 내쉬곤 모텔 입구를 빠져나왔다.

잡초가 자란 주차장에 시동 걸린 흰색 승용차가 주차돼 있었다. 보조석 문을 열고 타자 매캐한 담배 냄새와 아이들이 좋아할 법한 달달한 사탕 냄새가 났다.

"어디로 가?"

"아파트로."

그 말을 끝으로 정금은 눈을 감았다.

모텔을 미끄러지듯 나온 차가 국도를 달려 고속도로에 진입했다. 완벽할 정도로 규범을 준수하며 달리던 차가 출구를 찾아 핸들을 돌렸다.

15

엄마는 전화를 받지 않았고, 남자는 화장실에서 나오지 않았다.

문을 두드리며 아무리 불러도 소용없는 일이었다. 건물 바깥에서는 오토바이 소리가 멀어졌다 가까워지기를 반복했다.

한참을 기다리다 지쳐 계단에 털썩 주저앉아 있는데, 배달용 조끼를 입고 계단을 올라온 배달원이 열쇠로 화장실 문을 열었다.

배달원을 제치고 안으로 뛰어들었지만 좌변기 하나와 세면대가 전부인 작은 화장실 어디에도 남자는 보이지 않았다. 이 좁은 곳에 숨을 데가 있을 리 없었다.

"뭐예요?"

"분명 여기로 들어왔는데……."

"저기요, 좀 나와 주세요."

"혹시 여기로 들어간 남자 못 봤어요?"

배달원은 짜증 난다는 표정으로 나를 보더니 턱으로 좌변기 옆을 가리켰다.

"손잡이는 없는데, 건물 밖으로 나가는 문이에요. 저기로 나갔나 보죠."

"문이요?"

"빨리 나오시라니까요. 이러다 싸겠네, 진짜."

배달원이 내 팔을 잡아끌었다. 붙들려 나와 난간을 잡고 층계참에 섰다.

확신할 수 있었다. 그는 그 여자를 안다. 분명 그 여자를 알고 있다. 그 여자를 알기에 나를 피해 도망친 것이다.

뒤늦은 기억이 튀어 올랐다. 어젯밤, 내게 협박을 늘어놓은 여자가 타고 사라진 하얀색 오토바이.

남자가 타고 온 오토바이는 무슨 색이었지? 같은 하얀색이었다.

계단을 뛰듯이 내려와 건물 밖으로 나갔다.

아까보다 더 많아진 배달원들이 비치된 플라스틱 의자에 앉아 저마다 핸드폰을 보고 있었다. 여러 대의 오토바이가 있었지만 어디에도 하얀색 오토바이는 보이지 않았다. 사내들 중 하나에게 다가가 오토바이에 관해 물었다.

"하얀색 오토바이 타고 온 남자. 그 남자 못 봤어요?"

"하얀색 오토바이요?"

마스크를 낀 사내가 반문했다. 옆에서 게임에 열중해 있는 노랑머리가 휘파람을 불었다.

"석진이 말하는 거 아니야? 인기도 많네."

"석진이요? 그 남자 이름이 석진이에요?"

"아무리 이러셔도 소용없습니다. 석진이는 여자한테 관심이 없어요."

노랑머리의 농담에 주변에 있던 배달원들이 저급한 욕설을 뱉으며 낄낄거렸다. 얼굴이 붉어졌다. 그들의 조롱 같은 비웃음 때문이 아니었다.

분노. 이건 석진이란 남자를 놓친 것에 대한 분노이자 눈앞에 둔 힌트를 알아보지 못한 스스로에 대한 분노였다.

"그 사람 어디로 갔어요?"

"글쎄 이러셔도……."

"그 자식 어디로 갔냐고!"

"무슨 일로 그러시는데요?"

두꺼운 손이 어깨를 슬며시 잡았다. 고개를 돌렸다. 손의 주인은 턱수염을 기른 남자였다.

"무슨 일로 석진이를 찾으시는 건데요?"

소리를 내지 못한 목울대가 움찔거렸다. 머리를 세차게 도리질 치고는 대답했다.

"찾는 사람이 있는데, 그 남자가 아는 것 같아요."

"찾는 사람이요?"

"그 남자만 아는데, 그 석진이란 남자가 도망쳤어요."

"도망이요? 석진이가?"

그럴 리가 없는데. 걔가 그럴 애가 아니거든요. 턱수염은 그를 보호하려는 것처럼 말을 덧붙였다.

석진이란 남자가 어떤 사람인지는 궁금하지 않았다. 내가 알고 싶은 건 그가 알고 있는 여자에 관한 내용이었다. 나는 석진이, 그 남자가 어디로 갔는지 아느냐고 물었다. 구레나룻을 긁으며 그가 고개를 저었다.

"그 여자 맞지 않아?"

턱수염과 실랑이 아닌 실랑이를 벌이는데 뒤쪽에서 속삭이는 음성이 귀에 박혔다.

등을 돌리자 앳된 티가 나는 소년이 노랑머리에게 핸드폰을 보여주고 있었다. 나는 나도 모르게 손을 뻗어 그들이 들고 있던 핸드폰을 낚아챘다.

당혹스러워하는 노랑머리의 입에서 곧바로 욕설이 튀어나왔다.

"지금 뭐 하는 거야? 당신이 뭔데 핸드폰을 뺏어가?"

"뭐 하는 겁니까?"

달려들려는 노랑머리를 말리며 턱수염이 어서 핸드폰을 돌려주라고 채근했다. 나는 소년의 핸드폰을 들고 숨을 몰아쉬었다.

"빨리 돌려주라니까요."

"이 사진…… 뭐야?"

노랑머리와 소년을 향해 액정을 들이밀었다.

"이걸 왜 너희들이 가지고 있어?"

액정을 채운 사진 속에는 내가 있었다. 지금보다 훨씬 어린 내가. 수아를 낳기도 전의, 연호와 만나기도 전의 내가. 언제인지 확신할 수는 없지만, 아주 오래전의 내 모습이 이 안에 담겨 있었다.

그들은 아무 말도 하지 않았다. 입을 다물고 서로의 눈치만 볼 뿐이었다.

"이 사진이 왜 여기에 있냐니까!"

고함에 먼저 입을 연 건 노랑머리였다. 슬금슬금 눈치를 보던 그가 변명하듯 이름을 댔다.

"석진이가 줬는데요."
"석진이? 그 남자?"
"아, 석진이가 비슷한 여자라도 보면 바로 알려달라면서 사진 뿌린 거라고요."
"맞아요. 그 형이 시킨 거예요!"
"우리라고 뭐 이름도 모르는 여자 사진 가지고 다니고 싶겠어요? 걔가 부탁하니까 배달하다 비슷한 사람이라도 보면 연락하려고 저장한 거지."
입을 틀어막고 그들에게서 한 걸음 물러났다. 머릿속으로 한 가지 단어만 둥둥 떠다녔다.
표적.
나는 표적이었다.
그들의 목표이자 제물이었고 희생양이었다.
"그럼…… 그 여자는 누구야?"
"누구요?"
"그 여자! 수아를 데려간 그 여자!"
두 사람이 미간을 좁히고 서로의 얼굴을 쳐다보더니 고개를 저었다.
"몰라요. 누구를 말하는지. 우린 그냥 석진이가 보여준 그쪽 사진만 안다고요."
"거짓말하지 마!"
있는 힘을 다해 노랑머리에게 달려들었다.
턱수염과 소년이 노랑머리의 목을 붙든 나를 떼어내려 안간힘을 썼다. 나는 먹이를 잡은 짐승처럼 필사적으로 붙어 매달렸다. 소란이 커지자 다른 배달원들이 몰려들었다. 수군거리는 소리가 커졌다.

"그만 놓으시라니까요!"

"누군지 말해! 그 여자가 누군지 말하라고!"

"아줌마! 이러다 형 죽겠어요! 놓고 말해요!"

"어서 말하라니까!"

기우뚱 노랑머리의 몸이 뒤로 넘어갔다.

나는 그의 목을 조른 상태 그대로 함께 넘어졌다. 몸 위에 악착같이 타올라 소리쳤다.

"말하라고! 수아를 데려간 게 누군지!"

노랑머리의 얼굴 위로 뚝뚝 눈물이 떨어졌다. 그가 우는 게 아니었다. 눈물은 내 눈에서 흐른 것이었다.

턱수염이 내 어깨와 허리를 붙잡고 흔들었다. 번쩍 들린 몸이 순식간에 아스팔트 위로 내동댕이쳐졌다.

배달업체 조끼를 입은 배달원들이 원을 그리며 주변을 에워쌌다. 그들 사이를 비집고 들어온 중년 남성이 무슨 일이냐고 소리를 질렀다. 배달업체 사장인 것 같았다.

"야, 호태야."

겁에 질린 턱수염은 노랑머리의 뺨을 치며 이름을 불렀다. 그게 노랑머리의 이름인 듯했다.

"기호태! 정신 차려, 인마!"

"뭐야? 이게 다 뭔 일이야?"

"사장님, 빨리 119에 전화해요!"

"뭐? 119는 왜?"

"애가 거품을 물었잖아요! 빨리!"

"에이씨, 이게 다 무슨 일이야……."

전화 거는 사장의 모습이 슬로 모션처럼 느리게 움직였다. 턱수염 옆에 앉은 소년이 눈을 발갛게 물들이며 나를 노려봤다. 소년뿐만이 아니었다. 모인 배달원들 모두의 시선에 적대감이 가득했다.

그들에게 나는 자신의 동료를 공격한 범인이었고 짐승이었다. 내 생각도 비슷했다. 나에게 그들은 내 아이를 데려간 이들의 친구이자 간접공범이었다. 그들이 나를 용서할 수 없듯, 나 또한 그들을 용서할 수 없었다. 설령 그것이 친구를 위하는 행동이었을지라도.

"112에도 전화해야 하는 거 아니야?"

누군가 턱수염에게 물었고 턱수염은 말을 흐렸다.

"그게……."

"저 여자가 호태를 죽이려고 했잖아."

그 말에 동조하는 음성들이 여기저기서 쏟아졌다.

말없이 고개를 주억거리던 그가 멍해진 나와 눈을 마주쳤다. 사이렌 소리가 가까워지고 있었다.

***

'전처'라고 발음하는 건 쉬우면서도 어려운 일이었다. 연락도 뜻밖이었지만 연락한 상대는 더 뜻밖이었고, 통화 내용은 더더욱 뜻밖의 상황이었다.

그는 상대방의 말을 듣는 내내 전처라는 단어를 곱씹었다. 전처입니다. 어렵지 않은 말이었건만 어째서인지 그 말이 쉽게 나오지 않았다.

"일단 제가 거기로 가겠습니다. 위치가 어딥니까?"

불러주는 주소를 메모지에 적고 나서야 그는 전화를 끊었다.

은수가 폭행 혐의라니. 그는 3년 전 이혼한 자신의 전처를 떠올리며 회사를 나와 차를 몰았다.

대학교 시절 만나 연애를 시작한 전처와는 딸을 사이에 둔 채로 이혼했다. 지금으로부터 3년 전, 딸이 세 살이 되던 해였다.

이혼 얘기는 갑작스러웠으나 그도 조금은 예상한 터라 받아들이는 데 오랜 시간이 걸리지는 않았다. 이혼의 원인은 성격 차이라고 둘러댔지만 계기는 자신의 외도 때문이었다.

약간의 변명을 해보자면, 그는 '가족'에 집착하는 은수를 이해할 수 없었다. 모든 일에 초연해 보이던 은수는 수아를 낳은 이후, 세 사람이 만든 '가족'이란 울타리에 강한 애착을 보였다. 처음엔 연호 역시 그런 애착이 좋았다. 어쨌든 '우리'의 자식인 수아에게 사랑을 준다는 것이었으니까. 그러나 애착은 집착이 되었고, 은수는 자신이 가꾼 텃밭을 잃을까 초조해하며 주변을 경계했다. 시작은 연호의 직장 동료였고, 다음은 친구였다.

은수의 불안을 잠재우고자 이성 친구들은 물론이고 회사 동료들과도 거리를 두었으나 상황은 나아지지 않았다. 집착은 수아에게도 심했는데, 은수는 수아에게 접근하려는 모든 이들을 막았다. 그 대상엔 연호의 부모는 물론이고 은수의 부모도 마찬가지였다. 가끔은 연호 역시도 수아에게 다가갈 수 없었다. 누구도 내 아이를, 내 가족을 건드릴 수는 없어. 수아의 침대맡에 앉은 은수의 눈은 그렇게 말했다. 정말이지 숨이 막히는 애정이었다.

차선책으로 연호는 휴직계를 냈다. 그다음 보모를 고용했다. 당시엔 곧 나아지리라는 믿음이 있었다. 기록에 남지 않도록 사설 상담 센터를 다니면서, 충분한 휴식을 취할 수 있도록 은수를 배려했으니까.

어느 밤, 수아를 품에 안고 침대맡에 서서 자신을 주시하던 은수와 마주하기 전까지는.

눈을 뜬 순간, 어둠 속에서 형형한 이채를 발견했을 때. 연호는 아무런 말도, 행동도 하지 못했다. 그저 짐승 앞에 선 초식 동물처럼 시선을 고정한 채 숨만 내쉴 뿐이었다.

깨달음은 화살처럼 날아와 몸에 박혔다. 그는 자신이 아내가 정해둔 '가족'이라는 울타리 밖으로 밀려났음을 깨달았다. 본능적인 체감이었다. 아내는, 은수는 더는 연호를 가족으로 생각하지 않았다. 그녀에게 연호는 어떻게든 수아를 떼어놓으려는 악당이었다.

그런 의미에서 외도는 확실한 종지부를 찍기 위한 수단이었다. 은수는 '그 밤'을 기억하지 못했지만, 그는 형형하던 그녀의 시선을 결코 잊을 수 없었다. 그는 배덕감보다도 아내에 대한 공포심을 더 크게 느끼며 외도를 저질렀다.

양육권을 양보한 것은 그녀에게서 두려움을 느낀 것만큼, 은수가 위태롭다고 느껴졌기 때문이었다. 은수에게 수아는 정신을 지탱하는 기둥이었다. 만약 은수에게서 기둥을 빼앗는다면, 은수의 삶은 송두리째 무너질 게 분명했다. 겉으로 보기엔 멀쩡한 사람이었고, 아내였고, 엄마였다. 은수의 감춰진 이면을 발견한 건 오직 연호뿐이었다. 핏줄로 이어진 가족. 붉은 혈관이 거미줄처럼 펼쳐진 은수의 세상 속에서 자신은 쫓겨난 이방인이었다.

솔직히, 어쩌면 마음속 깊은 곳에는 하루라도 빨리 도망치고 싶은 마음이 가득했는지도 모르지. 연호는 핸들을 돌리며 입맛을 다셨다. 입안 가득 쓴맛이 났다.

경찰이 일러준 파출소에 도착하자 시간은 정오를 훨씬 지난 오후였다.

순찰차 옆에 차를 세우고 내렸다. 중요한 회의를 마친 터라 고급 양복을 입고 있어 다행이라는 생각을 하며 파출소로 들어가는 문을 밀었다.

"무슨, 무슨 일이십니까?"

어리벙벙한 표정만큼이나 어색한 질문이었다. 취객 이외엔 상대해본 적이 없는지 말끔한 그를 보자 경찰관은 말을 더듬었다. 연호는 은수를 찾았다. 그리 넓지 않은 파출소는 두어 번 고개를 돌리면 모두 확인할 수 있는 크기였다.

은수는 평범한 행색을 하고 파출소 소파에 앉아 있었다. 그게 더 파출소와 맞지 않는 이질감을 불러일으켰다. 얼핏 보면 가해자가 아니라 피해자처럼 보이기도 했다. 그녀는 가지런히 무릎을 모으고 벽을 바라보고 있었다.

연호가 다가가 조심스럽게 어깨 위로 손을 올렸다. 흠칫 몸을 떨며 은수가 고개를 들어 바라봤다.

"보호자 되십니까?"

중후한 음성이 그에게 물었다.

"전남편입니다."

은수에게서 시선을 떼지 않은 채 그가 대답했다.

은수가 공격한 노란 머리 남자는 가벼운 뇌진탕을 진단받았다고 했다. 적정선에서 합의하는 게 좋다는 경찰의 말에 따라 남자는 치료비와 합의금으로 200만 원을 요구했고, 연호는 그의 요구에 사인했다.

연호는 어떻게 된 일인지, 누가 먼저 잘못한 건지 따지지 않았다. 자신에게는 그럴 권리가 없다는 생각이 들어서였다.

파출소를 나왔을 땐 해가 저물어 저녁을 먹기에 적당한 시간이었다. 합의가 진행되는 중에도 한마디 하지 않던 은수는 저녁이라도 먹자는 연호의 말에 고개를 끄덕였다.

차에 타 이동하는 동안 은수의 입술은 물고기처럼 뻐끔거렸다. 할 말이 있지만 어떻게 해야 할지 모를 때의 버릇이었다.

두 사람은 파출소와 거리가 좀 떨어진 한식집으로 자리를 옮겼다. 밑반찬이 나오고 주요리가 나오는 사이에도 은수에게선 아무런 말이 없었다. 묻고 싶은 게 많았지만, 그는 섣불리 묻는 대신 인내심을 가지기로 했다. 마지막 만남 이후로 그녀가 얼마나 힘들었을지 알고 있어서였다. 오늘 같은 일은 예상 밖의 상황이기는 했지만 내심 약간은 걱정하던 일이기도 했다.

"수아가……."

마침내 모든 요리가 전부 차려졌을 때, 은수는 수아의 이름을 꺼냈다. 미안하다거나, 저지른 행위의 사유에 관해 설명해주리라 예상한 것과는 궤가 다른 내용이었다.

"수아가 왜?"

"수아가 사라졌어."

물수건으로 손을 닦던 걸 멈추고 그는 고개 숙인 은수를 물끄러미 응시했다.

“누가 사라졌다고?”

은수의 어깨가 들썩였다.

온몸을 주체하지 못하고 우는 은수를 보는 건 기억도 나지 않을 만큼 까마득한 일이라 그는 잠시 당황했다.

“수아가 사라졌다니. 그게 무슨 말이야?”

“어떡하지. 어떻게 해야…….”

“갑자기 애가 사라졌다니?”

“내가 뭘 어떻게 해야 할까? 경찰에 말해도 소용없어. 그 사람들은 부모님이 데려간 줄 알아.”

“부모님이라니?”

“어떡하지? 정말 부모님이 데려간 걸까? 분명 나한텐 그렇게 말했는데…… 전화도 받지 않고 아무런 연락도 없어. 거기다 웬 여자가 나타나서는…….”

연호는 입을 다물었다. 군침이 돌 만큼 맛있는 냄새가 나는데도 입맛이 없었다.

“더 미치겠는 건, 애가 사라졌는데 배가 고파. 내가 미친 것 같아. 어떻게 배가 고플 수 있지?”

넋두리 같은 말이 이어졌다. 은수는 여전히 고개를 들지 못하고 있었다.

“수아가 얼마나 무서워할지 상상도 안 되는데, 엄마로서 난 할 수 있는 게 아무것도 없어. 신고라도 하고 싶은데. 모르겠어. 누구를 의심해야 하는 건지도 알 수가 없어.”

“천천히 설명해봐. 수아가 언제 사라졌다는 거야?”

은수가 무겁게 고개를 들었다.

"부모님을 노리는 건지, 나를 노리는 건지 모르겠어. 왜 하필 수아였을까."

그건 연호가 아닌 은수 자신에게 하는 질문이었다.

"온종일 전화했는데 엄마는 받지도 않고, 메시지를 읽지도 않아."

무슨 일이 생겼나 봐. 그런 게 분명해. 그녀는 끊임없이 알 수 없는 말을 해댔다. 인내심을 가지고 참고 있던 그가 되물었다.

"장모님이 전화를 안 받는다고?"

"며칠 전까지도 통화했는데. 한국에 귀국한 뒤로는 연락이 안 돼. 혹시 수아를 데려간 그 사람들에 대해 아는 게 아닐까. 그래서 몸을 피하기라도 한 걸까? 그렇지만, 나한테는 말해줘야 하잖아. 적어도 나한테는!"

은수가 이상한 말을 한다고 생각했는지 그가 눈썹을 긁었다.

"은수야."

"어떡하지? 수아처럼, 부모님한테도 무슨 일이 생긴 거면, 그러면 어떻게 하지? 수아는 무슨 수로 찾아야 해?"

"김은수!"

소리치듯 부르면서 그는 묘한 표정을 지었다. 그건 오래 묵은 동정 같기도 했고 갑자기 닥친 불안 같기도 했다.

"지금 무슨 말을 하는 거야?"

그의 입술이 열렸다 닫히기를 반복했다.

마침내 연호가 입을 연 건 반찬으로 나온 국에서 김이 다 사라졌을 때였다.

"장모님하고 어떻게 연락한다는 거야."

나직한 연호의 음성이 마치 자신을 책망하는 것 같다고 은수는 느꼈다.

"두 분이 그럴 수 없다는 거 너도 알잖아."

너는 알고 있잖아.

연호의 눈동자가 은수를 옭아맸다. 한참 동안 입을 다물고 있던 그가 조심스럽게 입술을 열었다.

"은수야, 그건 네 잘못이 아니었어."

"뭐?"

"사고였어. 그냥 사고."

그의 눈에 깊은 동정심이 일었다. 은수는 연호가 이렇게 담담하게 구는 게 화가 나는지 식탁을 쾅 내리쳤다.

"수아가 사라졌다니까!"

"네가 힘들었다는 거 알아. 나였어도 그랬을 거야."

입을 다문 그가 세상에서 가장 불행한 사람을 보는 눈으로 그녀를 응시했다.

"그건 사고였어."

네 책임이 아니었다고. 새기듯 말을 꺼낸 그가 시선을 아래로 떨구었다.

충격이 심하면 그럴 수 있다고. 연호는 수아가 사라졌다고 말하는 은수의 행동에 이유를 붙이려 들었다.

"두 분은 절대 널 원망하지 않으실 거야. 사고는 어쩔 수 없는 거니까."

은수는 연호가 차분하게 내뱉는 어떤 말도 선명하게 받아들일 수가 없었다. 수아의 실종은 입에 올리지도 않고 사고라니. 연호가 말하는 사고가 무엇인지도 몰랐고, 수아의 실종에 대해 진지하게 여기지 않는 그의 태도가 야속할 뿐이었다.

"수아가 사라졌어. 우리 딸이 없어졌다고. 무슨 상황인지 모르겠어?"

은수의 닦달에 그가 물을 벌컥 들이켰다.

"충격이 컸다는 거 알아. 3년이 지났어도 가족을 잃은 슬픔이란 게 없어지는 건 아니니까."

연호의 말은 어느 먼 나라에서나 들을 법한 언어처럼 어렵고 낯설었다. 가족을 잃은 슬픔. 그 말에 그녀의 심장이 터질 것처럼 팽창했다.

"장인어른 돌아가시고, 장모님까지 그렇게 된 거. 나도 안타깝게 생각해."

둘은 각자 다른 이국의 언어로 대화하는 외국인들 같았다. 은수는 그의 말이 이상하다고 생각했고, 연호는 그녀의 말을 들으려 하지 않았다.

"내 잘못이야. 그때 네가 담담해 보였다고 해서 그렇게 넘어가면 안 되는 거였는데."

잘 차려진 식사를 앞에 두고 연호는 선뜻 젓가락조차 들지 못했다.

"그래도 3년이면…… 벗어날 때도 됐다고 생각해."

너의 죄책감에서, 그만 벗어나야지. 그가 아이를 달래듯 다정하게 말했다. 겨우 침을 삼켜내고 은수가 연호에게 물었다.

"아버지가 돌아가셨다고?"

우물거리던 연호가 어쩔 수 없다는 듯 줄줄 이야기를 꺼냈다. 그건 은수가 충격에 빠져 그때의 사건을 일시적으로 망각할 수 있다고 판단한 데서 나온 어법이었다.

"네 잘못이 아니었어. 빗길이었고, 밤길이라 어두웠고, 너는 잠깐 졸았던 거니까. 눈을 뜨니 차는 가드레일을 뚫고 나가서 나무에 걸려 있었고. 천만다행으로 너는 살았잖아. 장인어른도 장모님도, 네가 이렇게 살아있다는 걸 아시면 기뻐하실 거야. 그럴 분들이시잖아."

연호는 더 말하지 않았다. 은수 역시 아무런 말도 꺼내지 않았다. 두 사람은 마주 보고 앉은 석고상처럼 서로 다른 허공에 눈길을 두었다.

"그러니까 그만 놔드려."

그녀의 가방에서 진동이 길게 울렸다. 핸드폰을 꺼내자 액정에 낯익은 번호가 떠 있었다. 엄지손가락이 움찔거리며 통화 버튼 위를 빙빙 돌았다.

"이제 그만 잊어도 돼."

아버지가 죽었다고? 미국에 있는 동안 엄마와 적지 않게 통화를 했고, 그런 일이 있었다면 벌써 말하지 않았을 리가 없었다. 그런데 그와 관련된 건 들어본 적이 없었다. 기억력이 문제가 아니라면 문제는 다른 곳에 있는 거였다.

"장모님도 목숨만은 부지하셨잖아. 요양원에 자주 갔어야 했는데, 내가 너무 무관심했어."

전화를 받지 않은 채 은수가 되물었다. 은수의 귀에는 연호가 말한 내용 중에서 자신과 관련된 건 죄다 빠진 채 들렸다. 아빠가 죽고, 엄마는 요양원에 있다! 연호의 말에서 제대로 들은 건 그게 전부였다.

"요양원이라니?"

"상태는 여전하시지?"

"엄마가 요양원에 있어?"

그가 입을 다물었다.

"엄마가 왜 요양원에 있는데?"

"너 정말 이상하다."

"대답해. 왜 엄마가 요양원에 있다는 건데?"

"은수야, 그만……."

"부탁이야. 말 좀 해줘. 내가 뭘 모르고 있는 거야?"

한숨을 터트리듯 내쉬며 연호는 제 앞의 물을 벌컥 마셨다. 목울대가 크게 움직였다.

잔을 내려둔 뒤에도 연호는 한참 동안 말없이 눈을 감고 있었다. 앞으로 해야 할 말을 정리하는 듯했다. 그러면서 간간이 고개를 저었다. 하지 말아야 할 말을 고르는 게 아니라, 왜 이런 말을 해야 하는지 자신도 이해할 수 없어서 나오는 부정의 제스처였다. 화를 내는 것보다 그냥 다시 상기시켜주는 게 나을 듯싶었는지, 그의 입술이 달싹거렸다. 은수는 재촉하는 대신 참을성 있게 그의 말이 시작되기를 기다렸다.

"3년 전에. 우리 이혼하고 얼마 지나지 않아서, 국도변에서 사고가 났어."

목이 따끔거렸다.

"말한 것처럼 빗길이었고, 주변은 어두웠고, 너는 잠깐 졸았던 거야. 눈을 뜨니 차는 가드레일을 뚫고 나가서 나무에 걸려 있었던 거고. 장인어른은…… 보조석 창문 밖으로 튕겨 나가서 돌아가셨어. 뒷자리에 탄 장모님은 다행히 목숨은 건지셨는데, 사고로 신경이 마비돼서 눈만 뜨고 감을 수 있으시고. 깨어 있는 식물인간. 의사는 그렇게 말했었다고."

긁어도, 긁어도 가려움은 해소되지 않았다. 그제야 가려운 게 바깥이 아닌 내부라는 걸 깨달았다.

또다시 진동이 길게 울렸다. 받아보라는 연호의 시선에 응답하듯 그녀가 고개를 내려 액정을 확인했다. 액정에 뜬 건 그간 은수가 기다려온 이름이었다. 엄마. 간단하게 저장된 이름이 액정을 가득 채웠다.

연호의 말이 전부 사실이라면, 믿을 수 없는 그게 전부 진짜라면.

"그만 잊어버려."

대체 누가. 대체 어떤 사람들이…….

"두 분도 네가 행복하기를 바라실 거야."

……부모님 행세를 하며 내게 전화를 걸고 있는 것일까.

16

정금은 신을 벗고 익숙하게 안으로 들어섰다.

실내는 마지막으로 들렀을 때와 달리 구석구석 생활감이 배어 있었다. 쌓인 먼지도 없고 사용했던 게 분명한 집기들도 잘 정리돼 있었다. 찬찬히 거실을 둘러보고 나서 그녀는 안쪽 침실로 걸음을 옮겼다.

정돈된 거실과 달리 침실은 옷가지들이 내팽개치듯 널려 있어 너저분했다. 옷을 갈아입고 급하게 나간 티가 역력했다.

침대에 털썩 앉아 정금은 널브러진 옷가지들에 한참이나 시선을 두었다.

이렇게 급하게, 정리도 하지 못한 채로 어디로 나갔을까. 아이가 사라졌으니 경찰서에 간 것일까. 경찰서에서 아이를 찾아달라고 떼라도 쓰는 중일까.

무심코 비웃음이 새어 나왔다. 침대에 쓰러지듯 등을 대고 누웠다.

등에 닿는 이불이 부드러웠다. 인생의 반 이상을 이런 이불에 누워 보냈을 은수를 생각하면 갈비뼈가 찌르르 아팠다.

김은수.

이제는 그 이름에 더 어울리는 아이였다.

아무리 모방해도 원본이 될 수 없다는 걸 소희도 깨달았을 터였다.

성질만 더러워서는.

정금은 소희를 떠올리며 눈을 감았다.

소희가 이제는 김은수가 된 소원이를 처음 찾아낸 건 10년 전. 그건 순전히 호기심에서 비롯된 일이었다.

대학가 근처였다. 낯선 여자가 소희에게 아는 체를 했다. 그녀는 소희에게 '은수'라고 부르며 안부를 물었다. 소희는 희미한 웃음을 짓고는 등을 돌렸다. 그러자 여자는 '김은수, 너 진짜 너무하는 거 아니야?' 하고 서운한 감정을 쏟아냈다.

손까지 붙잡고 어정쩡한 대화가 잠시 이어지던 와중에 누군가 여자를 불렀다. 급한 일인지 소희를 붙잡고 있던 여자는 잠시 기다리라고 하곤 황급히 자리를 떴다. 소희도 곧바로 그 자리를 벗어났다.

그저 궁금했을 뿐이었다. 당시 유행하던 SNS에 '김은수'라는 이름을 검색한 것은.

평범한 이름이니만큼 수십, 수백 명의 동명이인이 검색됐다. 고민하던 소희는 여자와 마주친 장소를 떠올리며 대학명과 이름을 함께 입력했다.

그곳에 은수가 있었다. 소희를 닮은, 김은수가.

몇 년 전 글을 마지막으로 더는 게시된 내용이 없었으나 태그된 이름을 누르는 식으로 몇 번 반복하면 최근 은수의 행적이 나왔다. 스토킹은 쉽고 간단했다. 손가락을 움직이는 것으로 모든 걸 볼 수 있었다.

소희는 그걸 '우연'이라고 설명했고, 정금은 '기회'로 받아들였다.

다시는 볼 수 없을지도 모른다고 여겼던 그 애가 나타난 그날. 복권처럼 돌아온 '김은수'는 소희와 똑같은 얼굴로 환하게 웃고 있었다. '소원'이라는 이름은 떠오르지도 않을 만큼 생소한 분위기였다.

너는 정말 아무것도 모를까?

정금과 소희는 '김은수'의 곁을 맴돌기 시작했다.

행복하고 밝은 미래를 꿈꾸는 모습을 볼 때마다 소희는 주먹을 쥐고 숨을 골랐다. 그녀의 옆에 나란히 서서 정금은 슬쩍 떠오른 미소를 지웠다.

부럽지 않니? 원래는 네 자리였는데 말이야.

정금이 그런 식으로 지나가듯 말을 툭 던지면, 소희는 입술을 깨물었다.

너에게서 빼앗아간 거잖아. 네가 누렸을 삶을.

두 사람은 '김은수'의 삶을 비집고 들어가 구경했다.

소희가 어떤 마음으로 '김은수'를 정의하고 있을지, 정금은 짐작할 수 있었다. 질투, 시기, 복수. 때로는 동경.

그런 것들이 소희를 괴롭힐 게 자명했다.

저 애가 너에게서 강탈해간 아름다운 세상을 되찾아오는 거야.

낮지만 강렬한 속삭임이 반복될수록 소희의 눈빛은 차츰 날카롭게 변해갔다. 똑똑하고 냉정한 척해도 결국은 자신의 딸이었다. 누구보다 소희를 잘 아는 사람은 나뿐이라고, 정금은 자신했다.

네가 '김은수'가 되는 거야.

하나부터 열까지. 전부 바뀌는 거지.

'김은수'가 되기 위해 은수가 흘린 거라면 무엇이든 뒤져가며 취향을 학습했다. 어떤 과자를 즐겨 먹는지부터 무엇을 소비하고, 무엇을 특히 더 소비하는지, 그래서 뭘 좋아하고 싫어하는지까지.

아이러니하게도 한 인간의 모든 걸 알 방법이란 그 인간이 버린 쓰레기를 뒤지는 게 가장 쉬웠고, 거기에 가장 정확하게 담겨 있었다. 냄새나는 쓰레기를 뒤지고 또 뒤지면서도 정금의 안색은 미래를 위해 투자를 아끼지 않는 사람처럼 기쁨으로 넘쳐났다.

계획은 착실히 진행됐다. 3년 전, 불현듯 이혼을 결심한 은수가 미국으로 떠나지만 않았더라면, 모든 건 더 일찍 끝났을 것이다.

그리고 갑자기 떠났을 때처럼 돌아왔으니…….

"이제라도 끝을 내야지."

그녀는 침대에 누워 자신이 가꿔둔 마당의 꽃들을 생각했다.

은수의 부모를 해치우고 차지한 저택의 마당. 그 한쪽에 가꿔둔 화단.

비옥한 땅은 진정한 주인이 누구인지 단번에 알아봤다. 심는 곳마다 꽃이 만개했고, 열매가 열렸다. 잡초만 드문드문 나 있던 삭막한 마당이 정금의 손길로 다시 태어났다.

당신들한테는 자격이 없어.

그녀가 눈을 떴다. 천장에 그려진 무늬가 보기만 해도 지겨웠다.

말도 하지 못하고 어떤 표현도 하지 못한 채로 침대에 구속돼 있다는 건 사람을 미치게 만들 일이었다.

'김은수'를 키운 그 여자는 지금쯤 미쳤을까. 말을 하지 못하니 멀쩡한지 미쳤는지도 구분할 수 없었다. 현대의학으로 회복할 수 없다는 의사 소견이 아니었다면 편하게 죽여줬을 텐데.

겨우 숨이나 쉬며 살아있는 건 당신에게 저주일까 희망일까. 매일 뜬 눈 앞으로 찬란했던 과거가 스쳐 지나겠지. 진주 귀걸이를 하고 고급스러운 옷을 걸쳐 입고 사랑하는 가족과 단란하게 살던 시절의 모습이.

정금은 끄응, 가느다란 신음을 내며 허리를 일으켰다. 주의를 기울여 살펴봐도 침실에서 건질 수 있는 정보는 없을 것 같았다.

거실로 나온 그녀는 베란다 창문을 바라보며 섰다. 그러다 불쑥, 오래전 창문을 들여다보던 겨울날이 떠올랐다. 그날이 떠오르자 자연스레 타오르던 화염과 그 속에서 죽어가던 눈들로 기억이 옮겨갔다.

누가 아이를 데리고 갔을까.

자리를 비운 잠깐의 시간, 대낮의 공원 한복판이었는데.

유괴범에게는 불리한 장소였을 텐데도 거리낌이 없었다는 건, 그만큼 목표가 확실했다는 뜻이겠지.

"……태은이."

그녀가 케케묵은 이름을 뱉어냈다.

그러고 보니 발견된 시체는 두 구뿐이라고 했었지. 돈을 받은 뒤였으니 한 명쯤 살았어도 관심은 없었고. 그게 화근이었나. 마무리를 깨끗하게 하지 않아서?

베란다를 나온 정금은 곧장 거실을 지나 집을 나왔다. 최대한 소리가 나지 않도록 현관문을 닫고 출구로 이어지는 복도를 걸었다.

태은이 걔가 자랐다면 이제 성인이 되었을 테지.

생각해보면 태은이는 인내심이 강한 아이였다. 귀찮아서 던져준 문제집을 오기로 풀고는 다 풀었다며 웃을 정도로. 질긴 인내심은 칭찬해줄 만했지만, 그런 인내심이 이런 식으로 뒤를 쫓아다닌다는 건 통 마음에 들지 않는 일이었다.

이럴 줄 알았더라면, 화염이 생을 앗아가는 모습을 더 확실히 지켜보았을 텐데.

말갛던 얼굴이 어떻게 자랐을지 상상하며 그녀는 세워진 차로 다가가 창문을 두드렸다.

"흔적은 좀 있어?"

"그보다 더 좋은 걸 기억해냈지. 생각해보니까 말이야, 태은이 집이 여기서 가깝더라고. 밑져야 본전이잖아. 혹시 아니? 불난 집에서 태은이가 수아랑 함께 있을지."

우리만큼이나 은수에게서 수아를 빼앗아가고 싶어 할 사람. 방향이 틀린 줄도 모르고 기뻐하고 있을 아이.

태은아.

어른이 된 넌 어떤 모습일까.

***

"수아는?"

얼마 안 있으면 재건축으로 사라질 빌라를 무심하게 내려다보는 중이었다.

어둑한 거실, 창에 기대어 밖을 내다보던 태은은 석진의 목소리가 흘러나오는 작은방으로 눈을 굴렸다.

"자."

"저녁은 먹었고?"

"대충."

대화는 길게 이어지지 않았다. 수아와 거리를 두려는 태은의 의지가 확고했다. 석진은 주머니에서 손을 빼 차가운 손끝을 만지다 입을 뗐다.

"낮에 그 여자를 만났어."

태은은 석진의 말보다 여전히 바깥 풍경에 더 관심이 있는 듯 별다른 움직임이 없었다.

"너를 찾고 있었어."

"멍청하네. 아니면 나 같은 건 기억할 필요도 없었나."

"그 여자는 너를 몰라. 너에 대한 걸 아무것도 모르더라."

겨우 하는 말이라곤, 특징적인 외형 두어 가지가 전부인 빈약한 정보.

석진은 그런 여자가 혐오스러웠다. 한 명, 아니 한 가족의 인생을 망가뜨려 놓은 주제에!

악몽을 꾸면서도 그들의 얼굴을 기억하겠다며 고통의 울타리에 자신을 가둔 채 잠을 이루는 태은과 달리 그 여자는 태은에 대해 아무것도 모르는 눈치였다.

"태은아."

석진이 일부러 부르는데도 태은은 여전히 움직이지 않았다.

"의미가 있을까?"

슬리퍼를 신은 남자가 맞은편 빌라 입구에서 나오는 게 보였다. 담뱃불이 진해졌다가 원래로 돌아갔다. 그가 휘적휘적 걷는 길 양편으로는 재건축으로 빈 건물들과 빈 건물이 허물어진 공터밖에 보이지 않았다.

"이러는 게 의미가 있는 걸까?"

남자는 길목을 지나 편의점이 있는 언덕 아래로 내려갔다. 석진의 말끝이 흐려졌다. 혼나기를 기다리는 학생처럼 긴장된 목소리였다.

"가끔 태호 꿈을 꿔."

태은은 손바닥 위에 놓인 샤프펜슬을 내려다봤다. 오래전 유행하던 만화 캐릭터가 그려진 샤프는 이제는 영영 주지 못할 선물이 된 채 태은의 손에 남아 있었다.

"볼이 빨갛게 얼어서는 나를 불러. 언제 오느냐고. 학교 끝나고 바로 오라고."

문방구에서 팔던 오백 원짜리 싸구려 샤프는 태호가 꼭 가지고 싶어 하던 것이었다. 장난감도 인형도 아닌 그저 샤프 하나. 태호가 바란 건 겨우 이것뿐이었다.

"그렇게 집에서 멀어질수록 뒤가 뜨거워져. 한참을 걷다 돌아서면, 불길이 나한테 달려들려고 해."

어디선가 나타난 순찰차 한 대가 빌라 앞에 슬그머니 정차했다. 인적이 드문 재건축 현장에 차를 대고 쉬려는 모양이었다.

"의미가 있냐고? 아무 의미 없어. 나는 내가 잃은 것들이 뭔지 알게 해주려는 거야."

"그 여자는 너를 모른다니까."

"상관없어."

샤프를 꼭 쥔 상태로 태은이 드디어 고개를 돌렸다.

"기억하고 안 하고는 중요하지 않으니까."

편의점에 갔던 남자가 봉지를 한 손에 흔들거리며 돌아오고 있었다. 산 게 많은지 봉지가 제법 컸다.

"너를 모르는 여자가 어떻게 널 찾겠어."

"찾을 거야."

뒤돌아서서 태은은 단호하게 말했다.

"가장 소중한 걸 내가 가지고 있으니까."

17

연호는 아파트 앞까지 바래다주겠다고 고집을 부렸다. 만류했지만 소용없었다. 연호로서는 혼자 가게 내버려둘 수 없었을 것이다. 나는 그사이 두 번이나 까무러쳤다. 연호의 말이 맞았다. 이대로 가다간 느닷없이 아무 데서나 쓰러져 정말 큰일이 날지 몰랐다.

차는 아파트 정문 앞에서 멈췄다. 안전띠를 풀고 내리려는데 그가 붙잡았다.

"혼자 갈 수 있겠어?"

"집 앞이잖아."

"동 앞까지 타고 가."

"번거롭게. 갈게."

"은수야."

핸들을 잡은 연호의 손등 위로 굵은 핏줄이 비쳤다.

"네 말을 안 믿는 게 아니야. 다만 나는 네가 걱정돼."

그의 입에서 나온 걱정이란 단어에 어이가 없었다. 걱정이라고? 그가 걱정해야 할 사람은 내가 아니라 수아였다. 우리의 딸 수아. 그는 수아가 없어졌다는 내 말을 믿지 않았고, 나는 그에게 기댈 수 없다는 걸 또다시 깨달은 참이었다.

"너한테 연락한 건, 보호자로 부를 수 있는 사람이 없어서였어. 엄마는……."

말을 맺을 수 없었다. 엄마. 3년간 내가 엄마라 불러온 사람. 그러나 그건 엄마가 아닌 누군가였다. 정체를 알 수 없는 사기꾼.

"어쨌든. 네 번호가 안 바뀐 덕분에 무사히 끝난 건 다행이라고 생각해."

진심이었다. 연호의 번호가 바뀌었거나 연호가 오지 않았더라면 아직도 파출소에 앉아 있어야 할 테니까.

"엄마가 있다는 요양원 주소만 보내줘. 이제 갈게."

다시 붙잡으려는 그를 떨쳐내고 차에서 내렸다.

정문의 경비실을 지났다. 곧장 103동을 향해 걸었다.

연호의 말에 따르면 사고가 난 차량을 운전한 건 나였다. 늦은 밤, 사고가 났다며 연호에게 전화를 해왔다고. 그가 현장에 도착했을 땐 이미 구급대원과 경찰들이 도착해 있었고, 현장 구석에서 비에 흠뻑 젖은 내가 떨고 있었다고.

괜찮은 척하는 너를 알면서도 모른 척했어.

발바닥이 땅에 닿는 순간마다 연호의 음성이 목을 졸랐다.

장례식 내내 화장실에 숨어 있던 널 위로해줬어야 하는 건데.

실감이 나지 않았다. 이름도 모르는 여자가 아버지를 죽였다니. 어떻게 믿을 수 있을까.

내가 미국에 있는 동안 연락해온 사람이 실은 엄마가 아니라는 걸. 재회할 날을 기다리던 아버지가 이미 죽었다는 걸. 가증스럽도록 나를 속인 여자. 캠핑카, 여행 따위를 운운하며 나를 기만한 인간.

여자는 나인 척, 운전대를 잡고 부러 사고를 내 아버지를 죽였다. 명백한 살인. 그러나 누구도 아버지의 죽음이 살인이라고 생각하지 않았을 것이다. 그들에게는 사건이 아니라 사고였을 것이고, 그 앞에서 내 얼굴을 한 여자는 기쁨에 젖은 미소를 지우려 애썼겠지.

아무리 생각해봐도, 단순한 교통사고였을 리가 없다. 단순한 교통사고였다면, 굳이 아버지가 살아있는 척 내게 거짓말을 하지는 않았을 테니까. 전화기 너머로 간혹 들려오던 남자의 헛기침 소리. 나는 그게 아버지라고 생각했지만, 실상은 아버지일 수 없었다. 아버지는 이미 3년 전 돌아가신 상태였으니까.

연호는 어두웠던데다 빗길이라 미끄러웠다며 내게 면죄부를 주려 했지만 면죄부는 내가 받을 게 아니었다. 기회가 있다면 그건 나를 흉내 낸 그 여자가 받아야 했다. 아버지를 죽인 건 내가 아니었으니까.

어지러운 생각을 정리하며 코너를 도는데, 익숙한 얼굴이 103동 앞에 있었다. 걸음이 서서히 멈췄다.

"잠깐 시간 괜찮으십니까?"

턱수염.

단서를 찾기 위해 찾아갔던 배달업체에서 만났던 남자.

"대화를 좀 나눴으면…… 하는데요."

가로등 아래 선 사내가 더듬더듬 말을 걸어왔다.

텁수염은 아파트 상가에 있는 카페로 나를 데려갔다. 테이블 다섯 개가 전부인 작은 카페였다. 눈썹이 하얀 중년 남성이 주인이었는데, 텁수염은 주인에게 오랜만이란 인사를 건네고는 내게 입구와 가까운 자리에 앉기를 권했다.

"뭐 드시겠어요?"

"아뇨."

묻는 것과 동시에 고개를 저었다. 뭘 먹을 생각도, 마실 생각도 없었다.

"그럼…… 바로 본론으로 들어가죠."

천장에 달린 스피커에서 잔잔한 뉴에이지 음악이 흘러나왔다. 주인은 안쪽으로 들어갔는지 보이지 않았다. 음악을 제외하면 무척 조용하고 단란한 곳이었다. 아파트 주민들이 단골일 듯싶었다.

"석진이를 찾는 이유가 뭡니까?"

텁수염의 눈이 나를 의뭉스레 응시했다.

"왜 석진이를 찾는 거예요?"

나는 그의 눈을 피하지 않았다.

"내가 찾는 사람을, 그 석진이란 남자가 알고 있어요. 나는 무슨 일이 있어도 그 여자를 찾아야 하고요."

"그게 전붑니까?"

고개를 위아래로 흔들었다. 고민하던 그가 입을 열었다.

"애들한테 들었습니다. 머리가 하얗게 센, 왼쪽 눈에 의안을 한 여자를 찾는다고요."

거기까지 말하고 남자는 자꾸만 주저했다. 말을 해도 되는 건지 확신이 서지 않는지 몇 번이나 입을 열었다 다물기를 반복했다.

그가 결심을 굳힌 건 스피커에서 나오던 음악이 바뀐 후였다.

"그 전에 약속 하나만 해주세요. 애들이 가지고 있던 사진에 대해 절대 언급하지 않겠다고요."

"사진이요?"

"석진이가 줬다던 그 사진 말입니다. 아시겠지만 배달원이 고객 사진을 가지고 있다는 소문이라도 나면 정말 큰일입니다."

그가 말하는 사진이 뭔지는 잠깐 집중하자마자 생각이 났다. 지금보다 훨씬 어린 내가 찍혀 있던 그 사진. 석진이란 남자가 대체 어떻게 그걸 가지게 되었는지 도저히 알 수 없던, 바로 그 사진이었다.

"걱정하지 말아요. 본 적도 없는 것처럼 지낼 테니까."

수아를 찾을 수 있다면 그깟 사진쯤은 아무렇지 않게 잊을 수 있었다.

턱수염은 손에 들고 있던 티슈를 잘게 찢었다. 어린애 같은 손장난이었다.

"한 2년 전에, 석진이를 찾아온 사람이 있었어요. 워낙에 자기 얘기 안 하는 놈이라 가족이나 친구라고 생각했는데 웬 여자더군요. 짧은 숏커트에 정수리 부근이 군데군데 하얗게 센. 여자 친구라기에는 분위기가 묘했고 가족은 더더욱 아닌 것 같았고. 애들한테서 그쪽이 찾던 여자의 인상착의를 들으니까 생각나더라고요."

입구에 달린 풍경이 종소리를 내며 울렸다. 단발머리를 한 30대 여자였다. 여자는 나와 턱수염이 앉은 테이블을 지나쳐 계산대로 곧장 걸었다.

"둘이서 한참 무슨 얘기를 하던데, 그게 무슨 내용이었는지는 모릅니다."

"이름이나 나이는요?"

"무슨 은…… 이라고 불렀던 것 같은데. 나이는 석진이랑 비슷한 것 같았어요. 서로 이름으로 부르더군요. 석진아, 하고."

……은.

앞에 들어갈 수 있는 게 너무 많았다. 지은, 영은, 해은, 상은.

"그때 그 여자가 타고 온 오토바이가 하얀색이었어요. 석진이가 타고 다니는 그 하얀색 오토바이."

"그 전이나 후에는 본 적 없나요?"

고개를 젓고 나서 그가 눈을 굴렸다.

"두 사람이 같이 사는 것 같았는데."

카페모카를 주문한 단발머리 여자가 계산대 앞 테이블에 앉아 책을 꺼냈다. 그녀에게 커피를 직접 가져다준 사장이 남자와 나를 쳐다보는 게 느껴졌다.

"주소를 알아요? 어디에 사는지?"

"상세한 건 기억이 안 나고, 어디 재개발지역이라는 건 기억해요. 석진이가 사무실로 택배를 들고 왔다가, 송장에 찍힌 주소를 보고 사장님이 재개발지역인데 보상금이 좀 나왔냐고 물었거든요."

"같이 산다는 건 어떻게 알았는데요?"

"택배를 가져온 게 두어 번 정도 됐는데, 전부 새치용 염색약이었으니까요. 한번은 호태가 물어본 적도 있었어요."

호태. 내가 목을 졸랐던 노랑머리다.

"무슨 새치용 염색약을 이렇게 많이 사느냐고. 그랬더니 석진이가 자기가 쓸 게 아니라고 했어요. 그때 기억났죠. 석진이를 찾아왔던 여자. 하얗게 머리가 센. 아, 그 여자가 쓰는 건가 보구나. 근데 왜 그 여자 택배를 석진이가 받지? 그런 의문이 들어서 물었더니 그냥 웃더라고요. 대충 눈치챘죠. 당장 우리 업체만 해도 동거하는 애들이 여럿이니까."

"주소는 기억해요?"

어쩔 수 없이 다급해져서 묻자, 남자의 입술이 동그랗게 벌어졌다.

"아뇨, 말씀드렸잖아요. 상세한 것까지는 기억이 안 난다고."

재개발지역. 연지동에 있는 동네일까. 지리 파악이 안 돼 가늠할 수가 없었다. 일하는 곳이 이쪽이니까 집도 근처이지 않을까.

"지금 사는 동네에서 꽤 오래 살았다고는 들었습니다. 아, 중학교 때까지 사격했던 것 같다고 애들이 그러던데."

"사격이요?"

"스키드였나. 뭐 클레이 사격, 그런 걸 했었다고."

그가 미간을 좁히고 더듬더듬 말을 이었다.

"애들이 장난삼아서 검색창에 배달원들 이름을 쳐본 적이 있었는데 석진이 이름을 검색했을 때 기사가 떴댔어요. 유망주인가 뭔가로."

"그 석진이라는 남자 성이 뭐예요? 나이는요?"

"오석진입니다. 나이는 스물넷일 거고."

스물넷, 오석진. 그렇다면 그 여자도 비슷한 나이일 터였다.

"세상에……."

겨우 스물넷이었다. 아무리 많게 보려 해도 겨우 스물넷. 그렇게 어린애들이 수아를 데리고 갔다는 게 믿어지지 않았다.

"약속 지켜주셔야 합니다. 제가 아는 건 다 말씀드렸어요."

테이블 위에는 남자가 찢은 영수증 조각이 눈처럼 쌓여 있었다. 나는 남자에게 그렇게 하겠다고, 사진과 관련해서는 어떤 말도 하지 않을 테니 걱정하지 말라고 약속한 뒤 자리에서 일어섰다.

카페를 나와 집으로 걷기 시작했다. 사위가 어두웠지만 간격을 두고 세워진 가로등 불빛이 밝아 걷는 데 무리는 없었다.

뒤에서 경적이 울렸다. 등을 돌리자 배달용 오토바이가 인도로 넘어와 달려오고 있었다.

오토바이를 피해 인도 끝부분에 섰다. 빠른 속도로 지나쳐간 오토바이가 금세 단지 내로 사라졌다.

가던 길을 멈추고 뛰다시피 해 카페로 되돌아갔다.

다행히 턱수염 남자는 아직 카페에 있었다.

사장과 담소를 나누는 듯 떠들던 그가 나를 발견하고 다시 표정이 굳었다. 내가 딴소리라도 할까 봐 불안해하는 눈치였다.

문이 열리자 풍경 소리가 은은하게 퍼졌다. 성큼성큼 그에게 다가갔다.

"하나만 더 물을게요."

"예?"

"하얀색 오토바이. 오석진 씨가 탄다는 그 오토바이 번호가 뭐예요?"

***

태은아 잘 들어.

엄마의 목소리는 언제나처럼 어둠 속에서 들려온다. 태은은 이게 꿈이라는 걸 단번에 알아챘다.

이제부터는 엄마랑 태호 없이도, 악착같이 살아서 버텨야 하는 거야.

매일 밤 악몽처럼 나타나는 그들이 아니었다. 엄마.

엄마가 나오는 꿈은 오랜만이었다. 반가워서 주체할 수 없는 감정이 목구멍을 치고 올라왔다.

다시는 그 사람들한테서 무엇도 빼앗기지 말고 도망치지도 말고.

엄마, 나는 엄마랑 태호가 보고 싶어.

네가 하고 싶던 것들을 하면서 그렇게 사는 거야.

내가 그날, 엄마한테 그걸 가져다주지 않았더라면, 엄마랑 태호는 무사했을까. 멀쩡하게 살아서 우리는 함께였을까. 태호는 가지고 싶다던 샤프를 가지고, 엄마는 피곤하지만 즐거운 표정으로 크리스마스를 보냈을까.

모두 소용없는 생각이란 걸 안다. 그렇기에 묻고 싶었다.

그러니까 태은아.

엄마.

이제 일어나야 해.

나는 어떡해야 하지?

"언니……."

눈을 떴을 때 수아의 얼굴이 가득 보였다. 아이의 얼굴 위로 불현듯 태호의 얼굴이 스쳤다. 꿈의 잔상 같은 게 남은 모양이었다.

태은은 자신도 모르게 팔을 뻗어 수아를 끌어안았다.

품에 안긴 아이는 나이답지 않게 태은을 다독였다. 괜찮으니까 무서워하지 말라는 것처럼. 그건 따뜻하고 다정한 손길이었다. 그날을 다시 상기하더라도 무섭지 않을 정도로.

"언니도 무서운 꿈을 꾸는구나."

조용한 목소리가 귓가를 간질였다. 생생한 온도가 얼굴을 감쌌다.

"무서운 꿈?"

"우리 엄마도 무서운 꿈을 꾸면 끙끙거리는데."

무서운 꿈.

태은은 수아의 말이 정답이라고 생각했다.

무서운 꿈이었다. 하필이면 모든 준비가 끝난 지금, 방아쇠만 당기면 되는 지금 엄마가 나오는 꿈이라니.

품으로 번지는 아이의 체온을 느끼며 태은은 적막한 고통을 곱씹었다. 새삼스럽게 울고 싶은 기분이었다. 한 번도 하지 않았던 말이 자신도 모르게 새어 나올 것만 같았다. 그래서 태은은 더 꽉 입술을 깨물었다.

얼마나 그러고 있었을까. 수아를 놓아주고 나서 스탠드 불을 켰다. 어둡던 방안이 환해졌다.

곰 모양 캐릭터가 그려진 이불 위로 수아의 작은 그림자가 내렸다. 태은이 수아를 슬쩍 밀어냈다.

"이제 가서 자."

"여기서 자면 안 돼?"

아이는 어리광을 부리듯 떼를 썼다. 의아했다. 엄마가 보고 싶은 걸까. 집에 돌아가고 싶은 것일까.

"밖에서 이상한 소리가 나서 무섭단 말이야."

"이상한 소리?"

베개를 끌어안고 서 있던 수아가 태은의 이불 위로 올라와 몸을 웅크렸다.

재빨리 몸을 일으킨 태은이 방 밖으로 나와 아이가 말한 '이상한 소리'의 근원지를 찾아 귀를 기울였다. 작지만 또렷한 소리가 신경을 건드렸다.

탁, 탁, 탁.

소리는 현관문 밖에서 나고 있었다. 얼핏 들으면 계단을 올라오는 발소리 같던 소음은 멈췄다 다시 나기를 반복했다.

맞은편 빌라에 달랑 세 가구가 사는 것처럼, 태은이 머무는 5층짜리 빌라에도 태은을 포함해 딱 두 가구가 살았다. 1층엔 아침이 돼야 퇴근하는 중년여성이 살았고, 5층엔 태은이 머물렀다. 드물게 십대 아이들이 몰려와 머물기도 했지만 요 며칠 사람들이 전부 이사를 하고 난 후에는 그마저도 없었다.

다시 말하면, 새벽 한 시를 막 지나는 지금, 이 빌라로 올라오는 발소리는 없어야 한다는 의미였다.

태은은 곧장 창문으로 가 밖을 살폈다. 하얀색 승용차 한 대가 맞은편 빌라 앞에 세워져 있었다. 흔하게 볼 수 있는 차종이었지만 이 동네에서 보던 차는 아니었다. 손바닥에 땀이 배어났다.

"언니."

수아는 베개를 안은 채 방문 앞에 서서 태은을 불렀다. 경직된 표정을 풀고 태은이 고개를 돌렸다.

"안에 들어가 있어. 문 닫고."

망설이던 아이가 안으로 들어가 문을 닫았다. 거의 동시에 둔탁한 소음이 현관에서 터졌다.

화장실로 들어간 태은이 욕조 안에 넣어둔 사제 권총을 꺼내 들었다.

석진의 도움을 받아 몇 번 쏘아본 적이 있는 총이었지만 오늘은 무게가 달랐다. 평소보다 더 무겁고 딱딱했다. 금속 특유의 냄새는 비린내처럼 스멀스멀 올라왔다.

기억해. 딱 다섯 발이야.

자세를 고쳐주며 석진이 했던 말이 머리를 스쳤다.

다섯 발.

딱 다섯 발이었다. 연습했던 것처럼만 된다면 무사히 끝낼 수 있었다.

화장실을 나와 총을 들고 현관문 앞에 섰다. 발을 벌리고 조준하듯 총을 겨눴다. 문이 열리고 기다리던 얼굴이 드러난다면 바로 쏴버릴 작정이었다.

다시는 그 사람들한테서 무엇도 빼앗기지 말고 도망치지도 말고.

엄마 말처럼 다시는 빼앗기지 않을 거야. 도망치지도 않을 거고.

"다섯 발……."

현관문 잠금장치가 천천히 돌아가기 시작했다. 어깨에 힘이 들어갔다.

네가 하고 싶던 것들을 하면서 그렇게 사는 거야.

내가 하고 싶은 것. 그게 무엇인지는 엄마도 잘 알 거야. 오직 이 날을 기다리면서 살아있는 시체처럼 살아왔어. 전혀 아깝지 않은 시간이었지.

그러니까 엄마.

그러니까 태은아.

내가 모두 끝낼게.

18

연지뉴타운 6구역. '연지동 재개발'을 검색했을 때 가장 상단에 뜬 게 연지뉴타운 6구역이었다.

재개발지역은 비슷한 거리에 모여 있었다. 거기에 오석진이란 이름으로 검색해 나온 기사를 찾아보자 9년 전 날짜로 된 기사가 두어 개 나왔다. 고집스러워 보이는 소년의 사진 밑에 학교 이름이 나와 있었다. 선이 굵어지고 인상이 조금 달라지기는 했지만 사진 속 소년은 내가 만났던 그 석진이란 남자가 맞았다.

턱수염의 말과 달리 석진이 하던 사격은 스키드가 아니라 스키트로, 클레이 사격의 세부 종목 중 하나였다. 기사에 따르면 좌우에서 날아오는 표적물을 맞추는 방식의 사격 종목이었다.

언급된 중학교는 재개발이 진행 중인 연지뉴타운 6구역과 가까웠다. 지체할 것 없이 가방을 챙겨 아파트를 나왔다. 새벽. 더구나 아파트 밀집 지역이라 택시를 잡는 게 쉬운 일이 아니었다.

겨우 택시를 잡아탔을 때 시간은 새벽 한 시 삼십 분을 지나고 있었다.

"연지뉴타운이요? 그게 어딘데요?"

어깨를 으쓱이던 기사가 잘 모르겠는데, 하고 중얼거렸다.

"재개발지역인데요. 연지3동에서 위로 가면 있다는데."

"아, 그 귀신 나오는 동네?"

농담조로 하는 말투였지만 거슬리는 단어가 있었다.

"귀신이요?"

"재개발 때문에 살던 사람들 거의 다 빠지고. 사는지 죽었는지 모를 사람들만 남았거든요. 우리끼리는 귀신 나오는 동네라고 부릅니다."

기사는 이 늦은 시간에 거기를 왜 가냐고 물으면서도 핸들을 돌려 차선을 바꿨다. 나는 기사에게 거기까지 가는 데 얼마나 걸릴 것 같으냐고 물었다.

"차가 안 막히니까. 한 십 분이면 도착할 겁니다."

기사의 말대로 거기까지 가는 도로는 한적했다. 신호등은 모두 꺼져 있었고 불 켜진 상가는 편의점이 전부였다. 거리엔 퇴근하는지 가방 든 사람 몇과 술에 취해 비틀대는 사람들뿐이었다. 눈여겨볼 것 없는 평범한 새벽 풍경이었다.

택시는 속도를 높여 빠르게 흔한 거리를 지났다. 목적지에 가까워질수록 창이 깨져 있거나 결사반대, 재개발추진 같은 현수막이 걸린 건물이 즐비했다.

감기에 걸린 것처럼 몸이 으슬으슬 떨렸다. 나를 습격한 여자의 얼굴을 되뇌며 볼 안쪽 살을 깨물었다.

택시가 멈춘 곳은 홀로 불이 켜진 편의점 앞이었다.

기사는 편의점 뒤로 보이는 집들이 전부 재개발지역이라고 설명했다. 잔돈은 괜찮다는 말을 건네고 차에서 내렸다. 태울 때와 같이 능숙하게 핸들을 돌린 택시가 왔던 길을 되돌아 사라졌다.

택시가 떠난 거리에는 차도, 사람도 보이지 않았다.

편의점 안을 살펴보니 대학생처럼 보이는 남학생이 계산대에 앉아 핸드폰을 보고 있었다. 새벽이라 손님이 없는 건지, 재개발지역이라 찾는 손님이 없는 건지 헷갈렸다.

편의점을 지나 골목으로 들어서자 가로등 사이의 간격이 넓었다.

상가였을 곳들은 전부 유리나 문이 뜯겨 나가 있었고, 곳곳엔 붉은색 페인트로 엑스자를 그려둔 흔적이 가득했다. 다세대주택의 창문들은 하나같이 박스나 판자로 막아둔 상태였다. 함부로 들어가지 못하도록 해둔 장치인 것 같았다.

핸드폰 플래시를 손전등 삼아 언덕을 올라갔다. 동네라는 단어가 붙어선 안 될 것처럼 모든 건물이 무너져 있었다. 작은 기척에도 어깨가 떨릴 만큼 긴장이 됐다.

귀신 나오는 집.

기사가 왜 그런 표현을 썼는지 이해할 수 있었다. 여기는 귀신이나 사는 집이었다. 도저히 사람이 살 수 없는.

이런 곳에 아직도 사람이 살고 있다고?

믿기 힘든 일이었다. 도저히 사람이 살 수 없을 것 같은 곳에 산다는 게.

혹시 몰라 플래시로 건물 사이사이를 비췄다. 놀란 도둑고양이들이 후다닥 도망치거나 이빨을 보이며 위협했다.

두피는 축축했고 목덜미는 땀으로 젖어 있었다. 언덕 중간쯤 올라 뒤를 돌아보았다. 편의점이 손바닥만큼 작아져 있었다.

새벽 한 시 오십오 분.

액정에 뜬 시간을 확인하고 언덕 위를 향해 다시 걸음을 내디뎠다.

언덕 위쪽으로는 드물지만, 불이 켜져 있거나 생활감이 남은 집들이 존재했다. 다른 집들과 다르게 창문도 멀쩡했고 세탁물도 있었다. 누군가의 생활 흔적을 보고 나니 전보다는 안심이 됐다. 누구인지는 몰라도 누군가 있다는 건 꽤 큰 위로였다.

산과 가까운 언덕 맨 위까지 올랐을 때 시간은 새벽 두 시 칠 분이었다.

대문에 엑스자가 그려진 주택을 돌자 양옆에 빌라가 있었다. 오른쪽은 3층짜리 빌라였고, 왼쪽은 5층짜리였다. 두 빌라 모두 대충 연식을 짐작할 수 있을 정도로 낡아 있었다.

"공사공팔. 공사공팔."

남자가 알려준 석진의 오토바이 번호를 되뇌며 하얀색 오토바이를 찾아 주변을 돌아다녔다. 빌라 옆 주차장과 공터까지 모두 확인했으나 오토바이는 없었다. 오토바이는커녕 자전거나 어린애들이 탈 만한 것들조차 남아 있지 않은 동네였다.

집에 없는 걸까. 이곳이 아닌 다른 곳인가?

대부분 이주했다고 했으니 그도 최근에 떠났을 가능성이 있었다. 헛수고인 걸까. 올라온 길을 되돌아가며 다시 살피기 위해 걸음을 돌리는데 가까운 곳에서 폭발음 같은 총성이 터져 나왔다.

나도 모르게 몸을 숙이고 귀를 막았다. 말 그대로 '폭발음' 같은 총성이었다. 대한민국, 그것도 도시 한복판에서 듣기엔 어울리지 않는 소음이었다.

소리가 난 방향을 찾아 고개를 들었다. 불이 켜진 집이 없어서 어디서 난 소리인지 찾기가 어려웠다.

"뭔 소리야?"

3층짜리 빌라 입구에서 슬리퍼를 신은 남자가 나왔다.

남자는 우두커니 서 있는 나를 발견하고 놀란 표정을 짓더니 이내 시선을 돌렸다.

"저게 뭐야?"

고개를 쳐든 남자가 나지막이 중얼거렸다.

남자의 시선을 따라 고개를 들자 5층 빌라의 맨 꼭대기 층에서 붉은빛이 일렁였다. 슬금슬금 탄내가 맡아졌다. 비슷한 시기에 5층 꼭대기에서 까만 연기가 새어 나왔다.

불길은 삽시간에 퍼지고 있었다. 코를 막은 남자가 핸드폰을 꺼내 119에 전화했다.

"사람이요? 안에 사람이 있는지는 모르죠. 빈집이 수두룩한데."

남자의 말에 정신이 들었다. 총성도 저기서 들린 걸까? 저곳에서 큰 일이라도 난 걸까? 동시다발적으로 많은 것들이 머리를 때렸다. 만약 저 집에 그들이 있다면? 그들이 저곳에서 총을 쏘고 불을 지른 거라면?

그렇다면 저곳에, 수아가 있을지 몰랐다. 가능성에 불과했지만, 그렇다고 지켜보고만 있을 수는 없는 일이었다.

주저할 시간이 없었다. 남자를 지나쳐 5층 빌라의 입구로 들어섰다. 뒤에서 남자가 나를 불렀지만, 몸은 이미 계단을 오르는 중이었다.

101호, 201호, 301호. 턱 끝까지 찬 숨을 뱉어내며 401호 앞에 도착했을 때, 위쪽에서 미약한 목소리가 새어 나왔다.

"……호야."

울먹임이 뒤섞인 목소리가 누군가를 애타게 찾았다.

불길로 뜨거워진 난간과 매캐한 연기를 피해 몸을 숙이고 계단을 올라갔다.

계단 중간에 여자가 쓰러져 있었다.

군데군데 센 하얀 머리, 거리를 두고 봐도 티가 나는 의안. 수아를 데려간 여자였다.

여자는 계단 아래로 머리를 두고 쓰러진 상태였다. 집에서 나오다 엎어진 모양새였다. 열린 501호 안에서 불이 타올랐다. 간담이 서늘했다.

"수아는 어디에 있어!"

정신을 완전히 놓지 않은 여자에게 물었다. 나를 보는 눈이 사납게 일그러졌다.

"너……."

"애는 어디에 있냐니까!"

"너 때문에!"

"안에 있어? 수아가 저 안에 있는 거야?"

"너 때문에 죽었어!"

심장이 내려앉았다.

"그게 무슨 소리야?"

"너 때문에 엄마가…… 태호가……."

여자의 눈이 흰자위를 보이며 넘어갔다. 여자는 그 말을 남기고 정신을 잃었다.

머리가 아득했다. 수아는 여기에 없는 걸까. 다른 곳에 숨겨둔 걸까.

하고 싶지 않은 상상이 몸의 근육을 조였다. 어깨가 탈 것처럼 뜨거웠다. 어깨뿐만이 아니었다. 계단과 벽 모두 타오르고 있었다.

불꽃 같은 것들이 눈처럼 천장에서 떨어져 내렸다. 그건 핏방울 같기도 했고, 타오르는 재 같기도 했다.

연기가 호흡을 방해한다고 느낄 무렵, 여자의 발목이 눈에 띄었다.

족쇄처럼 발목에 뭔가 있었다. 소매로 코와 입을 막고 눈을 가늘게 떴다. 연기와 불길로 쉽게 알아차릴 수 없었지만 집중해서 보니 알 수 있었다.

사람이었다.

한 명이 더 있었다. 여자의 발목을 잡은 채 누군가가.

피로 젖은 바닥에 엎드린 채 등을 드러낸 그건 분명 사람이었다.

죽은 걸까?

"태은아!"

아래쪽에서 남자의 목소리와 함께 계단을 오르는 소리가 이어졌다.

모습을 드러낸 건 석진이었다. 그는 나를 발견하고는 인상을 찌푸렸다가 쓰러진 여자를 보고는 달려와 안아 들었다. 그가 여기에 있다는 건, 여자의 발목을 잡은 게 다른 사람이라는 소리였다.

누구인지 확인하려 계단 한 칸을 더 올라갔을 때, 뒤에서 석진이 내 어깨를 잡았다.

힘이 실리지 않은 손길이었다.

"당신 딸은 여기 없어."

나와 눈을 맞추고 석진이 말했다.

"그 여자가 데려갔으니까."

"그 여자라니?"

그는 대답 대신 태은을 안아 들었다. 그녀의 발목을 잡고 있던 손이 가볍게 떨어져 나갔다.

나는 태은을 안고 계단을 내려가려 하는 그의 어깨를 붙잡았다. 매서운 눈길로 돌아본 석진이 얼굴을 일그러뜨리며 허리를 굽혔다.

조금 전과는 달리 숨을 쉬는 게 어려웠다. 계단에 엎어진 남자와 열린 문을 보다가 석진의 옷을 잡은 채로 계단을 내려갔다.

석진을 놓치지 않으려 잡은 손이 부들부들 떨렸다.

입구에 내려오자 마침 소방차가 도착해 있었다.

소방대원이 석진에게로 달려와 태은의 상태를 물었다.

"연기를 마셨습니까?"

"잘 모르겠어요. 그래도 오래 있지는 않았습니다."

소방대원의 안내에 따라 석진이 태은을 들것 위에 내려두었다.

맥박과 동공을 확인하자마자 소방대원이 응급차를 호출했다. 골목이 좁은 탓에 우선은 작은 크기의 소방차만 올라온 듯싶었다.

언덕을 오르던 때와는 비교도 안 될 정도로 땀이 흘러내렸다.

얼굴을 적신 땀을 닦는데 다른 소방대원이 다가와 물었다.

"혹시 안에 다른 사람이 있습니까?"

석진은 대답하지 않았다. 태은의 발목을 잡고 있던 사람이 잔상처럼 스쳤다.

"한 명이 더 있었던 것 같아요."

내 대답에 소방대원이 소방차로 뛰어갔다.

거의 빈집만 남은 탓인지 주민으로 보이는 사람들은 몇 없었다. 119에 신고하던 남자 한 명과 중년 부부. 10대로 보이는 여학생과 남학생이 거리를 두고 서서 화재를 구경했다.

"수아는 어디에 있어?"

나는 구경꾼들에게서 눈을 떼지 않은 채 석진에게 으르렁거리듯 물었다. 아까는 없던 하얀색 오토바이가 3층짜리 빌라 앞에서 나뒹굴었다.

"그걸 왜 나한테 묻는데?"

석진도 나를 쳐다보고 있지 않았다. 우리는 정면을 응시한 채로 대화 아닌 대화를 나눴다.

"죽이려고 돌아온 거야?"

눈이 그를 향해 돌아갔다.

"태은이를 아예 죽여버리려고?"

그의 음성에는 짙은 분노가 배어 있었다.

"마음 같아서는 아까 죽였어. 계단에서 발견했을 때 벌써 죽여버렸을 거라고."

나는 그의 분노가 순전히 연기라고 생각했다. 분노해야 할 사람은 그가 아닌 나였다. 적어도 그에겐 분노할 권리가 없었다.

속이 들끓었다. 부여잡은 석진의 옷을 갈기갈기 찢고 싶었다. 시체처럼 눈을 감은 태은이라는 여자도, 뺨을 갈기며 일어나라고 악이라도 지르고 싶은 마음이었다.

"너희가 무슨 짓을 한 줄 알아? 내 딸을 유괴했어. 수아를 납치했다고."

겨우 감정을 억누르며 곱씹듯 뱉었다. 수아가 어디에 있는지 모르는 이상은 함부로 석진과 태은을 대할 수 없었다.

"유괴? 납치?"

석진은 내 말을 비웃었다.

"당신은 태호를 죽였어. 태은이 엄마도 죽였고. 태은이까지 죽이려고 했어."

"뭐?"

"그런 주제에 태은이를 기억도 못 하는 게 너야."

아는 게 없냐며 조롱하고 화를 내던 그의 모습이 떠올랐다. 나는 여전히 그의 분노를 이해하지 못했다.

"모든 걸 망가뜨려놓고 당신은 태은이를 기억도 못 하잖아."

그 말을 끝으로 그는 태은에게 몸을 기울여 그녀를 다시 안아 들었다.

입구에서 소방대원 둘이 웬 남자를 들것에 실어 내려왔다. 구경꾼들의 이목이 그쪽으로 쏠렸다.

석진은 그들을 피해 골목 아래로 내려갔다. 사람 하나를 안고 내려가느라 걸음이 더뎠다. 달려가 그의 옷을 덥석 잡아 쥐었다. 얼굴을 맞은 것처럼 뺨이 화끈거렸다. 예상치 못한 석진의 말은 기습적으로 내게 주먹을 날렸다.

"그게 무슨 소리야?"

잘못은 너희가 저질렀으면서, 내가 사람을 죽였다니? 나오지 못한 문장이 침과 함께 목구멍 아래로 미끄러졌다.

"내가 누구를 죽였다고?"

"놔."

"내가 누구를 죽였다는 거야? '그 여자'가 수아를 데려갔다는 건 또 무슨 말이고?"

태은을 안아든 채 부들부들 떨며 노려보기만 하던 그가 욕설을 내뱉었다.

"씨발! 당신 엄마."

손끝이 차가웠다. 몸이 확확하게 뜨거운데도 손끝은 시릴 정도로 추웠다.

나는 석진이 뱉은 말을 이해하느라 숨을 골랐다.

석진이 뭐라고 했지? 방금 누구를 말한 거야? 엄마? 엄마라고 한 게 맞나?

나는 그가 말한 '엄마'를 단번에 떠올리지 못했다. 내 머릿속을 채운 건 진주 귀걸이를 하고 평생을 우아하게 살아온…… 연호의 말을 빌리자면, 지금은 깨어 있는 식물인간 상태인 '엄마'였다.

"당신 엄마가 당신 딸을 훔쳐 갔어."

그대로 뒤돌아 석진은 골목 아래로 뛰었다. 가로등이 점멸할 때마다 그의 모습이 보였다 보이지 않기를 반복했다.

엄마……. 엄마라고? 우리 엄마가 수아를 데려갔다고?

그는 엄마가 수아를 데려갔다고 말했다. 엄마가 수아를 훔쳐 갔다고. 그 말에는 어폐가 있었다. 나는 뛰듯 언덕을 내려가 다시 그를 잡았다.

"네가 우리 엄마를 어떻게 아는데?"

석진의 눈이 나를 내려다봤다.

"이상한 말만 늘어놓지 말고 다 말해. 내가 누굴 죽였다는 거야? 엄마는 또 뭐고? 네가 어떻게 우리 엄마를 알아?"

위쪽에서 사이렌 소리와 함께 구급차가 나오고 있었다. 석진은 나와 구급차를 본 후 서둘러 빈 건물 안으로 다가갔다.

그를 뒤따라 건물로 들어섰다. 계단을 올라가 문이 열린 집 안으로 몸을 숨겼다. 가재도구가 나뒹굴고 벽지와 장판이 다 뜯어져 있는 빈집이었다.

내부는 한기가 느껴질 정도로 공기가 찼다. 그는 바닥에 태은을 조심스럽게 내려놓았다. 순간 사이렌 불빛이 건물 안으로 끼쳐 들었다. 석진의 얼굴 위로 붉은빛이 지나갔다.

구급차가 멀어지자 남은 건 나와 석진의 숨소리였다. 그는 나를, 나는 그를 노려보고 서 있었다.

먼저 말을 뱉은 건 그였다.

"정말 뻔뻔하네."

비난하는 투였다.

"그 여자도, 너도, 모자란 그 미친놈도 전부 다. 전부 뻔뻔해."

울컥 감정이 치솟았다. 비난의 권리는 내게 있었다. 그들은 내 딸을, 수아를 훔쳐 간 유괴범이고 납치범이었다.

"뻔뻔한 건 너희야! 수아를 유괴했잖아! 그래 놓고서는 내가 뻔뻔하다고?"

그가 순식간에 내 앞으로 다가와 섰다. 고압적인 태도였다.

"받은 만큼 돌려주려는 거야. 당신이 태은이한테 했던 짓만큼. 딱 그만큼만."

그림자가 진 얼굴이 어둠 속에서 튀어나온 귀신 같았다.

"그 여자가 애를 데려갔으니 이젠 그러지도 못해. 마음 같아선……."

말없이 내 얼굴을 훑는 눈이 매서웠다. 그가 무슨 말을 할지 알 것 같았다.

"지금 당장이라도 당신을 죽여버리고 싶은 마음뿐이라고."

그 말속엔 진심이 담겨 있었다. 석진은 진심으로 나를 죽이고 싶어 했다. 내가 이들을 죽여버리고 싶어 하는 것처럼.

"알아듣게 설명해."

나는 지지 않고 눈을 치켜떴다. 그가 나를 죽이고 싶어 하는 것처럼 나도 그와 태은을 죽이고 싶어 한다는 걸 보여주고 싶었다.

"무슨 이유로 나를 살인자로 모는 건지. 수아를 데려간 엄마가 대체 누구인지!"

시선이 서로를 찌를 것처럼 날카로워졌을 때, 바닥에 누워 있던 태은에게서 신음이 흘러나왔다. 석진이 다가가 무릎을 굽히고 앉았다.

"괜찮아?"

석진은 무너질 것처럼 애절한 표정을 지으며 태은을 일으켰다.

"수아는?"

태은이 꺼낸 첫마디에 내 몸이 휘청거렸다.

네가 어떻게 수아를 찾을 수 있지? 어떻게 그 입으로 수아의 이름을 부를 수 있지?

"내 딸 이름 부르지 마!"

폭죽이 터지듯 고통이 터져서 나온 날카로운 목소리였다. 내 귀에도 내 목소리가 그렇게 들렸다. 부자연스럽게 움직이던 태은의 눈동자가 내게서 멈췄다.

"네가 뭔데, 수아 이름을 함부로 불러!"

석진의 팔을 의지해 일어서려는지 그녀가 손에 힘을 주었다. 석진은 좀 더 누워 쉬게 하고 싶은 모양이었지만, 태은은 그럴 생각이 없어 보였다.

태은은 겨우 일어나 비틀거리며 내게로 걸어왔다. 석진의 손길도 뿌리치고 힘겹게 몸을 지탱했다.

왼쪽 광대와 목에 상처가 있었다. 칼로 그은 것처럼 얇고 긴 자국이었는데, 거기에 핏방울이 맺혀 있었다.

"박소희."

눈가가 떨렸다. 그녀가 뱉은 이름에 몸이 반응했다.

"내가 널 죽일 거야."

석진이 했던 말과 비슷했지만 담긴 감정이 달랐다. 석진의 말에는 분노가 있었다면 태은의 말속에는 슬픔만 존재했다.

"내가 널 죽여버리고 말 거야."

그녀의 얼굴이 구겨졌다. 죽이고 말 거라는 경고가 무색하게 울음이 쏟아졌다.

나와 그녀 사이에 넓고 깊은 강이 존재하는 것만 같았다. 속을 알 수 없을 정도로 깊고, 한번 빠지면 나올 수 없는 끈적임을 가진 그런 강이. 어디서 시작된 물줄기인지도 모르는 강이 나와 그녀 사이에 흐르고 있었다.

"나는 박소희가 아니야."

죄를 털어놓는 죄인처럼 고백했다.

"수아는 박소희 딸이 아니라고."

태은과 달리 나는 울지 않았다. 슬펐지만, 수아가 보고 싶어 고통스러웠지만 그것뿐이었다.

"수아는 김은수 딸이야. 내 딸이라고. 걘 내 딸이야. 내 가족, 내 하나뿐인……."

소방차가 다시 지나가는지 건물 밖이 소란스러웠다. 미미하게 풍기던 탄내도 더는 나지 않았고 몸을 적신 땀은 식은 지 오래였다.

"너희들이 찾는 사람은 내가 아니란 말이야."

깨진 유리창으로 달빛이 새어 들어왔다. 달빛은 나와 태은 사이에 웅덩이를 만들었다. 밝고 깊은 웅덩이를.

"수아를 데려간 게 누구야? 너희들한테서 훔쳐간 그 사람들이 누군데? 그리고 너희들은 대체 누구야? 대체 뭔데!"

손을 뻗으면 닿을 거리였지만, 나도 태은도 더는 서로에게 다가서지 않았다.

울기를 멈춘 태은이 감정 없는 표정으로 나를 노려보았다.

순간 그녀의 얼굴이 회오리처럼 뭉개지기 시작했다. 그걸 시작으로 보이는 모든 것들이 뭉개졌다.

너는 누군데?

내게 묻는 게 태은인지, 석진인지, 그도 아니면 또 다른 누구인지 가늠이 되지 않았다.

태은의 모습이 멀어지고 있었다. 그녀가 뒤로 물러서는 것인지, 내가 뒤로 물러서고 있는 건지 감각이 없어 알기 힘들었다.

그럼 너는 누군데?

나는 누구냐고?

나는 누구지?

나는 누구야? 나는 누군데?

아무것도 기억하지 마라.

문득 아버지의 음성이 주문처럼 끼어든다.

아무것도, 어떤 것도 기억하지 마.

뭘요? 뭘 기억하지 말라는 거예요?

지금부터 넌 김은수인 거야. 내 딸 김은수.

아버지의 음성은 낙인을 찍듯 내 이름을 부른다. 은수야, 김은수. 너는 김은수란다. 너는 내 딸 은수란다.

나는 연신 고개를 주억거리며 읊조린다. 나는 김은수다, 은수. 나는 김은수…….

심장이 아프게 뛰고 이마에선 땀이 났다. 형용할 수 없는 공포가 밀려들었다. 가슴을 부여잡은 채로 무릎이 꺾였다.

그런데…… 언제부터 내가 김은수였지?

꽁꽁 묶어둔 매듭이 끊어질 듯 위태롭다.

기울어지는 시야로 석진과 태은의 일렁이는 모습이 나란했다.

점멸하는 눈앞이 까맣게 물들었다.

***

의심.

혹은 의문.

나는 어디에서 온 걸까. 불현듯 그런 생각을 한 건, 스무 살의 겨울. 마당 한가운데에서 눈을 뜬 날이었다.

한겨울의 바람은 얇은 잠옷 사이로 파고들어 살갗을 찔러댔다. 모래가 들어간 것처럼 뻑뻑한 눈꺼풀을 반복적으로 감았다 뜬 뒤에야 내가 보는 세상이 꿈이 아니라는 걸 깨달았다.

고개를 돌리면 굳게 닫힌 현관문이 보였다.

어떻게 2층 내 방에서 이곳 마당까지 온 건지 기억이 나지 않았다. 당혹스러움보다도 궁금증이 더 크게 머리를 흔들었다. 불이 꺼진 창문을 잠시 바라보다가 꽃 한 송이 심어지지 않은 마당으로 다시 고개를 돌렸다.

꿈 따위는 꾸지 않았지만, 다급한 것 같은 감각이, 느낌이 몸에 남아 있었다. 발바닥이 뜨겁고, 따가웠다. 심장은 위험을 예지한 듯 세차게 뛰었다. 나는 이 감각의 정체를 알고 있었다. 누구도 내게 알려주지 않았지만, 본능처럼 새겨져 있던 그것. 그건 생존을 위한 도망, 혹은 절박함이었다.

그렇다면 나는 누구에게서 도망치고 있던 걸까?

혹은, 무엇으로부터?

"은수야?"

세찬 바람이 한차례 분 뒤, 뒤편에서 엄마가 나를 부르는 소리가 들렸다.

뒤로 돌아서자, 어깨에 숄을 걸친 엄마가 당황한 표정으로 내게 손짓했다.

"너 거기서 뭐해? 얼른 들어와."

"그냥……. 바람 좀 쐤어."

빤한 거짓말이었지만, 엄마는 별다른 추궁 없이 고개를 끄덕였다. 너무도 어색한 반응이었다. 평소였다면 하나하나, 본인이 이해할 수 있을 때까지 묻고 또 물었을 엄마였다. 그러나 엄마는 더 묻지 않았고, 그저 조용히 나를 어둠에 잠긴 집 안으로 끌어당길 뿐이었다.

엄마의 팔에 이끌려 현관 안으로 들어서며 시선을 떨구었다. 하얗게 질린 발바닥이 톡, 톡, 내 몸 안의 무언가를 건드렸다.

다시금 질문이 떠올랐다.

의심.

혹은 의문.

나는 어디에서 온 걸까.

대체 누구로부터…… 도망치고 있었던 걸까?

***

아이는 차에 태워지자마자 엉엉 울며 내려 달라고 정금을 졸라댔다.

핸들을 돌리던 그녀는 신경질적으로 아이의 이름을 불렀다. 놀란 아이가 딸꾹질하며 그녀의 뒷모습을 바라봤다.

"엄마한테 가고 있는 거야. 그러니까 울면 안 되지."

"엄마는 어디에 있는데요?"

"집에 있지 어디에 있겠니."

"우리 집에 있어요?"

룸미러로 뒷좌석에 앉은 아이를 보며 정금이 상냥하게 미소 지었다.

"그럼. 우리 집에 있지. 우리 집에서 널 기다리고 있단다."

그제야 진정이 되는지 아이는 시트에 등을 기대고 누워 가쁜 숨을 몰아쉬었다. 정금은 그런 아이를 보다 시선을 정면으로 거두었다.

눈과 볼이 모두 붉어져서 형편없는 꼬맹이에 불과한 애였다.

애새끼. 어린 애새끼.

그녀는 그 말을 사탕처럼 굴리며 창문을 열었다. 초여름의 새벽 공기가 아이가 뿜어댄 열기를 식혀주고 있었다.

빠른 속도로 연지동을 벗어난 차가 신호를 무시하고 달렸다.

3부

언노운 피플

19

그 집은 협소한 길 끝에 있었다.

띄엄띄엄이긴 해도 비슷한 거리에 모여 있는 다른 집들과 달리, 그 집은 주민들의 밭이 있는 산 바로 아래 있었다. 가장 가까운 집과는 걸어서 10분. 밤이 되면 이웃집 개가 짖는 소리보다 산에서 우는 부엉이 소리가 더 크게 들릴 집이었다.

열 가구가 채 안 되는 마을과 조금 떨어진 그 집을, 주민들은 초록 대문집이라 부르고는 했다.

서울 사는 과부가 주인이네, 도박꾼이 날려 먹은 집이네, 소문만 무성했던 그 집은 방치된 것치고는 깨끗했다. 대문의 페인트칠이 조금 벗겨지기는 했지만, 담벼락은 멀쩡했고, 마당엔 잡초가 가득했으나 집 내부는 약간만 손보면 사용할 수 있을 정도였다. 언제든 조금만 손보면 살 수 있을 집. 초록 대문집은 그랬다.

밭이 있는 작은 산으로 가기 위해 주민들은 늘 초록 대문집을 지나야 했다. 누구는 금방이라도 귀신이 나올 것 같다며 치를 떠는 반면에, 다른 누구는 이대로 두기엔 집이 아깝다며 혀를 찼다.

이장은 주인이 없는 것도 아니니 함부로 손대선 안 된다고 주민들에게 말했다. 동사무소 직원에게 물으니 엄연히 주인이 있는 집이라는 게 그의 설명이었다.

마을은 평화로웠다. 네모난 텔레비전에선 며칠째 대구에서 실종된 아이들을 찾는단 뉴스가 흘러나왔으나 연곡리는 그런 실종이나 범죄와 거리가 멀었다. 실종된 개구리 소년들을 찾습니다. 아나운서가 그렇게 말하면, 주민들은 저마다 안타까워 손뼉을 치며 어째, 어째, 하고 미간을 좁혔다. 세상에 어떤 무자비한 사람이 저런 일을 벌이느냐고 누군가 한 마디 던지면 모두 고개를 주억거리며 반응했다. 그러나 실종된 아이들은 돌아오지 않았고, 계절은 사람들의 속도 모르는지 금방 여름으로 흘러가 버렸다.

초록 대문집에 그들이 이사 온 것도 그즈음이었다.

매미 우는 소리가 고막을 괴롭히던 8월의 여름날, 그들은 파란색 트럭을 타고 연곡리에 도착했다. 차에서 내린 건 젊은 남자와 여자, 두 사람이었다. 그들은 이사를 오면 으레 동네를 둘러본다거나 주민들에게 인사를 하러 다니는 상식을 따르지 않았다. 짐을 모두 들이자마자 대문을 잠그고는 나오지 않았다.

이장이 일부러 찾아가 대문을 두드려봤지만, 그들은 문을 여는 대신 무슨 일이냐는 말만 남기고는 입을 다물었다. 다음 날이 되고 또 다음 날이 돼도 마찬가지였다. 초록 대문집은 항상 닫혀 있었고 나오는 사람은 없었다. 밤이면 불이 켜지는 것만이 그 집에 사람이 살고 있다는 유일한 증거 같았다.

"형님, 근데 그 집에 부부만 사는 게 맞아요?"

이상한 소문이 돌기 시작한 건 밭에 가기 위해 초록 대문집을 지나던 동네 주민 한 명이 문틈 사이로 아이의 손을 봤다고 얘기하면서부터였다. 하얀색 손이, 핏기없는 하얀색 손이 대문 틈 아래에서 그림을 그리고 있었다며, 얼마나 놀랐는지 엉덩방아를 찧고 기함했다고 말하던 여자는 멀리 동떨어진 초록 대문집을 곁눈질하며 목소리를 죽였다.

"저 집 이상해요. 젊은 부부는 뵈지도 않고, 뭘 해 먹는 냄새도 안 나고. 차도 여태껏 집 앞에만 있잖아요."

부녀회장은 목덜미에 흐른 땀을 닦아내며 멀리 굳게 닫힌 초록 대문집으로 시선을 겨누었다. 여자가 무당이라더라, 첩이라더라, 두 사람이 불륜이라더라, 따위의 소문은 있었지만, 아이가 있다는 소문은 처음 듣는 이야기였다.

이장인 남편에게 아는 게 있냐 물어도 어깨만 으쓱할 뿐 그 집에 사는 사람들에 대한 건 도통 밝혀진 게 없었다. 반찬이나 나눠 먹으며 말을 섞어볼까 싶어 문을 두드린 사람도 있었지만, 초록 대문집 문은 한 번도 열리지 않았다. 그 집에 사는 사람들은 철저하게 숨어서 지내고 있었다.

"근데 애가 있는 거면 애 울음소리나 그런 소리가 들려야 하는 거 아닌가? 손이 쬐그만 게 대여섯 살도 안 된 것 같았는데."

"잘못 본 건 아니고?"

"형님도 참. 내가 그런 걸 잘못 보겠어요? 대문 아래 틈으로 애 그림자도 보이더라니까. 손도 막 이리저리 왔다 갔다 하고. 근데 불러봐도 애 소리는 안 들리더라고. 그냥 손만 휙휙. 그림자만 휙휙. 그 손을 보는데 소름이 쫙 끼쳐서 무서워 죽는 줄 알았어요. 무슨 손이 그리 하얀지. 완전 시체 같더라니까요."

때마침 정자로 걸어오는 이장을 발견하자 주민이 손을 들어 부산을 떨었다.

이장은 정자에 걸터앉아 모자를 벗고 이마에 흐르는 땀을 닦았다. 주민이 부녀회장의 옆구리를 톡 건드렸다. 그녀를 흘겨보며 부녀회장이 아닌 척 입을 열었다.

"여보, 초록 대문집은 아직도 별말 없어요?"

"응?"

"이사 온 지 벌써 한 달인데. 당신한테는 뭐라도 말했을 거 아니에요."

"말은 무슨. 아침에 갔더니 이번엔 대답도 없었어. 문은 닫혀 있고. 야반도주라도 해서 왔나."

"어머, 진짜 그런 거 아니에요? 야반도주해서 도망쳐온 거지. 그래서 저렇게 두문불출한 거고."

여자가 그런 것 같다며 눈을 빛냈다.

"남의 집에 그런 말 하지 말어."

부녀회장이 엄하게 굴자 그녀는 그냥, 그럴 수도 있겠단 거죠, 하고 말끝을 흐렸다.

부러 엄격한 소리를 해대긴 했으나 호기심이 동한 건 부녀회장도 마찬가지였다. 대체 뭘 하는 사람들이기에, 일하는 것도 아니고 매일 집에만 있단 말인가.

마을 사람들처럼 논을 일구고 밭을 가는 것도 아니니 다른 일거리가 있을 법도 했지만 도통 초록 대문집 사람들은 나오지 않았다.

"저게 뭐야?"

바람에 땀을 말리던 이장이 상체를 앞으로 기울이며 말했다. 그 말에 세 사람의 시선이 초록 대문집으로 모여들었다.

"왜요?"

"아니, 저기 담에. 담 위에 누가 있는데."

세 사람이 초록 대문집 담을 훑기 시작했다. 그들의 시선이 멈춘 곳은 담이 끝나는 부분이었다. 시멘트로 된 회색 담벼락 끝에 하얀 얼굴 하나가 열매처럼 걸려 있었다.

"어머, 저게 뭐야?"

놀란 주민이 다듬던 나물을 떨어트렸다. 이장은 허허 참, 하고 웃었고, 부녀회장은 입을 벌린 채 담 끝에 걸린 얼굴에서 눈을 떼지 못했다.

그곳에 걸린 건 아이의 얼굴이었다.하얀 얼굴이 풍선처럼 살랑살랑 좌우로 흔들렸다. 아마도 뭘 밟고 올라선 듯 위태로운 모습이었다.

"너 이름이 뭐냐?"

이장이 소리쳐 묻자 아이는 손을 들고 흔들기 시작했다.

"이름이 뭐야?"

이번엔 부녀회장이 물었으나 여전히 대답은 없었다. 얘, 살랑살랑, 거기 사니, 살랑살랑, 이름이 뭐니, 살랑살랑.

몇 번을 물어도 같았다. 아이는 그저 살랑살랑 고개만 흔들 뿐이었다.

"가볼까요?"

부녀회장의 말에 이장이 고개를 끄덕였다.

세 사람이 정자에서 나와 초록 대문집으로 가는 길목에 접어들었을 때, 흔들리던 아이의 얼굴이 쑥 아래로 사라졌다. 기어이 떨어졌구나 싶었지만 그렇게 생각하기는 어려웠다. 아이의 비명이나 외침 같은 게 들리지 않았기 때문이었다. 뭐에 홀린 것처럼 이상한 일이었다.

"계세요? 꼬마야, 안에 있니?"

대문을 두드리며 이장이 아이를 불렀다. 거기 있으면 대답 좀 해볼래? 문을 두드리고 귀를 가져다 댔지만 안에선 아무런 대답도 없었다. 초록 대문집은 여전히 조용했고 마을은 평소처럼 평화로웠다. 손잡이를 잡고 흔들어봐도 나오는 사람이 없었다.

"도깨비에 홀린 것 같네. 우리 분명히 본 거 맞죠?"

어쩔 수 없이 포기하고 마을로 돌아가는 길에 주민은 팔짱을 끼고 몸을 떨었다.

여전히 더운 계절이었지만 목덜미가 서늘했다. 그건 이장과 부녀회장도 비슷했다. 세 사람은 약속이라도 한 것처럼 되돌아가는 길 내내 고개를 돌리지 않았다. 아이와 다시 눈이 마주친다면 그땐 정말로 뭐에 홀린 것처럼 될지도 모른단 불안감 때문이었다.

"애가 있다고 했잖아요. 내가 봤다고. 그 손, 저 애 손이겠죠?"

집에 들어가기 직전 주민은 부녀회장을 붙잡고 넌지시 물었다. 그녀는 정말 이상한 일을 다 겪는다며 어깨를 으쓱였다.

"일단은 다른 사람들한테는 말하지 말자고, 응?"

부녀회장의 당부에 그녀가 고개를 갸웃거렸다.

"네?"

"괜히 말해서 소란스러워지는 것도 안 좋은 일이고. 밭에 가려면 매번 그 집을 지나쳐 가야 하는데 이런 얘기 들어봐. 기분만 나쁘지."

"그런가? 그래도 말하는 편이 낫지 않겠어요?"

"그냥 모르는 사람들이라고 생각해. 우리는 모르는 사람들인 거야. 우리처럼 주민도 아니고, 이웃도 아니고, 가족도 아니고. 그냥 모르는 사람들. 그 정도로 생각하자고, 우리."

그들과 우리. 초록 대문집과 마을. 선을 그어둔 것처럼 모르는 사람들로 대하자는 부녀회장의 말에 이장은 아무런 말도 하지 않았다. 같은 동네, 같은 주민 아니냐, 말할 수도 있었으나 그에게도 초록 대문집은 설명하기 힘든 알 수 없는 사람들이었다.

"뭐, 형님 말이 맞겠죠. 그래요, 그럼. 저 들어가 볼게요."

부녀회장은 집으로 들어가는 주민의 뒷모습을 보다가 한숨 쉬었다.

그녀의 말처럼 살다가 그런 이상한 사람들은 처음이었다. 이 작은 마을에서 이십 년이 넘도록 살면서 이런저런 일들이 다 생겼으나 이번처럼 이상한 일은 처음 겪는 일이었다. 그건 자신뿐만 아니라, 남편 역시 그럴 거라고 그녀는 생각했다.

"어떻게 생각해요?"

집으로 돌아가는 길에 그녀는 남편에게 물었다. 다른 날처럼 입을 다문 그는 하얀 수염을 만지며 속삭였다.

"한 명 본 거지?"

"뭘요?"

"애 말이야. 우리가 딱 한 명만 본 거지?"

모자챙에 가려진 그의 시선이 땅으로 떨어졌다. 그가 자신 없는 듯 우물쭈물하다 겨우 말했다.

"저 집에…… 애가 하나 더 있는 것 같아."

"그게 무슨 말이에요?"

놀란 마음에 그녀의 목소리가 커졌다.

"아까 트럭 봤어?"

"트럭이요?"

"파란색 트럭 뒤쪽에 뭐가 붙어 있어서 봤더니 애들 스티커더라고."

그녀는 남편이 말한 스티커가 뭔지 대충 알아들을 수 있었다. 서울에 있는 손주들이 방학 때면 놀러 와 벽에 붙이곤 하던 반짝이는 스티커. 도시에선 없는 애들이 없다던 그게 트럭에 붙어 있었다며, 그가 턱을 만졌다.

"근데요?"

"근데 그게, 높이가 다르더라고. 몇 개는 한참 아래쪽에 있고, 몇 개는 한참 위에 붙어 있고."

"그냥 위치만 다르게 붙였나 보죠."

눈치를 살피며 내뱉은 아내의 말에 그가 고개를 흔들었다.

"임자, 내가 착각한 줄 알고 말을 안 했는데 아까 수원댁이 애 손을 봤다고 했었지? 요 며칠 전에 나도 본 적이 있거든."

"애 손을요? 당신도 봤어요?"

놀라서 그녀가 되묻자 이장이 과거를 떠올리듯 눈을 가늘게 떴다.

"그래, 하얀 손."

인상을 찌푸리며 걸음을 멈추고 서서 고개를 돌렸다. 그의 시선을 따라가자 엄지손톱만큼 작아진 초록 대문집이 있었다. 원래 그랬던 것처럼 아무것도 없는, 누구도 살지 않는 것만 같은 초록 대문집이.

"손 두 개가 대문 밑으로 나와 있었는데, 둘 다 오른손이었어."

"예?"

"잘못 본 줄 알았는데 그게 아닌 것 같아."

산등성이 뒤로 해가 지고 있었다. 두 사람은 그 아래, 산을 배경으로 어두워지는 초록 대문집을 보다가 걸음을 옮겼다.

그날 저녁 뉴스에선 4개월이 넘도록 실종 상태인 아이들의 사진과 함께 무사히 집으로 돌아갈 수 있도록 도와달라는 아나운서의 멘트가 반복해서 흘러나왔다.

뉴스를 보던 이장이 텔레비전 옆에 걸어둔 달력을 한 장 찢었다.

1991년 9월의 첫날이었다.

20

수아는 울거나 보채지 않았다.

눈치 빠른 아이는 무엇을 물어도 예, 아니요, 정도의 간단한 대답만 하면서 매번 소희의 눈치를 봤다.

아무리 노력해도 원본이 될 수는 없구나. 소희는 그런 생각을 하며 다혜가 가져다준 과자를 수아에게 건넸다.

"먹어볼래? 꽤 맛있는데."

아이가 좌우로 고개를 흔들었다.

"배고프지 않니?"

"괜찮아요."

새벽부터 지금껏 내내 우느라 한 끼도 먹지 않았다는 걸 알고 있었지만, 그녀는 재촉하는 대신 과자가 담긴 쟁반을 침대 위에 올려두었다.

"그럼 나중에 배고프면 먹어."

그녀의 말이 다정하게 들렸는지 아이의 눈이 금세 붉어졌다. 홀로 남겨진다는 것. 그게 얼마나 괴로운 일인지는 누구보다 그녀가 제일 잘 알고 있었다.

소희는 침대에서 일어나 문으로 향했다. 잠금쇠가 바깥에 설치된 303호는 밖에서 문을 열어줘야만 나갈 수 있는 구조로 만들어진 방이었다. 모텔로 사용할 때는 그렇지 않았지만, 정금이 은수의 행방을 알게 되면서부터 이 방은 많은 것을 염두에 두고 재탄생되었다.

문에 대고 똑똑 두드리자 바깥에서 누구세요, 묻는 다혜의 목소리가 들렸다.

"나야. 이제 나갈 거니까 문 열어."

"기다려."

잠금쇠 푸는 소리가 이어지고 틈이 벌어졌다. 그 사이로 소희를 확인한 다혜가 활짝 문을 열었다. 둥글고 하얀 얼굴이 방 안쪽 침대에 앉은 아이를 보곤 환하게 미소 지었다.

"안녕, 안녕. 그거 내가 만든 거야."

다혜는 쿠키를 가리키며 말했다.

"어때? 맛있지?"

"그만. 나가자."

신나서 떠들어대려는 다혜를 밀어내고 소희가 문을 닫았다. 다혜는 입술을 비죽 내밀었다.

"나 인사할래."

"나중에 해."

"싫어! 제호 오빠도 없고, 할 것도 없어!"

"제호가 없어?"

소희가 다그치듯 묻자 다혜는 시선을 떨구며 말을 흐렸다.

"아니, 있어. 있는데……."

다혜는 있다는 말을 한참 동안 반복했다. 여기에 있지만 어디에 있는지는 모른다는 말이 다혜가 생각해낸 최선의 변명이자 거짓말이었다.

"새벽에 엄마랑 수아만 온 거야?"

허리를 굽혀 다혜와 시선을 맞추고 소희가 다시 물었다.

"새벽에 제호는 없이 엄마랑 수아만 온 거지?"

"아냐, 오빠가 왔댔어. 왔는데 나는 어디 있는지 몰라."

더 캐묻지 않아도 예상할 수 있었다. 어디서 어떻게 수아를 데려온 건지는 모르지만 그 일이 쉽게 끝난 일이 아니었다는 것을.

허리를 펴고 허공을 바라보던 그녀는 명치께에서 흘끔거리는 동생의 정수리로 눈이 갔다.

쓸모없는 아이. 정금은 다혜를 그렇게 불렀다. 태어나는 순간, 피가 묻은 아이의 얼굴을 바라보던 그 순간부터 다혜는 가족에게 쓸모없는 아이로 여겨졌다.

"엄마는?"

"응?"

"엄마는 어디 있어?"

"밑에. 1층에."

전기가 들어오지 않아 복도는 어두웠다.

어둠 속을 훑어보던 그녀는 다혜의 어깨에 다정하게 손을 올렸다.

"수아가 여기 혼자 있으려면 무서울 테니까. 네가 여기 앉아서 같이 이야기해줘."
"내가?"
"대신 문을 연다거나 안에 들어가면 안 돼."
"응, 알았어."
다혜에게 문을 열면 안 된단 당부를 한 번 더 남기고 그녀는 계단이 있는 쪽으로 걷기 시작했다. 비가 오려는지 바깥이 어두웠고, 바깥이 어두운 탓에 모텔 내부는 더욱 음습했다.
한참을 내려가는 동안에도 걸음 소리는 없었다. 계단에 깔린 카펫이 발걸음 소리를 집어삼켰기 때문이었다.
1층 중앙에 있는 관리실로 곧장 걸어가 손잡이를 잡아당겼다. 예상대로 그곳에 정금이 있었다.
5평 남짓한 작은 관리실 한쪽에 간이 매트리스와 플라스틱 등받이 의자가 있었는데, 그 의자에 정금이 앉아 있었다. 정금은 돌아보지 않고도 안다는 듯 신경질적으로 머리카락을 넘겼다.
"문이 있는 이유는 두드리라고 있는 거야. 그게 싫으면 발소리라도 내라고 몇 번을 말하니?"
귀신도 아니고. 소름 끼쳐 죽겠다며 정금이 모진 말을 쏟아냈다. 익숙한 말을 흘려넘기며 소희가 물었다.
"제호는 어디 있어?"
정금의 고개가 소희를 향해 움직였다.
"수아를 어디서, 어떻게 데려왔냐고 묻지는 않을게. 근데 제호가 어디 있는지는 알아야겠어."
"너한테 그런 감정도 있었니?"
비아냥거리는 말투에도 소희는 아무런 반응을 보이지 않았다. 길게 싸워 봐야 입만 아픈 일이었다.

"제호는 어디 있는데?"

"알아서 있겠지. 애도 아닌데."

짜증스러워하는 대답과 함께 물티슈가 날아왔다. 언제 깼는지 흐리멍덩한 눈을 한 노인이 매트리스 위에 앉아 소희를 향해 손가락질했다.

"누구냐! 누군데 함부로 남의 집에 들어오는 거야?"

말라비틀어진 노인에게서 나온다는 게 믿기지 않을 정도로 악에 받친 외침이었다.

노인은 손에 잡히는 것을 전부 소희에게 던졌다. 베개, 연필, 노트, 리모컨, 핸드폰. 어떤 건 발치에도 오지 못한 채 나뒹굴었고 어떤 건 소희의 얼굴을 때리고 떨어졌다.

소희는 기다렸다. 노인의 화가 잠잠해질 때까지.

태어나 '아버지'라고 불러본 적도 몇 번 없었지만, 이제는 아예 남이 되어버린 사람. 그게 소희의 아버지였고, 정금의 남편이었다. 소희의 기억 속 그는 늘 화를 내고 조용히 하라며 윽박지르는 사람이었지만, 동시에 정금으로부터 다혜를 보호해준 유일한 사람이었다.

쓸모없는 것.

다혜가 그런 이름과 함께 자라기 시작할 무렵부터 지금까지, 그는 다혜의 존재를 인정해준 유일한 가족이었다.

"어디 있는지 말해."

"네가 알아서 뭐 하게? 무슨 대단한 형제애라고."

정금의 말처럼 깊은 우애나 애정이 있어서 제호를 찾는 건 아니었다. 소희가 제호를 찾아 나선 이유는 제호만이 정금을 감시할 수 있는 위치에 있기 때문이었다.

정금은 아무도 믿지 않았지만 아이러니하게도 제호만은 곁에 두었다. 그건 제호를 신뢰해서가 아니라 제호가 가진 공포가 무엇인지를 알아서였다. 공포는 늘 좋은 무기였고, 그건 가족에게도 예외가 아니었다.

어디서, 어떻게 수아를 데려왔는지는 제호를 통해 들으면 되는 일. 그러나 제호가 돌아오지 않았다는 건 일이 크게 틀어졌거나 또 다른 문제가 생겼다는 증거였다.

잠잠해진 노인이 연거푸 기침을 터뜨렸다. 정금이 역겹다는 듯 얼굴을 구기며 자리에서 일어섰다. 얼추 비슷해진 높이의 시선에서 소희가 물었다.

"수아를 데려오면서 제호를 버리고 온 거지?"

"개가 애니? 내가 버린다고 버려지게?"

"버린 게 아니면, 죽였어?"

"뭐?"

정금의 눈가가 경련이 일듯 떨렸다.

"엄마 말처럼 버렸다는 것보다는 이쪽이 더 가능성 있겠네."

소희는 정금이 했던 것과 똑같이 대놓고 비아냥거렸다.

"개가 애도 아니고. 다혜도 찾아올 수 있는 델 개가 못 찾아온다는 건 그럴 만한 이유가 있어서겠지?"

"무서운 말을 아무렇지도 않게 하는구나."

정금이 탁하고 낮은 음성으로 읊조렸다.

"정말? 이게 무서운 말이야? 난 이것보다 더 무서운 것도 아는데."

그 말을 끝으로 소희는 등을 돌려 관리실을 나왔다.

적막한 복도로 노인의 기침 소리가 크게 울렸다. 관리실에서 멀어지고 있었지만, 기침 소리는 작아지지 않았다.

너는 어떻게 됐을까.

수아가 있는 303호로 가는 계단을 오르며 소희는 은수를 떠올렸다.

정금과 제호가 누구에게서 수아를 빼앗은 건지는 모르지만 그게 은수가 아닌 것만은 확실했다. 만약 은수를 해치우고 온 것이라면 이곳이 아닌 주택으로 갔을 테니.

음습하고 눅눅한, 생명력이라고는 조금도 없는 이곳이 아니라, 예쁜 화단이 꾸며진 그곳으로 향했을 테니까.

어지럽게 펼쳐진 도식을 하나하나 찬찬히 곱씹던 소희가 층계참을 응시했다.

수아를 이곳으로 데리고 왔다는 건, 은수가 아닌 다른 누군가 수아를 데리고 있었다는 것이다. 수아를 찾으러 간 제호가 돌아오지 않았다는 건, 수아를 데려오는 과정에서 문제가 생겼다는 의미일 것이고.

누구였을까. 수아를 데리고 사라졌던 사람은.

아이의 상태를 보니 폭력을 당한 흔적은 없었는데.

3층에 올라서자 303호 앞에 앉아 떠드는 다혜가 보였다. 문에 등을 대고 바닥에 앉은 다혜의 목소리는 신이 나 있었다. 대화가 통하는 사람이 생겨 그런 모양이었다.

"아니야. 이제부터는 우리가 가족이야."

다혜가 그렇게 말하자 그 음성 뒤로 희미한 아이의 목소리가 뒤

따랐다. 수아의 대답은 그저 웅얼거리는 것처럼 들렸다.

"우리 집 엄청 좋아. 여기 말고 더 좋은 집 있어. 마당에 꽃도 있고 내 방도 있는 집."

멋진 대문이 있는 집이야. 다혜의 목소리가 음습한 복도를 떠다녔다.

소희는 복도 중간에 멈칫 서서 손바닥으로 목을 감쌌다.

오래된 상처인데도 때때로 헛통증이 밀려올 때가 있었다. 뾰족한 유리 조각이 목덜미를 긋던 감각이 생생해지면 아득하게 시야가 멀어졌다.

"여기는 그냥 작업실인데……. 나쁜 사람들 혼내주는."

다혜의 목소리가 아까보다 선명했다. 어두워진 시야와 달리 청각은 예민하게 반응했다.

"너는 학교에 다녀?"

더듬거리며 걸을 바에는 고통이 가시기를 기다리는 게 현명했다. 소희는 그대로 자리에 서서 다혜의 말을 듣고 있었다.

"나도 인형의 집 있는데. 여기 말고 우리 집에 있어. 거기엔 다 있다?"

주절주절 대화가 이어지는 사이 시야 가운데로 빛이 들어왔다. 헛통증이 잦아들고 있었다.

"아니야. 우리 집에 가려면 열쇠가 필요하댔어. 그걸 잃어버려서 찾으려고 여기에 와 있는 거야."

시야가 완전히 트인 순간 복도 끝에 서 있는 소녀가 보였다.

하얀 민소매 원피스를 입은 소녀의 몸에서 뚝뚝 물이 떨어져 내렸다.

소희는 숨을 멈추고 손을 뻗었다. 닿을 수 없는 거리였지만 닿은 것처럼 손끝이 차가웠다.

재미없다.

소녀의 말이 귓속을 파고들었다. 지나치게 선명해서 환청이라는 생각이 들지 않을 정도였다.

너도 그렇지? 우리 더 재미있는 걸 해볼까?

아니야. 그건…….

한 걸음 뒤로 물러난 소희가 스멀스멀 올라온 물비린내를 맡고 얼른 코와 입을 손으로 막았다.

소녀의 입이 벌어질 때마다 그 입에서 물이 쏟아졌다. 카펫을 적신 물이 줄줄 소희의 발치께로 흘러왔다.

지금부터 열을 세는 거야. 하나, 두울, 세엣.

귀를 막아도 숫자는 계속 커졌고, 흘러온 물은 발바닥을 찢을 것처럼 차가웠다. 어디선가 자갈 밟는 소리 같은 게 들려왔다. 맨발로 자갈을 밟을 때 나는 소리였다.

"언니!"

소희의 팔목을 흔들며 다혜가 고개를 들고 올려다봤다. 한눈에 알아볼 수 있는 특징적인 얼굴을 본 후에야 소희는 정신 차렸다.

"언니 뭐해?"

다시금 시선을 던진 곳에 소녀는 없었다.

바닥을 적신 물 따위도 없었고, 환청조차도 들리지 않았다.

모든 게 그대로였다.

"언니, 괜찮아?"

아무것도 없어. 여기엔 아무것도 없다고.

"언니?"

근데 왜 넌 여기에 있는 거야.

21

눈을 떴을 때 보인 건 벽지가 뜯어진 천장이었다.

깨진 형광등 속에 매달린 필라멘트는 금방이라도 추락할 것처럼 위태로워 보였다.

팔꿈치에 힘을 줘 바닥을 디딘 다음 허리를 일으켰다. 뒤통수를 중심으로 미지근한 통증이 퍼지며 약한 두통이 밀려들었다. 기절하면서 바닥에 쓰러진 듯싶었다.

관자놀이를 문지르며 뻑뻑한 눈꺼풀을 밀어 올렸다. 내가 있는 곳은 마지막 기억이 끊긴 그 장소였다. 가재도구가 나뒹굴고 벽지와 장판이 뜯어져 있는 빈집. 새벽, 석진과 대치하고 태은과 실랑이를 벌인 바로 그곳.

뒤통수를 문지르며 자리에서 일어섰다. 무릎이 펴지는 것과 동시에 현기증이 밀려왔다. 몸이 휘청거렸다. 겨우 중심을 잡고 서서 숨을 골랐다.

어둡던 새벽과 달리 내부가 훤히 보이는 빈집은 생각보다 깔끔했다. 최근에 이사를 나갔는지 어수선하기는 했지만, 폐허처럼 보이지는 않았다.

이곳에 살던 사람들은 꽤 오랜 시간을 이 집에서 보냈을 것이다. 크지 않은 거실 한쪽 벽면에 액자 걸린 자국이 남아 있는 걸 보면 알 수 있었다. 가족사진을 걸어뒀을 법한 커다란 자국이 하나, 아이들의 성장 사진이나 여행 사진 같은 걸 걸어뒀을 손바닥 크기의 자국이 여러 개였다.

미국에서 지내던 마지막 집이 떠올랐다. 몽유병으로 늘 조마조마한 심정을 가누던 곳이었지만 수아와 함께 많은 추억을 쌓은 곳이기도 했다. 그곳을 떠나올 때도 이런 자국이 있었다. 즐거워하는 수아의 사진들이, 얼굴을 맞대고 환하게 웃는 나와 수아의 사진들이 그곳에 있었다. 모든 추억과 지나온 날들의 흔적이 그곳에 새겨져 있었다.

"안 죽었네요."

불쑥 들려온 목소리에 몸을 돌렸다. 현관에 석진이 서 있었다.

"갑자기 쓰러지기에 죽은 줄 알았는데."

시체 치우러 온 건데, 다행이네요. 석진은 농담하듯 말했다.

푸른색 셔츠에 청바지를 입은 그는 거리에서 흔히 볼 법한 대학생의 모습이었다. 누가 상상이나 할 수 있을까. 저렇게 평범해 보이는 사람이 아이를 납치했을 거라고. 저렇게 어린 학생이 나를 위협하고 살기를 보였을 거라고.

"그 애는 어디 있어?"

나는 태은의 행방을 물었다. 그녀와 나눌 얘기가 있었다. 박소희.

그녀가 뱉어낸 그 이름. 나는 그 이름에 대해 좀 더 알아야 했다.

석진은 내 질문을 예상이라도 한 듯 어깨를 으쓱이며 현관 바깥쪽을 향해 턱짓했다.

"따라와요."

석진이 나를 데리고 도착한 곳은 뜻밖에도 화재가 있었던 5층 건물 맞은편 빌라였다. 어제 그 소동이 일어났는데도 기자나 구경꾼은 없었다. 새까맣게 그을린 5층 창문을 보다가 3층 빌라 입구로 들어섰다.

반지하 계단을 성큼성큼 내려간 그가 칠이 벗겨진 문 앞에 섰다.

나는 어수룩한 아이처럼 그를 따라 계단을 내려갔다. 석진은 손잡이에 열쇠를 넣고 돌린 뒤 문을 열었다.

내부는 황량했다. 거실에 있을 법한 것들도 없었다. 이사를 위해 가구를 뺀 흔적도, 무언가 남아 있던 흔적도 없는 곳이었다. 그럼에도 석진은 현관에 신발을 벗고 안으로 들어갔다. 예의 바른 모습이었고 가정집이라면 당연한 태도였지만 이곳과는 그다지 어울리지 않는 행동이었다. 그는 이웃집에 놀러 온 방문객처럼 행동했다.

"아무 데나 앉아 있어요. 태은이 데리고 올 테니까."

"그냥 내가……."

미닫이문으로 향하려는 석진을 붙잡았으나 그는 손바닥을 들어 보이며 분명하게 거절했다. 당신한테 그럴 권리는 없어. 그는 그렇게 말하는 것 같았다. 그 단호함에 눌려 얌전히 손을 내렸다.

불투명한 미닫이문을 열고 들어가는 그의 뒷모습을 지켜보다 거실 구석으로 다가갔다.

벽지를 새로 했는지 덧댄 흔적이 있었다. 보아하니 최근에 한 건 아니었고 시간이 꽤 지난 듯싶었다.

창문이 난 구석엔 미처 덧대지 못한 부분이 있었는데, 무릎을 굽혀야 볼 수 있을 정도로 낮은 위치였다.

무릎을 굽히고 앉아 드러난 부분을 만졌다. 손바닥 크기만 한 부분엔 희미하지만 무언가 그려져 있던 자국이 남아 있었다.

미닫이문이 열리는 기척이 났다. 서두르지 않고 일어나 천천히 몸을 돌리자 회색 후드티를 입은 태은이 가만히 서 있었다. 그녀는 전보다 더 야윈 얼굴로 나를 노려보고 있었다.

"우리, 나눌 말이 있지?"

침착하게 굴려고 노력하며 말을 꺼냈다.

"경찰에 신고할 생각 없어. 수아를 찾는 거 도와주기만 한다면."

나는 턱수염에게 그러했던 것처럼 인내심을 담아 말을 이었다.

"누가 수아를 데려갔는지, 알고 있지?"

"당신이."

감기에 걸린 사람처럼 탁한 음성이었다. 들이마신 연기 때문인지 몸이 안 좋은 건지는 판단할 수 없었으나 그녀가 많이 지쳐 있다는 건 알 수 있었다.

"박소희가 아니라는 걸, 내가 어떻게 믿지?"

태은이 한 걸음 다가왔다. 그녀의 하얗게 센 머리카락이 나풀거렸다.

"네가 또 거짓말을 하는 거라면, 또 날 속이는 거라면……."

한 걸음 더 다가오려던 그녀의 걸음이 오른쪽으로 기울었다. 재빨리 다가선 석진이 그녀를 부축했다.

"나를 봐."

이번엔 내 차례였다. 나는 멈추지 않고 그녀 앞으로 걸어갔다.

나와 태은은 마주 선 채로 서로를 노려봤다. 그녀의 눈동자를 들여다보며 애원하듯 말했다.

"난 박소희가 아니야."

"그럼 당신은 누군데?"

석진의 팔을 잡고 서 있는 그녀가 내 멱살을 쥐었다. 언제든 뿌리칠 수 있을 만큼 손아귀에는 힘이 거의 없었다.

"당신이 박소희가 아니라면, 당신은 대체 누구야?"

나는 그녀의 손에 멱살을 잡힌 채로 입을 다물었다. 옆에서 나와 태은을 번갈아 바라보고 있는 석진의 시선이 느껴졌다.

"내 이름은 김은수야. 서른세 살이고. 수아의 가족이고. 지금은…… 딸을 잃은 엄마야."

그것뿐이라고! 원한다면 서류를 떼 보여줄 수도 있단 말을 하자, 태은의 손이 맥없이 거두어졌다.

입을 깨물 듯이 다물고 있는 그녀의 눈이 무서울 만큼 붉었다. 그녀는 딸을 잃은 나보다 더 고통스러운 사람 같았다.

"왜 수아를 데려간 거야?"

무슨 목적으로 데려간 거냐고 묻자, 그녀는 대답 대신 나를 지나 거실로 걸어갔다.

커다란 창으로 햇살이 쏟아져 내렸으나 거실의 반은 여전히 어두웠다. 태은은 내가 있던 구석까지 간 다음 읊조렸다.

"내가 잃은 것들을 알려주고 싶어서."

그녀는 내가 그러했던 것처럼 무릎을 굽히고 앉아 덧대어지지 않은 벽면을 손가락으로 문질렀다.

"내가 뭘 잃었는지, 다시는 가질 수 없는 것들이 뭔지."

소중한 것을 대하는 손길이었다. 그녀는 사람의 얼굴을 만지듯 부드럽게 벽면을 쓸어내렸다.

"내게서 빼앗아간 사람들한테 알려주려고 했으니까."

"누구?"

나는 태은의 등에 대고 물었다. 돌아보리란 예상과 달리 그녀는 등을 보인 그 상태로 대답했다.

"그 사람들."

빛줄기가 그녀의 머리 위로 쏟아졌다.

"내가 알았지만 몰랐던. 모르는 사람들."

***

"오늘 오전 두 시쯤 경기도의 한 재개발지역에서 화재가 발생했습니다. 이 불로 인해 20대 남성이 의식이 없는 상태로 발견돼, 심폐소생술 등 응급조치를 받으며 병원으로 이송됐는데요. 경찰과 소방당국은 관계자와 목격자 등을 상대로 정확한 원인을 조사하는 중이라고 밝혔습니다."

하얀 연기가 아나운서의 얼굴 위로 흩날렸다.

휴대폰으로 뉴스를 보던 정금은 테이블에 담배를 비벼 끄고 의자에서 일어섰다.

열린 문틈 사이로 그녀를 보던 소희가 숨을 죽였다.

"명도 길지."

그녀는 매트리스에 누워 잠든 노인을 보며 말했다. 그 말이 노인에게 하는 말인지, 병원으로 이송됐다는 제호를 향한 것인지 모호했다.

"죽는 것도 쉬운 일이 아니에요. 그렇죠?"

죽이는 건 더 어렵고. 뒷말을 삼킨 그녀가 이불로 노인의 얼굴을 덮었다. 자세히 보지 않으면 모를 정도로 작게 이불이 들썩거렸다. 정금은 기지개를 켜면서 목을 좌우로 움직였다.

안으로 들어선 소희는 다른 각도로 관리실 안을 살폈다.

집기들이 지저분하게 널려 있었다.

'은수는 괜찮을 거야. 수아도 있고, 우리도 있으니까.'

불현듯 이만큼의 문틈 사이로 안쪽을 살피던 날이 떠올랐다.

주택으로 발을 들인 소희를 철석같이 은수라 믿던 부부.

침대에 나란히 앉아 은수를 걱정하던 사람들.

좋은 사람들이라는 걸 잠깐의 대화로 알 수 있었다.

그들은 소희, 자신을 은수라 부르며 다정하게 등을 쓸었다. 모든 게 괜찮을 거라고. 다 괜찮아질 거라고. 앞으로는 수아와 함께 행복하게 살면 되는 거 아니겠냐면서.

단란한 시간이었다. 적어도 소희는 그렇게 생각했다. 부부는 소희를 의심하지 않았다. 그들에게 중요한 건 '은수'가 이혼으로 받았을 상처였다. 그렇기에 틈을 파고드는 건 쉬웠고 침범하는 건 더 쉬웠다.

소희는 부부의 가족으로 완벽히 스며들었다. 함께 밥을 먹었고, 텔레비전을 봤고, 대화를 나눴다. 문자 그대로 '가족'이었다. 걱정하고, 이해하고, 다투고, 화해하는. 일련의 시간은 은수의 방 침대에 누운 소희를 짓눌렀다. 하얗고 깨끗한 천장. 적막한 밤. 비명을 지른다면 서둘러 달려올…… 너의 가족. 나에게는 가짜이지만 그들에게는 진짜인 것.

관계는 평온하면서도 뒤틀려 있었고, 그것이 만들어낸 위태로움은 늘 소희의 주변에 산재해 있었다. 유리 파편이 사방에 깔린 바닥을 걷는 기분을 느끼면서도 부부와 조금 더 함께 있었으면 하고 바랐다.

은수의 아버지. 그가 소희를 향해 거리를 두기 전까지는.

아무리 노력해도 원본이 될 수 없음을 절실히 깨달은 건 그때였다. 날 선 시선. 의심하면서도 죄책감을 느끼던 표정. 혼란스럽다는 듯이 거리를 두던 태도. 그 모든 게 소희에게 외치고 있었다. 너는 가짜라고. 그 자리는 네 것이 아니라고. 너는, 부부의 딸인 김은수가 될 수 없다고.

현실의 파편이 잘게 부서져 살갗으로 쏟아져 내렸다. 더는 미룰 수 없었다. 아쉽지만. 그래, 아쉽기는 하지만. 원본이 되기 위해서는 필요한 일이었다.

"가보면 오길 잘했다고 생각하실 거예요."

"그래도 이런 밤에 가는 건 좀 위험하지 않나. 비도 오는데."

"은수가 어련히 조심하겠죠. 당신은 걱정이 너무 많다니까."

목에 스카프를 두르는 은수의 어머니를 지켜보며 소희는 말없이 미소 지었다.

은수의 아버지는 여전히 떨떠름한 얼굴로 흘끔, 소희를 훔쳐봤다. 소희는 먼저 나서는 부부의 등을 멀거니 보다가 시야를 돌렸다. 두 사람이 나간 집 안이 금세 휑했다. 웃음이 넘치던 이 집은 앞으로 영원히 지금 같은 고요를 겪어야 할 것이었다.

벽에 걸린 가족사진 속 세 사람의 모습이 단란했다. 환하게 웃는 은수에게 손을 흔들며 소희가 나지막이 입을 열었다.

고마워.

너의 가족을 내게 줘서.

내게도 기회를 줘서.

회상에 젖은 소희의 시야로 가방을 챙겨든 정금이 보였다.

문에서 물러선 소희는 정금에게 보이지 않는 구석으로 몸을 숨겼다.

은수의 어머니처럼 어깨에 숄을 두르고 진주 귀걸이를 한 정금이 관리실에서 나왔다.

3층에서 다혜의 웃음소리가 들려왔다. 난간을 움켜잡은 정금이 계단을 오르기 시작했다.

소희의 눈이 그녀의 뒤를 좇았다.

22

나는 태은에게 수아가 사라지기 직전까지의 일을 털어놓았다.

미국에 있던 기간, 한국에서 나와 만났다던 성희의 말과 내가 한눈판 사이 홀로 집 앞에 가 있던 수아의 일. 수아가 사라지던 날, 나와 똑같은 얼굴의 여자를 봤다던 목격자의 말과 연호에게서 들었던 교통사고와 부모님의 행방까지.

잠자코 모든 이야기를 듣던 태은과 석진은 내 말이 끝난 뒤에도 꽤 긴 시간 동안 침묵했다.

"어떻게 생각해?"

석진이 묻는데도 태은은 섣불리 대답하지 않았다.

그녀는 내 말을 믿지 않는 것도 같았다.

"필요하다면 증명할 수도 있어."

조급한 건 나였다. 나는 그녀에게 진심을 담아 말했다.

"그쪽이 박소희가 아니라는 건 믿어."

태은의 입에서 단호한 대답이 나오자 석진이 놀란 눈을 해 보였다.

"근데 그게 다야? 그쪽이 박소희는 아니어도 관련된 건 맞잖아. 그게 아니라면 그 사람들이 왜 나를 찾아내고 당신 딸을 데려갔겠어."

일리 있는 말이었다. 나와 전혀 연관되지 않은 사람들이라면, 이 일에 끼어들 이유 따위는 없었다.

"내가 궁금한 건 당신과 그 사람들의 관계야."

"나랑 그 사람들?"

"당신이 뭐기에, 박소희가 당신 흉내를 내며 살았을까?"

입을 다문 건 내 쪽이었다. 태은은 찾을 수 없는 보물을 찾으려는 도굴꾼처럼 세심하게 나를 훑었다.

유추할 수 있는 답은 많았지만, 무엇이 정답인지는 쉽게 판단할 수 없었다. 나는 가능한 추론의 영역에서 그럴듯한 대답을 찾아내려 노력했다.

"글쎄, 내 흉내를 내서 사기를 치려고 한 걸 수도 있겠지."

"사기? 무슨 사기? 겨우 사기나 치려고 당신에게서 당신 딸을, 또 내게서 당신 딸을 훔쳐 가?"

어설프고 성의 없는 대답을 매섭게 받아치며 그녀는 코웃음을 쳤다.

"그럼 뭐 때문인 것 같은데?"

조용하던 석진이 질문하듯 말을 꺼내자 태은이 눈을 내리깔았다.

"내가 아는 그 사람들이라면, 명의도용이나 하자고 이런 일을 할 사람들이 아니야."

"그럼?"

해가 지는지 창문 밖이 어두웠다.

"만약 박소희가 당신 자리를 차지하고 싶어 하는 거라면?"

석진이 가져온 램프의 전원을 켰다. 모여 앉은 거실에 미미한 빛이 피어났다.

"얼굴이 닮았다는 거랑 똑같다는 건 다른 거야. 전혀 다른 방향으로 갈 수 있다고."

그걸 무기로 무슨 짓을 할지는 아무도 모르는 거고.

덧붙인 태은의 말이 섬뜩했다.

"왜 굳이 그렇게까지 하는데?"

거실 벽에 등을 기대고 선 석진이 이해할 수 없다는 듯 물었다.

"너라면 언제 인생을 바꾸고 싶어?"

태은이 지나가는 말투로 묻자 석진은 미간을 구겼다.

"처음부터 다시 시작할 수는 없지만 바꿀 수는 있는 거잖아. 더 나은 삶으로."

"만약 그렇다면, 수아는 뭐하러 데려가?"

나 역시 석진의 말에 동의했다. 내 삶을 원한다면 굳이 수아를 데려갈 필요가 없었다. 오히려 수아의 존재는 귀찮은 짐이 아닌가.

태은은 조용했다. 모르겠다는 건지, 짐작이 가지만 말할 수 없다는 건지 모호한 표정이었다.

생각에 잠겨 있던 석진이 뭔가를 깨달은 듯 말했다.

"애를 해치려고 한다는 거야, 혹시?"

수아를 없애려 하는 거냐는 석진의 물음에는 태은이 바로 고개를 저었다.

"타인의 삶을 완벽하게 자기 것으로 만드는 건 어려운 일이야. 종이 위에 그려진 그림을 생각해봐. 지우개로 아무리 깨끗하게 지워도 흔적은 남지. 아무리 깨끗하게 지운다 한들 정말 아무도 눈치채지 못할 것 같아?"

"무슨 뜻이야?"

"모든 걸 없애려는 게 아니라, 바꿔치기하려는 거야. 생각해봐. 쉽게 알아챌 어른들은 죽였고 어린아이는 데려갔어. 그것도 다치지 않게끔 조심해서."

교통사고로 위장해 부모님은 제거했지만, 수아는 그렇게 하지 않았다. 마음만 먹으면 나를 죽이고 수아 역시 죽일 수 있는 사람들이 그렇게 하지 않았다는 건 다른 이유가 있다는 의미였다.

이유.

그들에게 수아를 살려둬야 할 이유.

"증거가 필요한 거겠지."

본능적으로 답을 쓰듯 나온 내 말에 석진이 빤히 쳐다봤다.

"그 증거가…… 수아인 거야."

의심할 이들에게 내보일 강력한 증거.

수아는 나를 증명할 수 있는 증거였다.

"수아가 박소희를 엄마로 생각한다면, 박소희의 삶은 그때부터 바뀌는 거니까."

나를 바라보던 태은이 짧은 설명을 덧붙인 뒤 입을 다물었다.

"잠깐, 잠깐만."

바깥이 금세 어두워졌다. 거실 끝과 끝에 앉은 나와 태은의 눈이 중간에 선 석진에게 모였다. 그는 받아들이기 힘들단 표정으로 인상을 썼다.

"수아를 데려간 건 가짜인 자기를 진짜로 만들어줄 증거라는 거잖아. 그럼 그다음엔? 그다음은 뭔데?"

태은이 내게 시선을 고정했다.

말하지 않아도 어떤 생각을 하는지 읽을 수 있었다.

"나를 죽이려고 하겠지."

나는 힘을 줘 대답했다.

나를 위협한 건 태은과 석진이었지만 아이러니하게도 나를 살린 것 역시 이들이었다. 태은이 수아를 데려가지 않았더라면, 내가 경찰서에 가지 않고, 수아와 함께 부모님 집에 더 머물렀더라면 어떻게 됐을지 모르는 일이었다.

문득 부모님의 집이 떠올랐다. 2층에서 들리던 이상한 소리. 수아가 사라진 것을 모른 채 그대로 올라갔더라면 어떻게 됐을까.

그곳에 있던 건 숨죽인 덫이었다.

"우리는 예상치 못한 변수가 된 거야."

그녀의 눈이 허공에 머물렀다.

"그렇지만 널 찾아왔잖아."

그 새벽에 공격당한 태은이 마지막으로 본 건 수아를 안고 사라지는 여자의 뒷모습이었다. 이모, 혹은 아줌마라고 불렀던 여자.

"중요한 걸 내가 가지고 있었잖아."

그녀는 담담하게 말했다. 중요한 걸 자신이 가지고 있었으니 찾아온 거라고.

"그리고, 날 기억했다면 여기도 금방 알 수 있었을 거야."

태은의 긴 속눈썹 아래로 가늠할 수 없는 그림자가 졌다.

"내가 있을 곳은 여기밖에 없으니까."

나는 숨을 푸, 내뱉은 뒤 우물거리던 입술을 열고 말을 꺼냈다.

"날 본 거야."

두 사람의 시선이 내게로 모였다.

놀이터에서 놀던 수아를 데리고 집까지 간 여자.

나와 똑같은 얼굴로 수아에게 기다리란 말을 한 그 여자.

여자는 내 주변을 맴돌고 있었던 것이다.

"날 지켜본 거야."

계단을 오르는 발소리가 쿵쿵 울리다 멎었다.

관자놀이가 송곳으로 찔린 것처럼 아팠다.

"나 때문에 이렇게 된 거야."

수아의 실종은 나 때문이다. 태은의 말처럼 그들에게 태은과 석진은 예상치 못한 변수였으리라.

태은은 말없이 나를 응시했다. 생기 없는 왼쪽 눈동자가 끈질기게 나를 따라왔다.

"그리고 아마, 지금도 나를 노리고 있겠지."

보이지 않는 곳에 숨어, 나를 모방하고 욕심내면서.

한동안 우리는 침묵을 지켰다. 위로를 건네기엔 우리의 관계는 복잡했고 적대하기에는 서로가 뒤쫓는 대상이 같았다.

이 모호한 관계가 언제까지 이어질지는 확신할 수 없었지만 당장은 서로가 필요했다. 내게는 그들의 마지막 행적을 아는 태은이, 태은에게는 그들과의 접점이 될 내가.

"네가 잃었다는 건 뭐야?"

한참 만에 내가 물은 건 태은과 석진이 이 일에 집착하는 이유였다. 석진은 습관처럼 태은에게 시선을 던졌다.

"글쎄."

석진의 시선이 버튼이 된 것처럼 태은의 입이 열렸다. 램프 불빛으로 인해 그녀의 왼쪽 눈이 반질거렸다.

"많은 걸 잃었지. 눈이 멀면 다른 감각이 몇 배로 예민해진다던데. 반만 잃어서 그런가. 더 나아졌다고 생각되는 게 없네."

그녀의 손이 짧은 머리카락을 쓸어넘겼다.

"하나 충고해줄게."

야윈 뺨이 솟았다 꺼졌다.

"당신이 그 사람들을 만나게 되면 말이야."

하얗게 튼 그녀의 입술 끝에 핏방울이 맺혀 있었다.

"보이는 걸 믿지 마. 모든 걸 알고 있다는 생각이 들어도 아무것도 모르는 사람처럼 굴어야 해. 하나도 믿으면 안 돼."

태은의 얼굴 위로 불빛이 일렁였다.

"왜?"

단조롭게 튀어나온 내 의문에 그녀가 힘없이 웃었다.

"하나를 믿기 시작하면 전부를 믿게 되거든. 그 순간 당신도 알게 될 거야. 당신이 알던 게 사실은 전부 거짓말인 걸."

내리깐 속눈썹이 길었다.

석진은 고통스러운 표정을 감추지 않은 채 태은을 바라봤다.

"난 내가 받은 만큼 돌려줄 거야. 그럴 수 있다면 뭐든 할 거고."

시선을 들어 올린 그녀가 또렷하게 나를 응시했다.

"그러니까 당신은 집으로 돌아가."

***

하루 만에 돌아온 집은 떠날 때와 같은 풍경이었다. 나는 배터리가 방전된 핸드폰을 충전기에 연결하기 위해 안방으로 들어갔다.

안방도 달라진 건 없었다. 여전히 너저분했고 혼잡스러웠다.

침대에 걸터앉아 충전기를 핸드폰에 꽂고 좌우로 몇 번이나 목을 꺾었다. 어깨와 허리가 구둣발로 밟히는 것처럼 아렸다. 손으로 주물러봐도 소용이 없었다.

핸드폰에 전원이 켜지는 걸 확인하곤 쓰러지듯 침대에 누웠다. 손목에 찬 시계의 무게가 무겁게 느껴졌다.

몸은 무서울 정도로 빠르게 늘어졌다. 일어나야 한다는 생각도, 태은이 말했듯 어떻게든 수아를 되찾아야 한다는 생각도 맹렬하게 머리를 휘저었지만 몸의 피로를 이기기에 정신력은 형편없이 약했다.

나 스스로가 역겹단 생각이 밀려왔다. 딸이 사라졌는데, 잠도 이기지 못하다니. 실핏줄이 터지고 온몸이 부서지는 한이 있더라도 일어서야 하는 것 아닌가. 그게 책임이고 가족이지 않은가.

감은 눈을 뜨려 노력했으나 수마는 쉽게 나를 풀어주지 않았다. 숨은 일정하게 반복됐고 몸은 끝없이 아래로 떨어지고 있었다. 어디선가 속삭이는 소리가 들린 것도 같았고, 누군가 얼굴을 만지는 것도 같았지만 몸은 쉽게 움직이지 않았다.

몸이 무거웠다.

모호한 감각 속에서 그것만은 명확했다. 팔과 다리가 죽죽 늘어지고 있었다. 내 몸에만 중력이 배로 작용하는 느낌이었다.

이상한 풍경이 눈앞에 펼쳐졌다. 나는 어두운 도로 위를 달리고 있었다.

달리는 이유도, 언제부터 달리기 시작한 건지도 알 수 없었으나 어쨌든 나는 달리는 중이었다. 폐는 쪼그라들 것처럼 아팠고 발바닥은 유리가 박힌 것처럼 아렸다.

시선을 아래로 내리자 손에서 줄줄 피가 흐르고 있었다.

가.

작은 목소리가 귓가에 뇌까렸다. 가, 가, 가. 목덜미로 쏟아진 숨이 화상을 입을 것처럼 뜨거웠다.

……*내가.*

뜨거운 숨에 어깨가 움찔거렸다. 몸은 여전히 무거웠고 정신은 어지럽다가 맑아지기를 반복했다. 순간 불이 꺼지듯 모든 풍경이 어둠 속으로 사라졌다.

……*내가 가.*

간다고? 어디로?

움찔거리며 눈을 떴을 때 눈에 들어온 건 안방 천장이 아닌 부엌이었다.

어두컴컴한 그곳에서 나는 아파트 복도를 향해 난 창문을 보며 식탁 의자에 앉아 있었다.

머리가 멍했다. 남의 것을 보듯 고개를 숙여 팔과 다리를 훑었다. 잠든 그 상태 그대로였지만 장소는 달랐다.

목만 움직여 돌아보니 베란다 창밖이 어느새 푸른빛이었다.

돌아온 시간이 저녁 8시에 가까웠으니 지금은 새벽쯤 된 것 같았다.

네모난 창문 속에 푸른빛이 감도는 아파트 전경이 담겨 있었다. 모든 게 죽어버린 것처럼 차갑고 쓸쓸한 색이었다.

순간 오싹한 한기가 등줄기를 타고 올라왔다. 머릿속에는 한 가지 질문만 둥둥 떠다녔다.

내가 베란다 창문을 열어뒀던가?

의자에서 일어나 거실을 가로질러 베란다로 향했다. 반쯤 열린 창문 사이로 바람이 불어왔다. 비가 오려는지 습한 냄새가 묻어났다. 그 비릿한 냄새가 싫어서 문을 닫았다. 조금의 틈도 없이 닫힌 문 너머를 보다가 뻑뻑한 눈을 비볐다.

어항 속에 갇힌 금붕어가 된 기분이었다. 어두운 집 안에 홀로 놓인 어항 속 금붕어. 아무리 헤엄쳐 도망치려 한들 절대로 벗어나지 못하는 존재. 그게 지금의 내 처지였다.

태은의 말대로 수아를 되찾기 위해선 나를 해치려는 그들이 올 때까지 얌전히 이곳에 있어야 했다. 그들의 행방을 모르는 이상 미끼가 필요했고, 나는 적당한 미끼였다. 복수만 할 수 있다면 뭐든지 할 수 있다던 태은처럼, 나 역시 수아를 찾을 수만 있다면 얼마든지 감내할 수 있었다.

창문에 내 모습이 비쳤다. 입을 다물고, 눈을 크게 뜬 얼굴이 낯선

이의 것처럼 생소했다.

"박소희!"

나는 태은이 짓이기듯 뱉던 이름을 불렀다. 너무 흔하고 평범해서 기억도 나지 않을 이름.

어떻게든 의식 저편에 묻어 없애고 싶던…… 나의 이름.

"박소희……."

이름을 부를수록 창문에 비친 내 모습이 선명해지는 것만 같았다. 보고 싶지 않아서 손바닥으로 창에 비친 내 얼굴을 가려버렸다.

그리고 뒤돌았을 때.

"박소희."

나…… 아니, 그녀가 있었다.

"오랜만이지, 네 이름을 듣는 건?"

나와 똑같은 얼굴을 하고, 내 삶을 욕심 내던 여자.

"오랜만이야, 소희야."

그 여자가 내게 매일 아침마다 한 것 같은 인사를 건네며 다가왔다.

23

그들은 볕이 좋던 가을의 어느 날, 엄마와 함께 집에 왔다.

태은의 나이가 10살, 태호의 나이가 5살이던 해였다.

태은은 엄마 옆에 달라붙어 상냥하게 인사해주는 여자를 올려다 봤다.

예쁜 언니지?

엄마가 물으면 괜히 시선을 피하며 고개를 끄덕였다. 스무 살 정도 되었을까, 어린 태은의 눈에는 그저 어른처럼 보이는 여자였다. 그런 태은이 귀엽다는 듯 소희는 싱긋 웃었다. 보기 좋은 분홍색 입술이 나지막이 태은을 불렀다.

"네가 태은이구나. 이모 말대로 정말 귀엽네."

"소희 네가 봐도 그렇지?"

언니 이름이 소희구나.

태은은 도란도란 대화하는 엄마와 소희를 올려다봤다.

슬쩍 시선을 내리면, 태호는 어느샌가 중년 여성에게 다가가 어리광을 부리고 있었다.

엄마는 태호를 부르며 그들을 거실 구석에 있는 3인용 소파로 안내했다.

싸구려 소파에 다닥다닥 붙어 앉은 세 사람과 자리가 모자라 바닥에 앉은 한 사람.

합이 네 식구인 가족이었다.

"태은아, 인사드려. 이쪽은 엄마랑 같은 공장에서 일하는 이모야."

"안녕하세요."

제일 먼저 인사를 한 건 태호를 귀여워해 주던 중년 여자였다. 과자 공장에 다니는 직원보다는 과자 공장의 사모님이 더 어울리는 사람이었다. 정금의 첫인상은 그랬다. 삶의 고단함 따위는 조금도 모르는듯한 얼굴. 주름진 손만이 그녀가 겪어온 고난을 넌지시 일러주었다.

"형부, 우리 집 어때요?"

"생각한 것보다 좋은데?"

소파 가운데 앉은 중년 남성은 그렇지 않냐며, 좌우로 고개를 돌리며 동의를 구했다.

정금과 소희는 차례대로 '그러네, 생각보다 집이 좋은데?' 선선히 남자의 말을 인정했다.

태은은 배부른 고양이처럼 뿌듯하게 웃는 엄마를 올려다봤다. 비록 싸구려 달동네 반지하더라도, 남들 못지않게 예쁘게 꾸미고 살아야 하는 거라고, 입버릇처럼 말하던 엄마의 신념을 알아주는 것 같아, 태은은 그들이 마음에 들었다.

"여기는 우리 아들. 제호야!"

정금은 바닥에 앉아 끔뻑끔뻑 눈을 깜빡이는 소년을 소개했다. 소년은 태은보다 다섯 살 정도 많아 보였다.

제호는 숫기가 없는지 태은의 시선을 은근슬쩍 피했다. 집요하게 본 것도 아닌데 어딘가 불쾌해하는 것도 같았고, 도망치고 싶어 하는 것도 같았다. 어찌 됐든 그리 달가워하는 눈치는 아니었다. 10살인 태은이 느낄 수 있을 정도였으니까.

"태은아, 가서 주스 좀 가져올래?"

거실 겸 부엌이라고는 하나, 실상은 3인용 소파 하나에 개수대, 가스레인지가 전부인 공간이었다. 집에서 제일 비싸다고 할 수 있는 냉장고는 엄마와 태은, 태호가 생활하는 큰 방에 있었다. 부엌에 놓기엔 차지하는 자리가 너무 많아서였다.

태은은 종종걸음으로 방에 들어갔다. 엄마가 말한 주스를 꺼내고 태호 몰래 숨겨둔 과자도 한 봉지 꺼냈다. 손님맞이. 학교 예절 수업 때 배운 적이 있었다. 손님이 오면 대접을 해줘야 하는 거라고. 대접이 뭔지는 잘 몰라도 과자 한 봉지 정도는 내어가야 한다는 걸 모를 정도로 어리지는 않았다.

품에 주스와 과자를 안고 방을 나왔을 때, 엄마와 태호는 바닥에 앉아 하하 호호, 웃고 떠드는 중이었다. 소파에 앉은 이들은 태호의 손장난에도, 엄마의 재미없는 농담에도 연신 손뼉을 치며 입꼬리를 끌어올렸다. 바닥에 앉은 제호는 한 박자 늦게 그들을 따라 손뼉을 치고 웃었다.

태은의 시선에서 그 모습은 너무도 무해한 광경이었다.

텔레비전 광고에 나오는 가족들의 모습. 더없이 단란하고 화목한 가정. 그들의 조합은 조금의 균열도 없이 완벽했다. 오히려 그런 식의 완벽함이 거부감을 일으킬 정도였다.

태은은 엄마에게 다가가 주스와 과자를 건네준 다음 작은 방으로 들어갔다.

낯가림을 하나? 의아해하며 엄마가 불렀으나 태은은 배가 고프지 않다고 변명을 했다.

늦은 저녁까지 대화는 계속 이어졌다. 방바닥에 엎드려 도화지에 그림을 그리던 태은은 발라당 배를 보이고 누워 천장을 쳐다봤다. 문지방을 넘어온 목소리들은 같은 말을 또 하고, 또 했다. 그게 뭐 그리 재미있는 거라고.

슬슬 짜증이 날 무렵, 문이 열리고 고개만 내민 채 정금과 소희가 태은에게 인사를 했다. 두 쌍의 눈이 작은 방 곳곳을 훑어내렸다.

계절이 두 번 바뀌는 사이, 가족 간의 유대감은 더욱 끈끈해졌다.

태은의 엄마는 정금을 언니, 언니 하고 불렀고 태호는 종종 집에 오는 제호의 뒤를 졸졸 따라다녔다. 오직 태은만이 낯선 타인처럼 멀거니 거리를 두고 서서 하나하나 관망했다. 태은은 그들의 호의와 친절이 불편했다. 이유를 물어도 딱히 대답할 거리는 없었다. 불편하다. 그게 전부였다.

"얘, 생각해봐. 혹시라도 너한테 무슨 일 생기면 태은이랑 태호는 어떡해? 연락할 친척도 없다면서."

"그건 맞는데……."

"보험금 부족하면 내가 도와줄게. 돈이 중요하니? 사람이 더 중요하지."

겨울 방학이 끝나갈 무렵. 정금은 노란 서류 봉투를 들고 태은의 집을 찾아왔다.

태은은 안방에 앉아 거실을 훔쳐봤다. 정금의 주름진 손이 연신 엄마의 손등을 문질렀다.

"며칠 전에 진우 엄마 다친 거 봐. 보험도 없어서 큰일이라고 울던 거 기억하지?"

상냥한 협박.

태은의 눈이 불안해하는 엄마의 표정을 살폈다. 생각해보겠다는 대답을 들은 뒤에야 정금은 집을 떠났다. 엄마는 밤이 깊도록 정금이 두고 간 서류를 만지작거렸다. 태호와 나란히 누워 잠들었던 태은이 깼을 때도 마찬가지였다.

"엄마."

눈을 비비며 방을 나오자, 소파에 앉아 서류를 읽던 엄마가 손을 내밀었다.

"깼니? 화장실 가려고?"

태은은 화장실에 가는 대신 소파 빈자리로 가 엉덩이를 조심스럽게 댔다.

태은의 엄마는 갓난아이를 품에 안듯 태은을 품에 안았다. 몸이 흔들흔들 적당한 박자로 움직였다. 품에 안긴 채 내려보니 서류에 적힌 이름 두 개가 보였다.

이정금.

한윤미.

이름 앞에 무어라 적혀 있었으나 그것까지는 전부 확인하기 힘들었다.

가물가물 달아났던 잠이 몰려왔다. 정수리 부근에서 엄마의 음성이 자장가처럼 흘러나왔다.

"좋은 사람들이니까…… 분명 우리 태은이랑 태호를 도와줄 거야."

자신 없는 말투였다. 이마와 볼을 쓰다듬는 손길을 느끼며 태은은 완전히 눈을 감았다.

서류의 이름을 본 뒤로 1년이 지나갔다.

태은이 12살이 되던 겨울은 전년보다 유난히 혹독한 냉기를 뿜었다. 때때로 태은을 찾아오는 악몽은 대부분 이 시기의 일이었다.

꿈은 늘 같은 곳에서 시작됐다.

하늘은 밤처럼 어두운 새벽이었고, 장소는 빌라와 다세대주택이 밀집한 가파른 골목길이었다.

골목 가장자리로는 한파가 온 탓에 전날 내린 눈이 단단하게 얼어붙어 있었다.

모든 게 작동을 멈춰버린 것만 같은 풍경이었다. 불이 켜진 창문도, 사람의 기척이 느껴지는 집도 없었다. 언덕은 언제나처럼 조용했다. 이따금 세찬 바람이 불면 창문들이 소음을 내며 흔들렸다. 모든 걸 태워버린 새벽은 그랬다.

그날.

언덕 위 3층짜리 빌라의 반지하 창문을 채운 붉은빛은 소리 없이 아우성을 쳐댔다. 하얀 창틀은 까맣게 그을려 있었고, 유리는 가까이 다가갈 수조차 없을 정도로 뜨거웠다. 일렁이는 불길이 파도처럼 움직일 때마다 불꽃이 튀어 올랐다. 태은은 그 상황 속에서 눈을 떴다.

정신이 몽롱하고 몸에 힘이 들어가지 않았다.

무슨 상황인지 알 수 없어 태은은 꼼짝도 못 한 채 눈만 뜨고 감기를 반복했다. 모두 꿈인 것만 같았다. 생생하게 뜨거운 꿈. 너무 생생해서 따끔거리는 감각조차 생생한 그런 꿈.

꿈에서 깨려고 눈을 질끈 감았을 때, 작은방 문에서 자신을 부르는 엄마의 목소리가 들렸다.

시선이 간신히 문을 향해 움직였다. 불길 사이로 바닥을 기는 엄마의 모습이 보였다. 환시처럼 나타났다 사라지기를 반복하는 걸 보던 태은은 터지듯 기침을 해댔다. 목이 아팠다.

엄마는 태은이 눈을 감을 때마다 이름을 불렀다. 태은아, 태은아…….

다른 말도 없이 오직 이름만. 그래서 태은은 이 모든 게 꿈이라고 생각했다. 태호가 장난을 치면 엄마가 겁주던 그런 악몽이라고. 귀신이 나오고 괴물이 나오는 대신 불로 가득한 악몽일 뿐이라고. 그러니 어서 깨어나야 한다고, 어서 일어나야 한다고.

마구 도리질을 치다 고개가 확 왼쪽으로 돌아갔을 때, 옆에 태호가 있었다.

온몸이 따끔거릴 정도로 뜨거운 열기에도 태호는 눈을 감은 채 꼼짝도 하지 않았다. 손을 움직이자 금세 말랑말랑한 손목이 잡혔다. 그제야 태은은 이게 꿈이 아니라는 걸 깨달았다.

태은은 엄마가 그런 것처럼 태호를 불렀다. 태호야, 일어나야 해. 태호야, 어서 정신을 차려봐. 간절하게 외쳤지만 속삭이는 것처럼 들렸을 목소리에, 태호는 눈을 감은 채 미동도 없었다.

눈과 입으로 땀이 흘러서 숨을 쉬는 게 벅찼다. 이상할 정도로 몽롱하고 몸에 힘이 들어가지 않았다. 이유를 알 수 없는 방전이었다.

태은은 정신을 잃지 않기 위해 계속해서 눈을 깜빡였다. 점점 더 숨을 쉬는 게 힘들었다. 일어나야 한다고, 어서 여기서 도망쳐야 한다고 생각했지만, 손가락 하나 움직일 수 없는 무력감은 사라지지 않았다.

불길은 자꾸만 번져갔다. 하얐던 벽지는 온통 까맣고 붉었다. 벽지를 타고 올라간 불길이 천장의 반을 태우며 몸집을 키웠다. 작은 방이 온통 불길로 가득했다.

"태은아, 태호야……."

엄마의 목소리가 가까워졌다고 느꼈을 즈음, 태은과 태호의 몸 위로 엄마의 몸이 엎어졌다. 엄마는 고통스럽게 일그러진 얼굴로 태은과 태호를 끌어안았다. 동시에 천장에서 불꽃이 떨어져 내리기 시작했다.

미약한 신음은 시간이 갈수록 작아졌다. 알 수 있었다. 그것이 생이 꺼져가는 엄마의 마지막 소리임을. 귓가를 간질이는 이 신음이 사라지는 순간, 태은은 세상에 혼자 남게 될 것을.

태은은 공포에 젖어 엄마를 불렀다. 엄마, 무서워. 태호가 일어나지 않아. 엄마, 뭐라고 말 좀 해봐. 간절히 불러도 대답은 없었다. 곧이어 공포가 엄습해왔다. 스멀스멀 밀려온 검은 연기가 바닥으로 내려앉기 시작했다.

"엄마……."

불꽃이 엄마의 등 위로 떨어져 내렸다. 붉은색 덩어리가 우수수 떨어질 때마다 엄마의 몸이 움찔거렸다.

"태호야……."

아무리 불러봐도 두 사람은 움직이지 않았다. 태은은 몸을 비틀어 빠져나오려 했기만 쉽게 나올 수 없었다.

산소가 모자라서 그런 건지 머리가 어지럽고 두통이 밀려왔다. 엄마의 팔을 잡은 채로 창문이 있는 오른편으로 고개를 돌렸을 때, 태은은 창문 밖에 선 그들을 보았다.

그들.

태은과 태호가 아줌마, 이모라고 부르며 따르던 여자와 그 여자의 가족들.

오직 셋뿐인 태은네 가족에게 다가와 친구이자 가족이 돼주겠다며 손을 내민 사람들, 그들이 창밖에 서 있었다. 일렁이는 불길을 무심한 눈으로 훑으며 웃고 있었다.

"살려주세요."

왜 도와주지 않는 걸까, 왜 웃는 걸까, 대체 왜, 저곳에 서서 모르는 사람들처럼 구경만 하는 걸까. 어린 태은은 이해할 수 없었다. 가족처럼 지내던 이들이 왜 바깥에 있는지. 왜 가만히 지켜보기만 하는지.

"살려주세요, 제발."

엄마랑 태호가 위험해요. 너무 뜨거워요. 연기가 짙어질수록 목소리가 나오지 않았다. 태은은 구조를 요청하기 위해 손을 뻗었다. 창밖에 있는 그들이 부디 알아채고 살려주기를 바라며.

나란히 선 네 개의 얼굴들 위로 하얀 눈이 내려앉았다. 등을 돌린 부부가 창문에서 멀어졌다. 남은 두 얼굴 중 어린 소년 역시 눈썹을 긁으며 창문을 떠나갔다.

남은 건 언니라고 부르던 여자 한 명뿐이었다. 대학생이라던 아줌마의 딸. 비싼 거라며 태은에게 음료수를 선물해주고 마셔보라며 권하던 언니.

"언니…… 소희 언니."

여자는 멀어진 다른 이들과 달리 한참을 창에 서서 태은을 지켜봤다. 태은은 목소리가 나올 때까지 계속해서 여자를 불렀다. 언니, 소희 언니. 너무 아파, 너무 무서워. 언니, 살려줘, 언니.

"언니……."

짧은 순간 태은과 여자의 눈이 마주쳤다. 여자는 놀라거나 경악하는 대신 검지를 들어 입술 앞에 가져다 댔다.

쉿.

여자의 행동은 간단했다. 태은과 태호가 술래잡기할 때면 여자가 자주 하던 행동이었다. 조용히 해야 해. 들키지 않게. 그렇게 말하며 검지를 들어 보이던 여자를 태은은 어렵지 않게 떠올렸다.

"언니……."

슬그머니 손을 내리더니 여자는 신문지로 창문을 가리기 시작했다.

어두워야 할 내부가 불길로 인해 밝았다. 태은의 눈이 신문지에 가려 사라지는 여자의 얼굴을 노려봤다.

손바닥만큼의 공간을 제외한 창문의 모든 부분이 신문지로 가려졌다.

그 틈으로 여자가 다시 얼굴을 들이밀었다. 여자는 다시 한번 입술 위로 검지를 들어 올렸다.

그 순간 천장에서 떨어진 전구의 파편이 태은의 왼쪽 눈으로 파고들었다. 끔찍한 고통이었다. 팔과 다리가 갑작스럽고 강렬한 통증에 본능적으로 경련했다. 여자는 모든 걸 보면서도 평온해 보이는 표정이었다.

쉿.

태은은 여자의 명령에 따라 입을 다물고 고통을 참아냈다. 몸이 강하게 떨리는 와중에도 다문 입술은 열리지 않았다.

밤처럼 어두운 새벽이었다. 가파른 골목을 사이에 두고 늘어선 빌라들은 아침이 온 줄도 모른 채 고요했다.

불이 켜진 창문도, 사람의 기척이 느껴지는 집도 없었다. 모든 게 사라지기 위해 멈춰버린 것만 같은 풍경이었다. 언덕은 언제나처럼 조용했고, 이따금 세찬 바람이 불면 창문들이 소음을 내며 흔들렸다.

3층짜리 빌라 앞에 머물러 있던 사람들은 잰걸음으로 언덕 아래로 사라졌다.

언덕 위 3층짜리 빌라의 반지하 창문은 온통 신문지로 가려져 밖이 보이지 않았다. 그 창문을 노려보는 태은의 얼굴은 왼쪽 눈에서 흐른 피로 엉망이었다. 살아있다는 게 믿기지 않을 만큼 끔찍한 상태였다.

강렬한 고통 속에서 멀어지는 의식을 붙잡으며 태은은 여자를 기억하려 노력했다. 언니, 이모, 오빠, 아저씨. 그간 친근하게 불러온 이들의 면면이 휙휙 머릿속을 스쳐 갔다.

소방대원의 등에 업혀 바닥에 눕혀지는 것을 마지막으로 기억은 끊어졌다.

눈을 떴을 때 계절은 겨울과 봄을 지나 여름의 초입에 도착해 있었다. 엄마와 태호가 죽었다는 것도, 사건이 단순 화재 사고로 종결지어졌다는 것도 뒤늦게 알았다. 한쪽 눈에 붕대를 감은 태은은 아무런 말도 꺼내지 않았다.

쉿.

태은은 소희가 그랬던 것처럼 입술을 꾹 다물고 침묵을 지켰다. 형사들이 찾아오고, 복지회 사람들이 찾아오고, 간혹 기자들이 찾아와도 똑같았다. 몇 달의 치료와 재활, 수술이 마무리될 즈음, 태은에게 남은 것은 아무것도 없었다. 돌아갈 곳도, 되찾을 것도 존재하지 않았다.

복지센터의 도움을 받아 쉼터에 입소하는 사이, 계절은 다시금 혹독한 겨울이 되었다. 쉼터에서 내준 작은 방 침대에 앉아 태은은 오래도록 고민했다.

그들을 찾을 방법.

앞으로의 계획도, 미래도 아닌.

오직 그것만을.

24

기억하고 있다. 협소한 길 끝에 있던 초록 대문집을.

너는 초록색 페인트로 칠해진 대문 틈으로 바깥을 내다보는 걸 좋아했다.

너에겐 다른 기회가 없었다. 철저히 단절된 그곳에서 끊임없이 바깥을 갈망했다. 담벼락을 기웃거린다며 호되게 맞고 벽장 안에 갇히더라도, 너는 포기하지 않았다.

바깥으로 나가겠다고. 꼭 나갈 거라고.

어느 날, 너는 물었다.

왜 나갈 수 없는 거냐고.

너는 또 말했다.

여기서 나갈 수만 있다면 뭐든 할 거라고. 그게 무슨 짓이든, 무엇을 희생해야 하든. 반드시 나갈 거라고.

나는 너의 욕심과 희망이 부럽고 탐이 났다.

내게는 없는 것.

한 배에서 나고 자라 폭언과 폭력 속에서 길들었음에도 너에게만은 존재하는 생동감. 너만이 가진 자유.

어느 밤, 미닫이문 사이로 무서운 계획을 듣게 되었을 때, 너는 드디어 기회가 생겼다며 기뻐했지만 나는 그러지 못했다.

네가 떠나고 나면 홀로 남겨지는 게 두려워서가 아니라, 네가 사라진 뒤 무채색이 될 내 세상이 두려워서.

그게 무서워서 나는 너를 보낼 수가 없었다.

네가 없이 내가 살 수 있을까. 너 없이, 혼자 모든 걸 버티고 감내하면서?

잘 들어. 무조건 달리는 거야. 누군가 널 잡고 이름이 뭐냐고 묻거든 아무것도 모른다고 대답해. 너는 아는 게 아무것도 없는 아이인 거야. 나이도, 부모도, 사는 곳도 모르는 천치가 돼야 하는 거라고. 알아들어?

엄마는 너에게 꾸준히 같은 말을 반복해 가르쳤다. 체구가 왜소하니 나이보다 어리게 보겠지. 세상 물정 모르는 여자가 이런 어린애를 거부하겠어? 부른 배를 받치고 엄마는 그렇게 말하며 너에게 쉬지 않고 질문했다.

이름은?

몰라요.

나이는?

몰라요.

어디 사니?

전 아무것도 몰라요.

너는 정말 천치가 된 아이처럼 같은 대답을 반복했다.

목에 상처가 있으니 넌 안 돼. 모자란 건 받아들여도 흠집이 있는 여자애는 못 받아들인다고, 그런 마나님들은.

천치 흉내를 내는 네 옆에 구경하듯 앉은 나를 향해 엄마는 혀를 차며 말했다.

나는 엄마가 말하는 흠집이 무엇인지 알고 있었다. 목에 남은 긴 흉터 자국. 이건 술에 취한 엄마가 병을 휘두르다가 낸 상처였다.

너는 엄마의 말에도 아랑곳하지 않았다. 나는 날카로운 유리 조각으로부터 너를 지키기 위해 지워지지 않을 상흔을 얻었다. 그러나 너에겐 내 상처보다 너의 갈망과 희망이 먼저였다.

나는 너에게 물었다. 네가 하려는 게 어떤 일인지 아느냐고.

너는 대답했다. 알 필요 없다고.

그러니까, 그 부부가 죽으면 재산은 몽땅 애 차지가 된다는 거지. 일가친척이라고는 없는 부부한테 양딸만 남으면, 당연히 남은 건 애 몫이지 않겠어?

밥상을 앞에 두고 나누는 대화가 무엇을 의미하는지 어렴풋이 너는 눈치채고 있었다. 아무리 어려도 눈치는 있었다. 그러나 너는 아무런 반발도 하지 않았다. 너의 목적은 하나였다. 바깥으로 나가는 것. 너 때문에 다른 이들이 죽든 말든 상관없다는 태도였다.

나는 너의 욕심과 희망이 역겨웠다. 동시에 내게도 욕심이 피어났다.

왜 굳이 너여야 하는 거지? 네 자리는, 내 것이 될 수도 있는 것 아닌가?

같은 얼굴과 같은 체형. 누가 보더라도 한 명이라고 생각할 우리인데, 겨우 이 흠집 때문에, 너와 내가 다르다는 것인가?

나는 너를 지키기 위해 많은 것을 희생했다.

지워지지 않을 흉터를 얻었고, 너의 욕심으로 인해 함께 폭력을 견뎌야 했다. 그 모든 걸 감내했는데, 너의 고통을 내가 함께 짊어졌는데.

그런데 너는?

너는 어땠지?

계획된 날짜를 하루 앞둔 밤, 너는 내게 말했다.

이곳에서 잘 지내라고.

나는 베개 밑에 손을 넣어 숨겨둔 유리 조각을 쥐었다. 마당에 널린 초록색 유리 조각 중 가장 날카롭게 벼른 조각이었다.

나는 학교에도 가고, 생일엔 빵도 먹을 거야. 봄엔 꽃구경도 하고 산에도 놀러 가야지. 상상만 했는데 너무 즐겁다.

신나서 떠드는 너에게 물었다.

그럼 나는?

너는 물끄러미 고개를 돌려 나를 바라봤다.

너는 흠집이 있잖아.

흠집이 있는 너는 여기에 있어야지. 뒷말을 삼키곤 너는 날 빤히 보며 미소를 지었다.
너의 뻔뻔한 미소에 흔들리던 용기가 바로 섰다. 나는 그대로 너의 몸 위에 올라타 목을 그었다. 목을 붙들고 네가 비명을 지르며 발버둥을 쳤다. 실금이 그어진 상처 위를 계속해서 긋고 또 그었다.

내가 가.

숨을 헐떡이던 네가 일그러진 얼굴로 나를 노려보며 몸을 비틀었다.

네가 아니라, 내가 가.

바닥엔 너의 목에서 흐른 피로 흥건했다. 손이 덜덜 떨렸다. 유리조각이 손바닥을 파고든 탓에 오른손 손바닥이 뜨거웠다.

네가 나로 살아.

너는 가물가물 눈을 감았다.
나는 너의 얼굴을 내려다보며 중얼거렸다.

네가 박소희로 살아.

나는 욕심과 희망을 지닌 네가 될 테니까.

너는 박소희로 살아.

평생을,
평생을 말이야.

25

앞머리를 적신 땀이 눈으로 흘러서 태은은 소매로 몇 번이나 눈을 비볐다.

멀지 않은 곳에 우두커니 앉은 석진이 걱정을 담아 물었다.

"또 꿈꾼 거야?"

일어나 앉아 등을 기대고 나서야 태은은 위아래로 고개를 끄덕거렸다.

절대로 익숙해질 수 없는 것이 존재했다. 이제는 괜찮다고 여길 만도 한데, 그럴 수 없는 것들. 끝이 없어서 어디가 끝인지도 가늠할 수 없는 것들이.

"그 여자는?"

얼굴에 번진 땀을 닦아내고 묻자, 석진이 우물쭈물하다 대답했다.

"아까부터 전화를 안 받아."

시간을 확인하니 새벽 네 시였다. 태은이 다시 물었다.

"언제부터 연락이 안 됐는데?"

"자정부터 지금까지. GPS 위치는 집이 맞고."

태은은 이불을 걷어내고 일어나 오토바이 열쇠를 챙겼다.

벗어둔 검은색 후드티 셔츠를 다시 걸치고 자신의 뺨을 툭툭 쳤다.

울렁거리는 속을 참느라 침을 몇 번이나 삼켰다. 생각해보니 뭘 먹은 기억이 없다. 빈속은 요란하게 굴며 음식을 원했다. 태은은 음식 대신 신물을 삼키는 것으로 속을 달랬다.

"태은아."

망설이는 듯하던 석진이 나갈 준비를 하는 태은을 불렀다. 어두운 반지하 거실로 희미한 가로등 불빛이 스며들었다.

"전부 끝난 뒤에, 더는 아무것도 남지 않은 뒤에 뭘 하고 싶어?"

뜸이 긴 질문이었다. 예상치 못한 질문이었는지 벌어졌던 그녀의 입술이 슬그머니 다물어졌다. 그림자가 진 그의 얼굴이 바닥을 향해 떨어졌다.

석진은 오랫동안 공들여 준비한 걸 꺼내 보이듯이 천천히 말을 이어갔다.

"그 사람들이 전부 사라지고 난 뒤에, 네가 더는 악몽을 꾸려고 하지 않아도 될 때가 되면 말이야."

의도를 알 수 없어서 태은은 석진의 다음 말을 기다렸다. 그의 손이 허공에서 머뭇거리다가 태은을 향해 뻗으며 내려갔다.

"같이 바다에 가자. 보고 싶다고 했잖아."

언제였더라. 석진과 만나고 그런 이야기를 나눈 기억이 났다. 그가 바다에 가본 적이 있냐고 물었고, 본 적이 없다고 대답했던 짧은 대화. 사진이나 영상이 아니라 진짜 바다가 궁금하지 않냐고 물었을 때는 보고 싶다는 대답을 남긴, 오래전의 일이었다.

"바다에 가면 바다 냄새가 나. 약간은 짜고 시원한 냄샌데, 그걸 맡으면 가슴이 뻥 뚫릴 것처럼 시원해져."

고개를 든 석진이 태은의 옷매무시를 정리했다.

"나랑 가자."

약속해달라는 아이처럼, 그는 태은의 눈을 보고 있었다. 속이 거세게 요동쳤다. 태은은 아무런 대답도 하지 않았다.

이렇게 긴 인연이 되리라곤 생각지 못했다. 그게 문제였나. 석진을 자신의 세계에 들여놓아선 안 되는 거였다. 그런 후회가 뒤늦은 지금에야 몰려왔다.

쉼터를 나와 연고 없는 곳을 무작정 돌아다니다가 되돌아온 연지동 달동네에는 석진이 있었다. 첫 만남은 시시했다. 그때 석진은 판에 박힌 비행 청소년 같은 표정으로 배달용 오토바이에 앉아 있었다.

옆에는 비슷한 부류의 남학생도 함께였는데, 두 사람은 특이해 보이는 외형을 한 태은에게서 시선을 떼지 못했다.

무심하게 두 사람을 지나친 태은이 화재의 흔적이 거의 사라진 반지하 창문 안을 들여다봤다. 담배를 문 비행 청소년들보다 더 의심스러운 행동이었다.

너 김태은 맞지? 석진은 그렇게 말하며 태은을 불러세웠다.

시간이 꽤 흐른 뒤였고, 사고와 충격으로 머리가 하얗게 세고 의안(義眼)까지 박은 터라 알아보기 힘들었을 텐데, 그는 단번에 태은의 이름을 입에 올렸다. 불난 집에 살던 애, 맞잖아. 아무런 대답도 하지 않자 석진이 확인 사살이라도 하려는 것처럼 설명을 덧붙였다.

태은은 아무런 반응도 없이 가만히 석진을 응시했다. 한쪽 눈으로만 보는 세상은 두 눈일 때와 비슷하면서도 많은 것이 달랐다. 시야의 폭이 좁아졌고 가끔은 초점이 맞지 않기도 했다.

이제 그 집에 아무도 안 살아. 그는 묻지도 않은 말을 술술 털어놓았다. 옆에 있던 친구가 가봐야겠다며 욕설을 지껄여도 석진의 고개는 한결같이 태은에게 머물렀다.

문 열려 있어. 귀신 나오는 집이라고 아무도 안 들어가거든. 재개발 때문에 아무도 이사 안 오는 거기도 하지만.

주절주절 말을 늘어놓던 그가 오토바이에 시동을 걸었다.

제법 익숙하게 오토바이를 돌린 석진은 언덕 아래로 빠르게 멀어졌다.

뻑뻑한 눈으로 오토바이를 쫓던 태은은 천천히 몸을 움츠리며 계단을 내려갔다.

손잡이를 잡고 한참을 서서 차오르는 숨을 삼켰다.

안 들어가냐?

얼마나 그러고 있었는지 몰랐다. 문득 들려온 음성에 고개를 돌리자 건물 입구에 석진이 서 있었다.

그는 성큼성큼 내려와 태은을 밀치고 문을 열었다. 충격을 받거나, 슬픔에 젖어 울음을 터뜨릴 줄 알았건만 심경은 예상외로 담담했다. 태은은 4년 만에 돌아온 집에 발을 들였다.

주거 역할을 하지 못하는 그곳에서, 버려진 집에서 태은은 머물기로 했다. 매일 악몽을 꾸고 입술이 너덜너덜해질 때까지 깨물면서도 버틴 건 발악 같은 의지였다. 한순간도 그 얼굴들을 잊지 않겠다는 의지. 의지는 집념이었고 복수의 장작이었다.

새벽부터 밤까지 거리를 쏘다니고 인터넷을 검색하며 흔적을 찾았다. 박소희. 이정금. 강렬한 원한이 타오르고 꺼지기를 반복해도 자취를 찾기란 생각보다 어려웠다. 기점이 된 건 할 일 없이 뒤를 따라다니던 석진의 한 마디였다.

무작정 사람들 얼굴 확인하러 다니는 건 너무 의심스러우니까, 차라리 배달 같은 걸 하는 게 낫지 않나?

듣고 보니 그럴듯했다. 당일 아르바이트로는 생활하는 데 문제가 있었다. 하지만 배달이라면, 일하면서 많은 이들의 면면을 확인할 수 있었다. 운이 좋으면 박소희나 이정금을 찾을 수 있을지도 몰랐고.

그 길로 태은은 오토바이 면허를 땄다. 17살 생일이 지난 직후였다.

석진 역시 태은을 따라 면허를 땄다. 두 사람은 석진의 친구가 일하는 배달업체에 취직했다.

석진은 그녀가 왜 사람들 얼굴을 확인하려 하는지, 누구를 찾는 건지, 이유가 무엇인지 묻지 않았다. 대신 그는 끈질기게 태은의 뒤를 따라다녔다. 옆도 아닌 뒤. 자신감 없는 거리에 서 있으면서도 포기할 기색은 없는 듯싶었다. 그쯤 돼서야 태은은 석진이 궁금했다. 무턱대고 말을 걸고, 뒤를 따라다니고, 옆을 지키려는 이유가.

같은 동네였으니 오다가다 마주쳤을 수는 있겠으나 그게 무슨 친밀도라고. 그래서 물었다. 왜 따라다니냐고.

석진은 고개를 푹 숙이고 고백했다. 불이 나던 날, 반지하 창문에 다닥다닥 붙어 있던 사람들을 창문으로 본 것 같다고. 어쩌면 자신이 목격자였을지도 모른다고. 오랜 죄책감이 부채감이 되어 있던 모양이었다.

태은은 가볍게 비웃었다. 그다음엔 품고 있던 말들을 꺼내놓았다. 그리고 울었다. 누구에게도 하지 않았던 말을 왜 석진에게는 했는지 자신도 이해하기 힘들었다. 그저, 모든 걸 쏟아낸 뒤에야 조금이나마 속이 비었다는 기분이 들 뿐이었다.

관계는 그런 식으로 지속됐다. 태은은 차분히 원한을 키웠고, 석진은 태은이 가지고 있던 박소희의 사진을 핸드폰 카메라로 찍어 주변 배달원들에게 뿌렸다. 지역을 옮겨간 배달원들이 있는 덕분에 꼬리잡기는 멀리까지 퍼질 수 있었다.

그렇게 7년. 꼬리는 예상 밖의 지점에서 잡혔다. 몹시 가까운 곳이었다. 연지동 파밀리에 아파트. 석진이 일하는 배달업체 바로 옆 아파트였다.

도시락 배달을 나갔던 배달원이 용케 사진 속 박소희의 얼굴을 기억하고 석진에게 메시지를 보냈다.

"다 끝난 후에, 나랑 같이 가자."

닮은 여자가 있다는 연락은 드물게 받았으나 진짜인 적은 없었다. 그러나 이번엔 달랐다. 진짜였다. 태은이 찾던 그 여자가 그곳에 있었다.

석진은 태은의 복수가 성공하기를 바라면서도 한편으로는 다시는 그들과 재회하지 않기를 바랐다. 두려웠다. 유일한 가족이던 할머니가 돌아가신 뒤, 혼자가 되었을 때의 심정이 아직도 생생해서. 태은도 쉬이 떠나버릴까 봐 울대가 아렸다.

"같이 바다에 가서 맛있는 것도 먹고, 푹 쉬자."

그 말을 끝으로 그는 먼저 몸을 돌려 현관으로 걸어갔다.

태은은 그의 뒤를 따라 현관을 나섰다.

본격적인 여름의 시작인지 새벽공기가 차갑지 않았고, 비가 올 듯 습한 바람이 불었다. 바다 냄새. 석진이 말한 냄새는 이런 습한 냄새와 비슷하지 않을까.

석진을 앞질러 태은은 오토바이로 가 헬멧을 썼다. 속력을 높인다면, 여기서 연지동까지는 십 분이면 충분한 거리였다.

"바로 따라갈게."

구석에 세워둔 빨간색 오토바이를 가리키며 그가 말했다.

먼저 출발하라는 그의 손짓을 확인한 태은은 소년 같기도 하고 청년 같기도 한 얼굴을 가만히 보았다.

우리가 함께 지내지 않고, 네가 나를 이해하지 않았더라면. 다른 사람들에게 그랬듯 내가 너를 떠나보냈더라면.

그랬다면 너는 내 고통을 짊어지지 않아도 됐을 텐데.

"여기서 기다려."

그녀의 말에 석진이 무슨 뜻인지 모르겠다는 표정을 지었다.

"여기에 있어. 넌 여기서 기다려."

"무슨 말이야?"

"말 그대로야."

"기다리라니, 그게 무슨……."

태은이 그가 손에 쥔 빨간색 오토바이 열쇠를 낚아챘다. 당황한 석진이 어떻게 대응도 하기 전에 어느새 오토바이에 올라탄 태은은 곧장 시동을 걸었다.

순식간에 하얀색 오토바이가 언덕 아래로 내려갔다.

멍하니 서 있던 석진이 뒤늦게 오토바이를 따라 뛰었지만 이미 차도에 진입한 오토바이는 사라진 뒤였다.

망연히 선 채로 택시를 잡으려 손을 흔들었으나 도로에는 오가는 차들이 없었다.

톡, 톡, 톡.

빗방울이 그의 얼굴 위로 떨어졌다. 하늘을 올려다보며 눈 밑으로 흐르는 빗물을 닦아냈다.

어슴푸레한 새벽은 여전히 어두웠다.

***

태은은 헬멧을 오토바이 손잡이에 걸어둔 채 잰걸음으로 복도를 걸어 101호 앞에 섰다. 걸음마다 주머니에 넣어둔 석진의 오토바이 열쇠가 짤그랑짤그랑 소리를 냈다.

어깨를 적신 빗물을 털어내고 심호흡을 한 뒤 손잡이를 당겼다. 101호 문은 열리지 않았다. 몇 번 더 돌리고 잡아 당겨봤으나 마찬가지였다.

아파트 단지에 도착해 내내 전화를 걸었지만 상대는 받지 않았다. 현관문에 귀를 대고 집중해봐도, 안에서 들려오는 소음은 없었다.

본인이 의도적으로 연락을 피하는 게 아니라면, 무슨 일이 있는 거였다. 가령 박소희가 김은수를 찾아왔다던가, 그들이 김은수를 유인했다던가, 하는 불길한 일이.

발길을 돌려 아파트 반대편으로 가려던 태은은 문득 걸음을 멈추고 기다렸다.

소리 없이 열린 102호 문틈 사이로 노파의 얼굴이 튀어나왔다. 태은의 시선이 비스듬히 내려갔다.

정수리가 어깨에 올 정도로 작은 체구의 노파는 태은과 눈이 마주치자 검지를 들어 입술 위에 가져다 댔다.

쉿.

환시처럼 악몽 속 장면이 겹쳐졌다. 태은의 발이 슬쩍 뒤로 물러서려 할 때 불쑥 뻗어 나온 노파의 손이 그녀의 손목을 잡았다.

굉장한 악력이었다.

삶보다 죽음에 더 가까워 보이는 노파에게서 나오는 힘이라고는 생각지 못할 정도로. 뿌리치려 손목을 비틀었지만 역부족이었다.

"귀신……."

노파의 주름진 입술이 같은 단어를 중얼거렸다.

그녀가 노파의 말에 귀를 기울였다.

"귀신…… 귀신이 온다."

형형한 노파의 눈동자가 태은을 지나 허공을 주시했다.

"껍데기를 얻으려는 것들이 오고 있어."

"저기요."

태은의 손목을 흔들던 노파가 다시금 검지를 들어 보였다.

"쉿. 들키면 안 돼."

102호 현관 센서등이 켜졌는지 노파의 얼굴이 빛으로 밝아졌다.

허공을 들여다보던 눈동자가 돌연 움직이더니 태은의 머리에서 멈췄다. 노골적인 시선을 의식하고 태은은 노파에게 잡히지 않은 손으로 후드 모자를 뒤집어썼다.

한시가 급했다. 집 안에 김은수가 있는 건지 확인이 필요했다. 태은은 잡힌 손을 뿌리치려 힘을 줬다.

“너도 봤지?”

노파가 그녀의 손목을 잡아끌었다.

그 바람에 얼굴이 닿을 듯이 마주한 노파의 눈동자 속에 태은의 모습이 담겨 있었다.

“그 귀신들을.”

26

물비린내가 풍겨왔다.

멀지 않은 곳에서 물 위를 걷는 듯한 발소리가 함께 들렸다.

이번엔 30까지 세는 거야.

절대 숨은 쉬면 안 돼.

숨을 참고 30까지. 할 수 있어?

아니, 그건 할 수 없어.

사실 그건 절대 성공할 수 없는 놀이였어.

지금부터 시작이야.

하나, 둘, 셋, 넷…….

아무리 숫자를 세도 넌 거기서 빠져나올 수 없다고.
영영 넌 거기에 있어야 한단 말이야.

……열두울, 열세엣, 열네엣…….

천장으로 가득하던 시야에 하얀 원피스 자락이 들어왔다. 빙글빙글 돌아가는 레이스에서 떨어진 차가운 물이 얼굴 위로 흘러내렸다.

스물여섯, 스물일곱, 스물여덟…….

축축하게 젖은 검은 머리카락이 눈동자를 찌를 것처럼 쏟아졌다.
눈을 감았다 떠봐도 소녀는 사라지지 않고 앞에 있었다.
소녀에게서 나는 물비린내가 얼핏 피비린내처럼 느껴졌다.

스물아홉…….
서른.

아래를 향해 있던 머리카락이 허공으로 떠올랐다. 물속에 잠긴 듯한 소녀의 모습에 턱이 덜덜 떨렸다.

아무 일도 없네.
재미없다.

난 그렇게 생각하지 않았어. 난 네가 나와야 한다고, 검고 무서운 그곳에서 네가 나와야 한다고 생각했어.

그러니 제발.

날 괴롭히지 말란 말이야.

몸이 흔들리면서 시야가 함께 흔들렸다. 눈앞에 있던 환영이 함께 흔들리다 갑자기 사라졌다. 눈을 굴리자 군데군데 피를 묻힌 여자가 냉랭한 표정으로 숨을 몰아쉬고 있었다.

"기억해?"

나는 있는 힘을 다해 입을 열었다.

"뭘?"

여자는 손에 묻은 피를 옷에 닦아내며 물었다.

많은 기억이 떠올랐다 흩어졌다.

함께 지낸 7년을, 겨우 7년을 너는 어떻게 기억하고 있을까.

"계곡…… 초록 대문집……."

내가 꺼낸 것들이 마음에 들지 않는지 여자의 미간이 구겨졌다.

"넌 여전히 거기에 갇혀 사는구나."

냉소 가득한 말투로 여자는 나를 비웃었다. 한참 유행 지난 농담을 들은 사람의 반응이었다.

"걱정하지 마. 이젠 정말 끝이니까."

그 지긋지긋한 것들 전부. 모두 끝일 테니까.

눈을 굴려 천장에 시선을 고정했다. 우리가 함께했던 마지막 기억 속에서도 나는 천장을 보고 있었다.

그때는 어땠지? 개구리 우는 소리도 나지 않던 시골의 밤, 집을 뛰쳐나가기 전에 넌 내게 뭐라고 했었지?

기억이 가물가물했다. 떠올려보려 애를 썼으나 자꾸만 눈이 감겼다.

"이건 내 삶이야."

내 목에 난 상처를 손가락으로 쓸어내린 여자가 고개를 숙여 내게 다짐하듯 말했다. 영원히, 죽어서도 이건 내 거라고.

"알겠니, 소희야?"

***

"자 말해봐. 네 이름이 뭐라고?"

"수아요. 이수아."

"네 엄마 이름은?"

"김은수요."

"좋아. 여긴 어디지?"

"할머니네 집이요."

"그럼 나는 누구일까?"

아이는 입을 다물었다. 손목시계 초침 소리가 크게 퍼졌다.

가늘게 눈을 뜬 정금이 아이 옆에 앉아 있는 다혜의 뺨을 내리쳤다. 쾅 터지는 것 같은 마찰음과 함께 옆으로 쓰러진 다혜가 손바닥으로 뺨을 비비며 일어나 의자에 다시 앉았다. 이미 몇 대 맞은 것처럼 뺨이 붉었다.

경악에 차 손으로 입을 가린 아이가 다혜와 정금을 번갈아 쳐다보다 어깨를 떨었다. 몇 번이고 반복된 폭력을 목격했지만, 그때마다 아이가 놀라는 강도는 다를 게 없었다. 매번 처음 본 것처럼 아이는 충격을 받았다.

"다시 해보자. 네 이름이 뭐지?"

아무렇지 않은 말투로 정금이 다시 묻자 겨우 손을 떼어낸 아이가 대답했다.

"수아, 이수아."

"네 엄마 이름은?"

"김은수."

"여긴 어디라고?"

"할머니네 집."

"그렇다면 너는 나를 뭐라고 불러야 할까?"

아이의 입술이 달싹였다. 눈동자가 바쁘게 앞과 옆을 오가며 흔들렸다.

정금이 다시 다혜의 뺨을 내리치려 손을 들자 아이가 손을 막듯 대답을 했다.

"할머니요!"

원하는 답을 듣고 나서야 그녀는 친절해 보이는 미소를 지었다.

"이제야 말귀를 알아듣는구나. 네가 너무 늦게 배운 탓에 다혜만 고생했네."

실핏줄이 터지고 붉게 부은 뺨을 심드렁하게 만지작거리던 다혜가 착하게 웃었다.

"알겠니? 너 때문에 다혜가 맞은 거란다. 너 때문에. 네가 대답을 잘하지 못해서 말이야. 겨우 한마디를 하지 않아서 저렇게 된 거야."

눈물이 멈추지 않는지 아이가 계속 소매로 얼굴을 닦았다.

정금이 콧잔등에 난 땀을 닦았다. 여름에 접어들었는지 조금만 몸을 움직여도 땀이 났다.

"대답해야지. 다혜가 누구 때문에 맞았다고?"

"저요. 저 때문에요."

"다혜가 맞지 않으려면 어떻게 해야 할까?"

다혜를 흘끔 쳐다본 아이가 가슴을 들썩이며 말했다.

"제가, 제가 대답해야 해요."

"거봐. 아주 쉬운 일이잖니."

수아가 강박적으로 고개를 끄덕이는 동안 다혜는 아무렇지 않게 바닥에 떨어진 손거울을 주웠다. 보라색에 하트 무늬가 있는 손거울이었다.

티가 날 정도로 부은 뺨을 확인하자 다혜가 울상을 지었다.

"안 예뻐."

그녀는 흐트러진 머리를 정리한 뒤 리본 모양의 핀을 다시 머리에 꽂은 다음 거울을 들여다봤다. 정돈된 모습은 마음에 들었는지 투덜거리던 입이 호선을 그리며 움직였다.

"이제 됐다."

빨갛다 못해 검기까지 한 뺨이 아프지도 않은지 그녀는 고개를 흔들며 웃었다. 이런 폭력적인 상황이 낯선 아이가 겁을 먹고 옆에서 울건 말건 상관없는 모양이었다.

"쓸모없는 것."

날이 선 말을 다혜에게 뱉어내곤 정금이 고개를 돌려 수아를 노려봤다. 눈물 흐른 자국이 가득한 아이 얼굴에는 온통 공포가 배어 있었다.

"명심해야 한다. 네가 대답하지 않을 때마다 다혜가 아플 거라는 걸."

너 때문에, 고통스러운 사람이 생길 거란 걸.

"네."

정금은 착하게 대답한 아이의 머리를 쓰다듬었다.

빗줄기가 창을 타고 흘러내렸다.

27

복도를 나와 아파트 화단을 지났다. 베란다 창문 앞에 섰을 땐 아까보다 더 많은 비가 쏟아지고 있었다.

태은은 노파에게 잡혔던 손목을 주무르며 창문에 묻은 물기를 닦아냈다.

무서운 기세로 경고하던 노파는 허무할 정도로 빠르게 총기를 잃더니 손목을 놓아주고는 집으로 들어갔다. 닫힌 문은 다시 열릴 기미가 없었다.

머리를 흔들고 태은은 눈을 가늘게 떠서 안을 살폈다.

내부가 잘 보이지 않았다. 혹시나 해 창문을 옆으로 밀었으나 꼼짝도 하지 않았다. 자세히 보니 안쪽에 잠금쇠가 걸려 있었다.

진동이 느껴졌다. 주머니에서 핸드폰을 꺼내 곧장 수신 거부를 눌렀다.

수아를 납치한 날 은수의 뒤를 밟았던 태은은 이곳을 알았지만,

석진은 정확한 주소를 몰랐다. 그가 이곳을 알아내서 찾아오려면 꽤 시간이 필요할 터였다.

그가 오기 전에, 상황을 정리해야 했다. 태은의 고통 속에 더는 석진이 들어오지 못하도록. 더는 자신을 희생하지 않게 만들기 위해서. 그건 오랜 친구이자 가족이 돼준 그에게 줄 수 있는 처음이자 마지막 선물이었다.

태은은 앞머리를 적신 빗물을 털고 주위를 둘러봤다. 창문을 깨서라도 안으로 들어가 볼 생각이었다.

아파트 지하실 창문이 있는 쪽에서 주먹만 한 돌을 찾아냈다. 집어 든 돌을 들고 뒤로 물러섰다.

머리 위에서 번개가 번쩍이더니 얼마 지나지 않아 커다란 굉음이 터졌다. 아예 안 들리진 않겠지만, 타이밍만 잘 맞춘다면 유리창 깨지는 소리가 묻힐 수도 있을 듯했다.

야구공을 던지는 포즈로 손을 들고 몸을 틀었다.

하나, 둘, 셋……. 타이밍을 놓치지 않도록 내쉬는 숨에 맞춰 숫자를 셌다.

기다림은 잠시였다. 때마침 하늘이 밝아졌다.

태은은 망설임 없이 돌을 던졌다. 유리창이 깨지는 순간 하늘에서 전보다 더 큰 굉음이 울렸다. 땅이 진동한다고 착각할 정도로 큰 소음이었다.

창문으로 다가가 유리창을 깨트린 돌을 주워 창틀에 붙은 유리들을 마저 깼다. 베란다 창문 안과 밖으로 유리 조각들이 빗방울처럼 떨어졌다.

소매로 손을 감싼다면 충분히 안으로 들어갈 수 있을 것 같았다.

태은은 소매를 손바닥까지 내려 감싼 다음 창틀에 손을 올렸다.

윗집에서 불이 켜지는 게 보였다. 뜀틀을 넘듯 창을 넘어 안으로 들어갔다. 신발 바닥에 밟힌 유리 조각들이 침입자가 들어섰다는 걸 알렸다.

최대한 소리 죽여 문으로 다가간 그녀는 베란다 문을 옆으로 밀었다. 열린 안쪽에서 미미하지만 피 냄새가 났다.

거실에 들어서자 바닥에 앉은 채로 소파에 기대 고개를 숙이고 있는 여자가 보였다. 은수였다.

"김은수?"

이름을 불렀는데도 응답은 없었다. 가까이 다가가 어깨를 흔들었다.길게 늘어진 머리카락이 해초처럼 흔들렸다.

"이봐."

흔들던 손을 놓자 은수의 몸이 맥없이 옆으로 쓰러졌다.

태은은 거실 내부를 훑었다. 별다른 건 없었지만 자세히 살피면 바닥에 뭔가를 닦은 흔적이 남아 있었다. 워낙 가구가 없는 탓에 몸싸움이 있었던 건지는 확신할 수 없었으나 누군가 침입했던 건 짐작할 수 있었다.

"김은수!"

쓰러진 몸을 흔들며 계속 불러대자 은수의 눈꺼풀이 움찔거렸다.

여윈 얼굴에는 핏기가 조금도 없었다.

"정신 차려! 박소희는?"

간신히 눈을 뜬 은수가 그녀를 보고 입술을 움직였다.

목소리가 나오지 않는지 한참이나 입술만 뻐끔거렸다.

"태은……."

"박소희는 어딨어?"

손목시계를 찬 은수의 손이 태은의 옷자락을 붙잡았다.

"태은아……."

"박소희는? 어디로 갔는지 봤어?"

몸의 핏줄들이 생생하게 살아 움직이는 것 같다고 태은은 생각했다. 박소희라는 이름을 말할 때마다 장기들이 펄떡이고 확확하게 몸이 뜨거웠다.

"비린내."

"뭐?"

"비린내가 나."

그제야 태은은 은수의 목에 난 상처를 확인했다.

상흔이 있던 자리에 새로 그어진 몇 개의 선이 있었다. 깊은 상처는 아니었는데 닦아낸 건지 목덜미 어디에도 핏자국은 없었다.

"누구야? 박소희가 온 거야?"

다그쳐 묻는데도 은수는 눈을 뜨고 감기만 할 뿐, 대답하지 않았다.

은수의 어깨를 움켜쥐며 태은이 힘을 줘 또박또박 말했다.

"정신 차려. 당신 딸을 찾아야 할 거 아니야."

옷자락을 움켜쥔 은수의 손에 힘이 들어갔다.

"수아를 찾아야 하잖아."

"수아……."

"그래, 수아. 당신 딸 수아."

빛이 화들짝 놀라며 번쩍이더니 거실을 와락 밝혔다. 뒤따라 천둥이 쳤다.

"나 좀 일으켜줘."

태은이 은수의 몸을 부축했다.

몸을 일으킨 은수가 왼쪽 머리부터 누르며 인상을 썼다. 머리를 만지는 왼손바닥에 아직 굳지 않은 피가 묻어났다.

"어디로 갔어?"

재촉해서 묻자 은수가 조용히 읊조렸다.

"집으로."

"집? 무슨 집?"

"열쇠가 필요한 집……."

"열쇠?"

태은이 미간을 좁히며 되물었다.

머리가 울리는지 은수는 눈을 질끈 감았다. 그런 채로 태은을 향해 검지를 들어 보였다.

"쉿! 잠시만."

은수는 천천히 눈을 뜬 뒤 태은에게로 고개를 돌렸다.

"따라와."

***

석진은 숨이 차도록 달렸다. 살갗이 따갑도록 내리는 비. 그러나 닦을 새도 없었다. 달리는 중간중간 태은에게 전화를 걸어봐도 그녀는 받지 않았다.

'여기서 기다려.'

그는 태은이 남긴 말을 끝없이 곱씹고 또 곱씹었다.

'여기에 있어.'

그건 그녀와 함께한 5년 동안 단 한 번도 들어보지 못한 말이었다. 그만 떠나라는 말도, 사라지라는 말도 들어봤지만, 여기에 있으라는, 기다리라는 말은 처음 듣는 말이었다.

태은이 왜 그런 말을 했는지는 궁금하지 않았다. 다만 그를 불안하게 만든 건 떠나기 직전 마주 보았던 그녀의 눈빛이었다.

이전에도 그런 눈빛을 본 적이 있었다. 태은과 만나기 전의 일이었다. 그때 석진은 세상을 혐오하던 열다섯 살 소년이었다.

'내 새끼, 우리 석진이 불쌍해서 어쩌노.'

손을 잡은 건 할머니였다. 노환으로 시력을 잃은 그녀는 어림잡아 석진이 있을 곳을 향해 손을 뻗었다.

차갑고 거친 손이 그의 뺨을 만졌다.

그는 손길을 느끼며 침묵을 지켰다.

'석진아, 잘살아야 한데이.'

뿌연 눈동자가 일렁였다.

'느그 부모 맹키로 살지 말고, 잘살아야 한데이.'

사업이 망한 뒤 연락이 끊어진 부모를 대신해 부모가 돼준 사람이 할머니였다. 그녀는 홀로 남겨져 방치된 그를 3년간 키워주고 보살펴준 유일한 사람이었다. 모든 추억 속에는 그의 할머니가 존재했다. 처음 교복을 입던 날도, 장학생으로 뽑혀 사격을 시작하던 날도 모두 그녀와 함께였다.

'밥도 마이 묵고, 정신 단디 차리고.'

쥐어 짜내는 음성으로 마지막 말을 마친 그녀가 옆으로 기울더니 잡을 새도 없이 쓰러졌다.

고개를 떨구자 세월의 흔적이 역력한 손가락 끝에 물기가 가득했다. 뿌연 눈동자는 여전히 그에게 고정돼 있었다. 다시는 보지 못할 이를 담으려는 눈빛이 간절했다.

석진은 자신이 울고 있단 걸 깨달았다. 일그러진 입술 사이로 엉엉 울음이 흘러나왔다.

할머니가 떠난 후 태은을 만나기 전까지, 그는 매일 그 눈빛을 떠올리며 고통스러워했다.

마지막을 예감한 눈빛과 마주하는 건 남겨진다는 걸 깨닫게 만드는 것이었다. 영영 다시는 볼 수 없으리라는 사실이 울대를 쥐고 흔들었다. 성대가 잘린 것처럼 목이 아팠다. 결코, 두 번 다시 경험하고 싶지 않은 일이었다.

"고객이 전화를 받지 않아 음성사서함으로 연결됩니다……."

한참을 뛰어 연지동 사거리에 도착해 다시 전화를 걸었지만, 태은은 여전히 받지 않았다. 어디로 가야 할지 몰라 보도에 서 있던 그는 땀과 빗물로 젖은 얼굴을 세수하듯 닦아냈다.

비는 더욱 거세게 퍼부었다. 회색 티셔츠가 비에 흠뻑 젖어 먹색에 가까워졌다.

"아아악!"

사거리 가운데 서서 소리를 질렀다. 달려오던 차 한 대가 경적을 울리며 간신히 스쳐 지나쳤다. 흙탕물이 그의 바지로 튀었다.

사방이 길이었다. 그는 어디로든 갈 수 있었다. 원한다면 연지동을 벗어나는 길로 갈 수도 있었고, 그게 싫다면 출발한 곳으로 되돌아갈 수도 있었다.

"미친놈아! 길 한가운데서 이러면 어떡해!"

아파트 단지 쪽에서 나온 파란 트럭이 속도를 줄이며 그의 옆에 정차했다.

운전석 창문이 내려갔다. 눈썹이 진하고 얼굴이 까만 남자가 손가락질하며 석진을 향해 욕설을 뱉었다.

"죽으려면 혼자 곱게 죽어! 여기서 애먼 사람 데려가려고 하지 말고! 새벽부터 재수 없게 오토바이가 끼어들지를 않나……."

남자는 침을 퉤, 뱉고는 창문을 올렸다. 속도를 높인 트럭이 고속도로 방향으로 빠르게 사라졌다.

석진은 트럭이 나온 방향으로 시선을 던지다 그가 한 마지막 말을 복기했다.

오토바이.

트럭이 칠 뻔했다는 오토바이가 태은이 탄 오토바이일까?

비약인 줄은 알았으나 당장은 어디라도 가야 했다. 더는 홀로 남겨지고 싶지 않았다.

트럭이 온 곳을 되짚으며 달려가다 그는 아파트 단지 출입구에 떨어진 검은색 스마트 워치를 발견했다. 혹시 모를 상황을 대비해 석진이 은수에게 채워둔 시계였다.

그게 은수가 차고 있던 시계가 맞고, 어떤 식으로든 둘이 함께 있다고 가정하면.

시계를 버리라고 한 게 태은일 거란 생각이 들었다.

은수가 이 시계를 차고 있는 이상 그가 GPS로 따라갈 수 있다는 건 서로 아는 사실이었다.

내가 널 찾지 못 하게 하려는 걸까.

나만 남겨두고 사라지려고?

태은은 종종 자신이 하려는 일의 끝에는 아무것도 없단 말을 하곤 했다. 바라던 대로 그들을 찾아내고, 복수하고 나면 더는 아무것도 존재하지 않는다고.

살과 뼈, 체액과 섬유질로 이루어진 인간의 육체와 달리 자신에게는 오직 복수밖에는 없다고. 그러니 복수가 끝나고 나면 그녀에게 남는 건 살아가겠다는 희망이 아니라 텅 빈 끝뿐이라고.

순간 석진은 예감했다.

오늘이 태은의 마지막 날일지도 모른다는 것을.

비로소 태은이 바라온 텅 빈 끝임을.

그가 영영 오지 않았으면 좋겠다고 바라왔던, 태은의 마지막임을.

28

주소는 국도변과 인접한 곳에 있는 어느 모텔이었다.

잡초가 무성한 주차장으로 들어서자 하얀색 승용차 한 대가 구석에 주차돼 있는 게 보였다.

오토바이를 세우기 무섭게 뒤에 탔던 여자가 헬멧을 벗고 내렸다.

"안에 있을 거야. 조용히 따라와."

여자가 먼저 앞서 걸으며 태은에게 손짓했다.

태은은 오토바이 키를 손에 쥐고 느릿하게 뒤를 따랐다. 비에 젖은 풀냄새가 스멀스멀 올라왔다.

모텔은 문을 닫은 지 꽤 됐는지 곳곳에 방치돼 있었다는 흔적들이 역력해 보였다.

국도변에, 그것도 주변에 상가나 민가라고는 없는 허허벌판인 곳에 어울리지 않게 세워진 모텔이었다. 이용객이 있기는 했을까 싶은 외관이었다.

검은색으로 칠해진 외벽은 자신을 드러내려 하지 않는 것처럼 보였다. 밤이 되면 그 속에 묻혀 숨을 쉴 것만 같았다.

인적 드문 국도변에 있는 만큼 이 모텔을 사용했을 사람들의 관계가 어땠을지 쉽게 유추할 만했다.

"입구로 가는 건 들킬지도 모르니까 다른 문을 찾아보자."

입구 손잡이는 쇠 자물쇠로 막혀 있었다.

거리를 두고 떨어져서 입구를 살피던 은수가 몸을 틀었다.

비는 여전히 세차게 내렸다. 시간이 꽤 지난 것 같은데도 하늘이 아직 어두운 걸 보면 장마라도 북상한 게 아닌가 싶었다.

"어떻게 된 거야?"

몸을 숙여 건물 벽을 따라 걷던 태은이 소곤거리듯 물었다.

"박소희가 찾아왔어? 혼자?"

앞서 걷던 은수가 대답을 하려고 일부러 그런 듯 멈춰 서서 고개를 돌렸다.

"자다 일어났는데 거실에 있었어. 뭐라도 해보려고 했는데 머리를 맞는 바람에 기절한 것 같아."

벽을 짚고 있는 그녀의 손목에 새끼손톱 크기의 핏자국이 묻어 있었다. 한 번 닦아낸 건지 희미한 색이었다.

"왜 찾아온 건지는 알아냈고?"

"모르겠어. 뭘 묻기도 전에 다 끝나버려서……. 여기 주소만 겨우 들었어. 전화로 누구랑 통화할 때."

의뭉스러운 답변이었다. 태은의 시선이 가늘어졌다.

은수가 찾아낸 곳은 모텔 뒤편이었다.

그곳에 한 사람이 드나들 수 있을 만한 작은 문이 있었다.

"열어볼게."

손잡이가 작은 소음을 냈다. 안쪽에서 문이 잠긴 건지, 뭐로 막아 둔 건지 걸리는 소리가 났다.

"어떡할까?"

엄지손톱을 깨문 채 그녀가 태은에게 물었다.

"창문은?"

다른 대안으로 창문을 떠올리고 얼른 대답하자, 그녀의 고개가 좌우로 흔들렸다.

"오다 봤잖아. 1층은 전부 판자로 막혀 있어."

은수는 팔짱을 끼고 모텔을 올려다봤다.

창문을 잠그지 않아 들어갈 수 있다는 전제하에 본다면 2층 창문은 판자로 막혀 있지 않으니 가능할지도 몰랐다.

"2층까지 올라갈 방법이 없을까?"

주변은 민가도, 상가도 없이 밭과 논으로만 멀리까지 이어졌다. 사다리는커녕 밟을 만한 돌이나 상자를 찾기조차 힘들었다.

"차라도 있으면 그걸 이용해볼 텐데."

은수는 어떻게든 이 모텔 안으로 들어갈 방법을 모색했다. 정 안 되면 입구로 들어갈 수밖에 없을 것 같단 말이 그녀의 입에서 나왔을 때, 태은이 손잡이를 힘껏 당겼다.

덜커덩.

열린 문 사이로 안쪽 잠금쇠가 부서져 있었다. 오래돼 녹이 슨 덕분에 쉽게 고장 난 모양이었다.

손잡이를 반복적으로 잡아당기자 잠금쇠가 부서지며 떨어졌다.

"안에서 듣기라도 하면 어쩌려고?"

은수가 쏘아붙였다.

손바닥을 탁탁 털고 태은이 문 안을 향해 눈짓했다. 먼저 들어가란 의미였다.

은수는 조심해서 안으로 발을 들였다.

크기가 다양한 종이상자들과 쓰레기들이 가득한 곳이었다. 언제 어디서 누가 튀어나온다고 해도 쉽게 방어하지 못할 것 같았다.

태은은 소리나지 않게 문을 닫고 그녀의 뒤를 따라 걸음을 옮겼다. 작은 문이 있던 곳은 창고였는지 몇 발짝 걷자 다른 문이 하나 더 나왔다. 모텔 안과 연결된 문의 잠금쇠는 다행히 두 사람이 있는 안쪽에 있었다.

"이 안에 있을 거야."

잠금쇠에 손을 올리고 은수가 심호흡을 했다.

습한 냄새와 함께 곰팡내 같은 게 훅 끼치듯 올라왔다. 불을 켜본다면 벽마다 새까만 곰팡이가 자욱해 있을 것이 분명했다.

"상처 말이야."

"어?"

문을 열려다 말고 그녀가 행동을 멈췄다. 태은의 말을 생각하는 것 같았다.

잠금쇠 위에 올린 은수의 손 위로 태은의 손이 덮였다.

태은은 그녀의 손을 움켜잡듯 힘을 줬다.

"목에 새로 상처가 나 있더라."

"목?"

은수는 아무것도 잡지 않은 다른 손으로 자신의 목을 만졌다. 따끔거리는 통증이 느껴졌는지 순간 그녀의 눈가가 움찔거렸다.

"기절한 뒤에 그었나 봐."

별것 아니란 투로 그녀가 말했다.

"기억에 없는 걸 보면 기절한 뒤가 확실해."

"그래도 죽이지는 않았네."

태은의 냉소적인 말투에 여자가 입을 다물었다.

어둠 속에서 마주친 눈이 또렷했다. 숨이 닿을 만큼 가까이 훅 다가선 태은이 고개를 틀어 그녀의 표정을 훑었다. 틀린 그림 찾기를 하듯 꼼꼼한 시선이었다.

"궁금했는데 말이야."

쥐가 있는지 구석에 세워져 있던 종이상자가 옆으로 밀리며 쓰러졌다. 밀실 같은 창고 안이 한순간 밝아졌다. 번개가 친 모양이었다.

"한 번도 수아를 찾지 않네."

구석에서 쥐가 찌직, 울었다. 태은의 손이 그녀의 손목을 강하게 움켜잡았다.

"그게 차이겠지?"

"차이?"

이해하지 못한 듯 그녀가 되물었다.

"진짜와 가짜의 차이."

열쇠를 틀어쥔 태은의 손이 휙 올라가더니 순식간에 그녀의 목덜미를 찍었다.

새로 생긴 상처 위로 뾰족한 열쇠 끝이 파고들었다. 목을 움켜잡은 채 그녀가 문으로 밀려났다.

"쉿!"

나무로 된 문이 부서질 듯 요란한 소리를 냈다.
"언니."
태은이 부르는 소리에 소희의 표정이 부서지기 시작했다.
"소희 언니."
바깥에서 한 번 더 번개가 내리쳤다.
"오랜만이야."

***

"신원 미상?"
인상을 잔뜩 쓰고 있던 형사가 병실 안을 들여다보며 고개를 갸우뚱거렸다.
"전혀 조회가 안 돼?"
"아무것도 안 나와. 현장 근처 주민들한테 사진도 보여줬는데 다 모른대."
형사는 핸드폰을 반대쪽으로 바꿔 들었다.
"구급대원들 말로는 노숙자 같지는 않았다고 하고. 검사 결과도 노숙자는 아닌 것 같거든."
"근데?"
"근데 신원은 안 나와. 행려자 처리를 해야 하나?"
형사는 6인실 병실 안, 입구와 가까운 침대에 누운 젊은 남자를 쳐다봤다.
화재 속에서 살아남은 남자는 의식을 차린 이후 지금까지 아무런 말도 하지 않았다. 의사는 다리에 심하지 않은 화상을 입은 것 외에는 멀쩡하다고 했으나 남자는 기억을 잃은 사람처럼 아무것도 모른다며 답변을 거부했다.

정말 기억을 못 하는 걸까요, 형사가 의사에게 질문했을 때, 의사는 그럴 가능성도 있으나 그런 것 같지는 않다고 대답했다.

"아직도 아무 말 안 해?"

"어, 방금까지 물어봤는데 똑같아."

재개발지구에서 발생한 화재는 주민들 대다수가 이미 동네를 떠난 뒤였기에 인명피해 없이 마무리됐다.

한 가지 문제라면 현장에서 상처를 입고 발견된 젊은 남자였다. 처음엔 비행 청소년이 빈집에 몰래 들어가 사고를 친 것으로 생각했으나, 화재를 진압한 뒤 찾아낸 것들로 인해 사건은 지지부진하게 이어지고 있었다.

"현장에서 발견된 사제 총 말인데. 국과수 말로는 살상이 가능한 수준이래."

구조된 남자 어깨에는 총알에 스친 상처가 있었고, 현장에서는 사제 권총 한 자루와 탄환이 발견됐다.

일탈이나 단순한 비행이라고 보기에는 규모가 큰 사건이었다. 더구나 남자가 답변을 거부하면서 사건이 생각보다 길게 이어지자 기자들이 냄새를 맡았는지 무슨 일이냐고 캐묻기도 했다.

"살상이 가능한 수준이면, 뭐 사람을 죽일 수도 있다고?"

현장에서 발견된 건 조잡한 사제 총이었다. 플라스틱 통과 공기 호스 주입기 등 주변에서 쉽게 구매할 수 있는 재료들로 만들어진 것인데, 동영상 사이트에 검색하면 어렵지 않게 제작 방법을 찾을 수 있었다.

누구나 만들 수 있는 총이 사람을 죽일 만한 위력이 있다고?

형사가 조금 과장되게 놀라는 척 묻자 상대방이 싱겁게 대답했다.

"7m 거리에서 쏘니까 맥주병이 산산조각이 났단다. 젤라틴 블록에는 아예 총알이 박혔고."

신원을 알 수 없는 젊은 남자.

재개발지구에서 일어난 화재와 사제 권총.

상상할 수 있는 범위가 넓었다. 장난이라고 생각하기엔 걸리는 부분이 너무 많았다.

"일단 계속 조사해볼게. 뭐라도 나올지 모르니까."

파트너의 말에 형사는 알겠다는 말을 남기고 전화를 끊었다. 입안이 텁텁한지 침을 두어 번 삼키고 형사가 병실 안을 들여다봤다.

어느새 일어난 남자는 자신의 오른손을 펼쳐 그걸 열중해서 들여다보고 있었다. 남자의 오른손 새끼손가락과 약지가 다른 손가락에 비해 한 마디 이상 짧았다.

'절단은 오래전에 된 것 같고, 아마 인위적으로 잘라낸 것 같은데요.'

형사는 검사를 마친 의사가 한 말을 생각했다.

인위적으로 손가락이 잘린 남자.

손이 작더라도 충분히 쥐고 쏠 수 있게끔 만든 사제 권총. 저 남자의 손이 조잡하고 위험한 총을 쥐었던 걸까.

병실 문을 옆으로 밀며 형사가 안으로 들어섰다. 고개를 든 남자가 형사를 보았다.

"우리 대화 좀 합시다."

남자의 입은 여전히 굳게 다물려 있었다.

29

흙이 파이면 어쩌나 싶은 걱정을 하며 정금은 2층 창문에 기대 아연한 얼굴로 창밖을 훑어내렸다.

폭우는 모든 걸 파헤칠 기세로 맹렬히 내리고 있었다. 이런 날씨엔 우산을 써도 소용이 없다. 차라리 비를 맞는 게 현명한 처사였다.

"엄마, 밖에 나가도 돼?"

소곤거리며 겨우 묻는 다혜에게 맘대로 하라는 듯 손을 대충 내젓고는, 창틀을 톡톡 두드렸다. 계단을 내려가는 둔탁한 걸음 소리가 적막한 실내를 울렸다.

잠시 집을 비운 사이 정성을 다해 가꿔놓았던 마당이 엉망이 되었다. 풀은 아무렇게나 자라 있었고 나무와 화단은 시들어 있었다.

그녀는 새삼 '정성'이 얼마나 중요한 것인지 생각했다. 정성을 들여 무언가를 키워낸다는 건 삶을 바치는 것이나 다름없었다.

푸르던 마당과 활짝 핀 화단, 그늘을 만들고 휴식을 주던 나무들이 어쩜 저렇게 망가졌을까.

안타까움에 절로 혀가 끌었다.

한시라도 빨리 정리하고 왔어야 하는 건데.

후회와 걱정의 틈바구니로 태은이 떠올랐다.

이렇게 된 모든 게 그 애 때문이었다. 정확히 짚어보자면 처리를 확실하게 하지 못한 자신의 잘못이겠지만.

정금은 화염 속에서 죽어가던 태은 남매와 그들의 엄마를 떠올렸다.

홀로 아이 둘을 키우던 태은의 엄마는 정금을 믿고 따랐다. 공장에서 일하며 친해진 그녀는 선심 같은 정금의 호의를 곧이곧대로 믿었다. 정금이 얼마나 열심히 자식들을 키워왔는지를 떠들어댄 것이 경계심을 허문 가장 큰 이유였으리라.

그녀가 정금을 전적으로 신뢰했기에 일은 계획대로 진행됐다. 정금은 일부러 가족들을 데리고 그녀의 집을 찾아갔다. 내가 가진 것들, 내가 키운 것들 모두를 있는 그대로 보여준다는 행동이었다. 실은 그게 그녀의 모든 것을 가장 쉽게 파악하는 방법이기도 했다.

그녀가 약간의 거리라도 둘라치면, 충분히 안면을 익힌데다 경계할 필요 없어 보이는 소희와 제호를 이용해 그녀의 호의를 얻어냈다.

대학생인 딸과 제법 평범해 보이는 사춘기 아들. 고난과 역경 속에서도 밝게 웃을 줄 아는 아이들이라는 이미지가 얼마나 효과적이었는지, 혹시 모를 일을 대비해 서로의 이름으로 보험을 들자며 정금이 권유하자, 고민 끝에 도장을 찍었다.

그녀의 두 아이도 엄마와 다르지 않았다.

열 살이던 태은과 다섯 살이던 태호는 소희와 제호를 언니, 오빠로 불렀고 정금을 이모나 아줌마로 부르며 따랐다. 작은 선물에도 기뻐했고 악의가 담긴 호의에도 즐거워했다. 태은은 간혹 불편한 기색을 드러내고는 했으나 그뿐이었다.

멍청한 가족.

수면제가 섞인 음료를 선물하는 것도, 그걸 마시게 하는 것도 이렇게 간단할 수 있을까 싶을 정도로 쉬웠다. 단란한 세 식구가 약에 취해 잠들었을 때, 정금은 창문 밖에서 그들이 죽어가는 걸 확인한 뒤 자리를 떠났다.

아침이 밝고 연락을 받은 그녀가 화재 현장으로 찾아가 눈물을 흘렸을 때도 그녀를 의심하는 사람은 없었다. 친한 지인의 죽음. 일가친척도 없이 서로를 믿고 의지했던 두 사람. 혹시 몰라 수혜자에 서로의 이름을 적었다는 정금의 말은 그럴듯했다. 지금보다 더 사람을 잘 믿던 시대였으니 가능한 일이었다.

가족처럼 여기던 일가족의 죽음으로 받아낸 화재보험금과 사망보험금은 정금의 손에서 요긴하게 쓰였다.

우선 경영난으로 휘청이던 모텔을 운영하는 데 보탬이 되었고, 괜찮은 수목장과 자가용을 구매하는 데도 도움이 되었다. 2년 정도는 살만했다. 문제는 소득 없이 지출만 이어진다는 점이었다.

다시 돈이 필요했다.

방법을 모색하던 그녀는 거나하게 취해 모텔에 온 몇 안 되는 취객을 이용하기로 마음먹었다. 손님들에게 주차된 자동차를 옆으로 옮겨달라 요구한 다음 제호를 차가 움직일 동선에 세워뒀다. 술에 취한 손님들이 제호를 친 것처럼 가장해 돈을 뜯어내려는 것이었다.

처음 몇 번은 어렵지 않게 생각한 대로 돈을 뜯어낼 수 있었다. 보험처리가 불편한 이들이 대부분이었으므로 취객들은 흥정을 통해 조정한 액수를 현금으로 건넸다.

개중 몇은 사기꾼이라며 바닥에 엎어진 제호와 정금에게 삿대질해댔다. 뒤통수를 내려찍고 싶은 걸 겨우 참아내며 정금은 합의금 흥정을 시작했다. 깎고, 깎고, 깎다 보면 100만 원도 받지 못하는 게 부지기수였다. 어떡하나. 다른 방법을 찾아야 하나, 고민하던 때 사고가 발생했다.

그런 사고가 일어날 줄은 전혀 예상치 못했다. 제호를 친 운전자가 도주하려 차를 몰다가 모텔 앞 국도변에서 덤프트럭과 부딪혀 사망한 것이다.

인사불성이 될 만큼 취했던데다 잦은 사고로 경고문이 있던 곳이니만큼 사고는 큰소리 없이 일단락됐다.

아무런 성과 없이 끝난 사고였으나 그 사고로 제호는 손가락 두 개를 잃었다. 본능적으로 차를 피한다고 몸을 튼 게 실수였다. 벽과 차 사이에 낀 손은 목숨이 다한 잎사귀처럼 허무하게 끊어졌다.

병원에 데려갈 수 없으니 절단된 손가락 두 개는 태우는 수밖에 없었다. 뒷마당 공터에 주워온 나뭇가지와 종이 사이로 손가락을 던졌다. 붕대를 칭칭 감은 제호는 자신의 손가락이 불에 타오르는 걸 지켜봤다. 재가 되어 사라지는 손가락에서 맛있는 냄새가 났다.

그날 저녁 돼지고기를 사와 정금은 고기반찬으로 밥상을 차렸다. 맛있게 먹는 다혜와 달리 제호는 코를 막고 헛구역질을 해댔다.

이럴 땐 천치가 낫지.

쉴 새 없이 젓가락을 움직이는 다혜에게 고기 한 점을 버리듯 건네주고 말없이 옆에 앉은 소희를 돌아봤다.

소름이 끼치도록 생명력이 없는 얼굴을 마주하니 입맛이 뚝 떨어졌다. 어느덧 스물세 살. 외모는 반반했으나 그뿐이었다.

얘를 이용할 수 있는 게 뭐가 있을까? 소희를 이용해서 얻을 수 있는 이득이 뭘까? 저런 애를 좋아해줄 남자가 있기나 할까. 어디 돈 많은 노인네라도 물색할까 싶어도 뜻대로 움직이게 하기엔 이미 머리가 너무 굵어졌다. 다른 수를 내야 한다. 정금이 계산기를 두드리며 소희의 쓸모를 계획하는데 불쑥 소희가 입을 열었다.

소원이를 찾은 것 같다고.

히죽, 정금의 입꼬리가 올라갔다.

30

나무 대문은 굳게 잠겨 있었다. 앞뒤로 밀어봤으나 소용없었다.

초인종 버튼 위에 잠시 손을 올렸다가 내렸다. 비에 흠뻑 젖은 이 몰골이 맞는 건지 자신할 수 없었다. 이유를 설명해야 할 것이다. 작은 변화에도 이유가 있는 것이다.

그러니까 행동하기 전에 생각해야 했다. 숨소리 하나까지도 조심해야 했다. 눈치채지 못하도록 하기 위해선 박소희가 그랬듯 하나하나 계획하고 행동할 필요가 있었다.

어쩔까 고민하는데 빗소리 사이로 인기척이 안에서 들렸다. 대리석 위에서 움직이는 빠르고 경쾌한 발걸음이었다.

똑똑.

조심스레 나무 문을 두드리자 문 아래 틈으로 손거울 하나가 쑥 나왔다.

나를 확인했는지 안쪽에서 새된 음성이 들렸다.

“소희 언니?”

빗물에 젖은 옷이 계속 온도를 앗아가고 있었다. 어금니를 물어도 떨리는 턱이 멈추질 않았다.

문에 기대 손잡이를 잡아당겼다.

“문 좀 열어줘.”

“어디 다녀왔어?”

“잠깐, 밖에.”

쇠가 마찰하는 소리가 경쾌하게 나더니 문이 열렸다.

다시 닫히기라도 할까 조바심을 내며 안으로 몸을 밀어넣었다.

빗물에 젖은 눈을 닦고 보니 앞에 노란색 원피스에 리본 핀을 꽂은 아이가 있었다.

“다 젖었네!”

“넌…….”

호들갑을 떨며 팔을 끄는 아이는 외형만으로 상태를 알 수 있었다.

다운증후군.

어디선가 ‘천사병’으로 불리기도 한다는 이야기를 들은 적이 있었다. 그 말을 이해할 수 있을 것 같았다. 돌계단을 오르는 짧은 시간에도 아이는 얼른 들어가서 몸을 닦아야 한다며 나를 걱정했다.

가식이라고는 조금도 섞이지 않은 진심이었다. ‘그 가족’에게는 없는 것이 이 애한테는 있었다.

비에 젖은 마당은 풀냄새가 가득했다. 이 마당에서 뛰어놀던 수아가 갑자기 나타날 것만 같았다. 그리고 이제야 떠오른 듯 뒤통수에서 통증이 느껴졌다.

아이를 잃어버린 곳, 태은에게 가격당해 쓰러진 곳. 마당은 그런 무서운 일 따위는 아무것도 기억나지 않는 것처럼 빗속에 웅크리고만 있었다.

"엄마는?"

마당을 지나 집 안으로 들어가려는 아이를 붙잡고 현관문 앞에 서서 물었다. 돌아본 아이가 눈을 깜빡였다.

"안에 엄마 있어?"

"응, 2층에."

아이의 하얀 얼굴 위로 빗물이 떨어졌다. 눈가를 움찔거린 아이가 손으로 빗물을 훔쳤다.

"수아는?"

아이는 고개를 갸웃하더니 앞니를 보이며 웃었다.

"2층에."

"엄마랑 같이 있어?"

고개가 좌우로 흔들렸다.

나이를 가늠할 수 없는 외모였다. 스무 살은 넘었을까. 예상보다 많을 수도 있겠다 싶었지만, 정확히 알기는 어려웠다.

"수아는 내 방에. 엄마는 엄마 방에."

아이의 어깨를 살짝 힘주어 잡았다. 사방에서 빗소리가 울려 퍼졌다. 가깝거나 큰 소리가 아니라면 대화를 나눌 수 없는 수준이었다.

"수아 상태는 어때?"

"상태?"

"안 아프고, 잘 있어?"

허리를 숙이자 시선의 높이가 비슷해졌다. 손등을 들어 입에 물고 아이가 뜸을 들였다.

"왜? 어디가 아파?"

"음…… 아픈가?"

모호한 말에 가슴이 철렁 내려앉았다. 거칠어지는 숨을 애써 가누며 입을 열었다.

"엄마가 때렸니?"

"으응, 아니. 수아는 안 맞아. 걔는 열쇠니까."

질끈 눈을 감았다 떴다.

"대신 나는 맞아. 내가 맞으니까 수아가 울어."

왜냐하면, 수아가 대답을 안 했거든. 해맑은 대답이 끔찍했다. 전후 상황을 몰라도 충분히 상상할 수 있었다.

"근데 언니."

밝은 갈색의 동공이 내 눈에 붙박이듯 고정되어 있었다.

"언니 눈에 상처가 없다."

아이의 검지가 오른쪽 눈동자를 가리켰다.

"여기, 검은색 옆에 있었는데."

손가락이 동공에 닿을 것처럼 가까워졌다.

나는 허리를 펴고 이마로 흘러내리는 물기를 닦았다.

몸이 더 차가워지고 있었다. 원래 사이즈보다 큰 신발 속에 고인 액체는 너무도 차가웠다. 발가락이 잘린 것처럼 감각이 없었다.

"들어가자."

아이를 앞세워 현관문을 열었다. 가지런히 정리된 단화 한 쌍이 놓여 있었다.

아이가 하얀색 운동화를 벗어 단화 옆에 가지런히 두었다. 습관적인 행동이었다.

나는 종종걸음으로 거실을 걷는 아이의 뒷모습에서 시선을 떼지 못했다. 한 걸음 한 걸음 아이의 치맛자락이 나풀거릴 때마다 과거의 기억이 불쑥 솟아올랐다. 어쩌면 영원히 파묻혀 있었을 기억이었지만 이 가족들이 무자비하게 파헤쳐 냈다.

내가 박소희였던 그때.

소원이에게 내 이름을 안기고 도망쳐 나오던 그 새벽.

나는 폐가 찢기고 몸의 근육들이 터질 정도로 뛰고 또 뛰었다.

당시 내 머릿속을 채운 생각은 간단했다.

절대로, 잡혀서는 안 된다는 것.

다시는 그 집으로, 가족들에게로 돌아가지 않겠다는 것.

일곱 살의 나는 가족이 무서웠다. 가족이라는 이름으로 너무나 당연하게도 희생을 강요받았고, 그게 책임이라고 배웠다. 그 희생과 책임을 대가로 내가 받은 건 폭력에 익숙해지는 것뿐이었다.

말 잘 듣는 자식이 돼라.

엄마가 자장가나 옛날이야기 대신 그 말을 할 때면 절로 발끝에 힘이 들어갔다. 언제 날아올지 모르는 폭력을 피하려 순순히 대답하면 보잘것없는 보상이 주어졌다.

아프지 않고 잠들 수 있는 것.

나에겐 그게 보상이었고 전부였다.

그래서 잊고 싶었다. 모든 걸 지워버리고 싶었다. 멍울 같은 과거를. 내가 소원이에게 한 짓들을. 나를 키워준 부모님을 만나 현실과 꿈의 경계가 모호한 악몽을 꿀 때면, 손바닥을 비비며 누구에게든 빌었다. 기억하고 싶지 않다고. 다 잊게 해달라고.

나는 낯선 부모의 품에 안겨서 차곡차곡 기억을 덮었다. 내 진짜 가족, 나를 낳아준 부모까지 완전히.

채 덮이지 않은 기억의 끄트머리가 머리를 쳐들 땐 어떻게든 도망치려 애쓰며 문을 잠갔다. 온전한 나만의 공간에서, 나의 것을 품에 안고 되뇌었다.

나는 아무것도 모른다고.

나는 김은수라고.

"언니!"

계단을 오르려다 돌아온 아이가 내 손을 잡아끌었다. 자세히 보지 않으면 모를 생채기가 아이의 뺨에 있었다.

나도 모르게 손바닥으로 상처를 감쌌다. 아이는 작은 손길에도 목과 어깨를 움츠렸다.

"부탁이 있어."

번쩍.

천둥이 쳤다. 2층에서 문이 열리는 소리가 났다.

"수아가 있는 방에 들어가 문 잠그고 있어. 누구한테도 열어주지 말고."

"왜?"

아이의 머리카락 아래로 흘러내린 핀을 다시 정리해주며 말했다.

"지금부터 아주 시끄럽고 무서운 영화를 보려고 하거든."

"나도 볼래."

"안 돼. 그건 너무 무서운 거라서 영화가 끝나고 나면 악몽을 꿀 수밖에 없어. 제대로 자지도 못하고 매일 쫓기듯 눈을 떠야 해."

"많이 무서운 거야?"

"응, 아주 많이."

"알겠어. 그럼 수아랑 있을게."

아이는 계단을 향해 다시 걸어갔다.

아이를 보며 신발을 벗고 안으로 들어섰다. 매캐한 휘발유 냄새가 아래에서 올라왔다.

계단을 오르던 아이의 고개가 위쪽을 향했다.

2층 난간에 기대어 선 여자가 보였다. 진주 귀걸이를 하고 어깨에 숄을 두른 채로 이 집의 주인이라도 된 양 나를 보는 얼굴이 가득 미소를 머금고 있었다. 기다리고 있었다고 말하는 여자의 얼굴은 화장으로 덮여 있었다.

"왔구나."

난간을 붙잡고 익숙한 발놀림으로 계단을 내려온 여자가 곧장 나를 향해 다가왔다.

빛바랜 여자의 얼굴이 선명해지기 시작했다. 기억 속에 묻어두었던 얼굴은 그때와는 달리 주름이 많았으나 붉은색 립스틱만은 과거와 같았다.

붉은 입술은 짐승처럼 으르렁거리곤 했었지. 새삼 떠오른 기억에 목의 상흔이 욱신거렸다.

"소원이는?"

아파트 화단에서 수아에게 꽃을 설명해주던 때와는 너무도 다른 목소리가 고막을 파고들었다.

대답하는 대신 시선을 창밖으로 돌렸다.

"소원이는 어떻게 됐어?"

"내 꼴이 안 보여?"
얼굴에 닿는 시선이 느껴졌다.
"비린내가 나. 내 몸에서."
내 말에 여자가 코웃음을 쳤다.
"비린내 타령, 오랜만이구나."
"이 집이 좋아?"
창밖의 풀잎들이 위태롭게 흔들거렸다. 고개를 돌려 여자와 똑바로 시선을 맞췄다.
"마음에 들어?"
"당연하지. 천장을 봐. 저 화려한 샹들리에를. 창밖은 또 어떻고? 명화를 사서 걸어둘 이유가 전혀 없어. 계절마다 그림들이 바뀌니까. 내가 살아온 어떤 곳보다 아름다운 곳이야. 네가 아니었다면 가져볼 수 없었겠지."
팔짱을 낀 여자가 큰 소리로 웃었다. 하하, 하하. 여자의 입술이 한계를 모르고 벌어졌다. 그 검고 검은 입속에서 찢어질 듯한 웃음이 터졌다.
"내가 너한테 얼마나 고마워하는 줄 아니? 봐, 이 모든 게 네 덕분에 얻은 거야."
연극배우처럼 팔짱 낀 손을 풀어 확 뻗으며 여자가 소리쳤다. 깨달았다. 애써 연기한 보람도 없이 정금은 모든 걸 눈치챘다는걸. 내가 김은수임을, 여자가 그랬듯 소희인 척 흉내 내는 가짜라는 사실을.
"얘, 네가 선택한 거야. 네가 고른 거라고, 이 집을."
감정을 통제하기 힘들었다. 눈과 입술이 분노를 참지 못하고 씰룩거렸다. 감정을 억누르려 노력했으나 쉽지 않았다. 한눈에 내 정체를 알아본 여자, 나를 낳아준 나의 엄마가 저주스러웠다.

"내 사랑하는 딸."

자애로운 부모처럼 다정한 표정을 지으며 여자가 내게 손을 내밀었다.

"나의 동아줄. 내 하나뿐인 자식."

나는 여자의 손을 잡지 않았다.

여자는 개의치 않는 건지, 익숙한 건지 무심하게 손을 거둬들였다.

"즐거웠니?"

여자의 질문에 표정이 굳어졌다.

"그래, 김은수의 삶은 어떻든?"

"최고였어. 그래선 안 되는 내가, 너무 행복해서 정신을 못 차릴 정도로."

"불쌍하고 멍청한 내 딸."

여자의 얼굴이 비대칭이 되어 일그러졌다. 왼쪽은 어떤 움직임도 없었고, 오른쪽은 징그러울 정도로 과장되게 찡그린 표정이었다.

"네가 벗어놓고 간 인생을 뒤집어쓴 소원이를 네가 봤어야 해. 그 애가 얼마나 열심히 '박소희'로 살아왔는지 아니? 내가 정말 모른다고 생각했는지, 걔는 최선을 다해 네가 되려고 했어. 네 껍데기를 뒤집어쓰고 평생을 살아왔다고."

"함무라비 법전에 어떤 게 있는지 알아?"

엉뚱한 내 질문에 여자가 고개를 기울였다.

"눈에는 눈. 이에는 이. 그건 행한 만큼 돌려받아야 한다는 거야."

"이상한 소리를 하는구나."

"눈을 잃었으면 눈을 빼앗고, 이를 뽑혔으면 내 이를 뽑아야 한다는 거지."

영문을 모르겠단 여자의 표정이 우스웠다.

"내가 여기에 온 건, 당신도 벌을 받을 차례가 되었다는 걸 알려주려는 거야."

살기 위해서란 이유를 들먹이며 정당화했을 당신의 죄.

"그리고 나도."

그녀와 똑같이 살기 위해서란 이유로 정당화했던 나의 죄.

"우린 벌을 받아야 해."

"네 삶이 많이 희석되기는 한 모양이다. 죄나 벌을 운운하는 걸 보면."

2층에서 어린아이의 울음소리 같은 게 흘러나왔다.

"그래도 어떡하니. 수아가 있으니 참아야 하지 않겠어?"

고개가 2층 난간으로 올라갔다. 닫힌 세 개의 문 중 어디서 나는 소리인지 알 수가 없었다.

"여기서 날 죽이기라도 하면, 모든 게 끝날 줄 아니?"

2층으로 올라가라는 것처럼 여자가 옆으로 비켜섰다.

"올라가 봐. 가서 샅샅이 찾아봐. 여기에 수아는 없으니까."

오른쪽 입꼬리와 광대가 저절로 움직이며 찡그려졌다. 여자를 닮은 미소. 이건 여자의 피가 내게 선물한 저주였다.

"수아는 여기에 없어. 내가 설마 여기에 수아를 두고 널 만났을까?"

내 표정을 확인하곤 여자가 재미있다는 듯 깔깔거리며 눈물을 닦왔다.

"다혜야! 인형 좀 가지고 나와봐!"

여자가 부르는 소리를 들었는지 2층 끝 문이 삐걱 소리를 내며 열렸다.

제 몸의 반은 될 곰 인형을 안고 다혜가 나왔다. 나를 걱정해주던 아이였다.

"배를 눌러."

간단한 명령이라는 듯 다혜가 인형의 배를 꾹 눌렀다. 인형의 배에서 수아의 목소리가 나왔다. 엄마, 엄마. 흐느낌 같은 애원이었다. 인형의 배를 누를 때마다 수아가 나를 불렀다. 엄마, 엄마. 어디 있어, 엄마.

"나 없이 넌 절대 네 딸을 찾지 못해."

나를 찾는 수아의 목소리가 반복될수록 숨이 차올랐다. 다물린 어금니가 딱딱 소리를 내며 부딪쳤다.

"내가 말했잖아!"

겨우 입술을 움직여 여자에게 말했다.

"벌을 받아야 한다고."

지금쯤이면 태은이 소원이를 발견했을 것이다. 명석하고 집요한 그녀라면 소원이를 단번에 알아챘겠지. 절대 잊지 않겠다던 태은의 다짐을 기억하며 입술을 움직였다.

"우린 행한 만큼, 잃어야 해."

너무 많은 죄를 지었다. 바란 건 오직 하나뿐이었는데도.

욕심을 부린 것이 잘못이었나. 여자의 말처럼, 태어난 것 자체가 잘못이지 않았을까.

이제는 기억할 수 있다. 사랑받기 위해, 가족의 일원이 되기 위해 몸부림치던 과거를. 아무런 죄책감 없이 저지르던 모든 일을.

나는 나의 진짜 가족으로부터, 그리고 내가 저지른 모든 결과로부터 도망치고 싶었던 거다. 어떻게든 잔인한 기억에서 벗어나 새롭게, 마치 다시 태어난 것처럼 살고 싶었다. 덕지덕지 붙여둔 변명은 그저 변명이다. 용서받을 수 없다. 그렇기에 나아갈 수도 없다. 중요한 것은 그것뿐이다. 누구도, 새로 태어날 수는 없다는 것. 모든 것이 재가 되어 날아간다고 하더라도, 그것으로 모든 걸 끝낼 수는 없다는 것.

주머니에서 지포 라이터를 꺼냈다. 손톱만 한 불꽃이 흔들리며 피어올랐다. 몸을 돌려 현관 앞에 벗어둔 내 신발로 불꽃이 꺼지지 않은 라이터를 던졌다.

신발 안에 들어간 불꽃이 휘발유와 만나 몸집을 키웠다.

물에 젖은 탓에 모든 걸 삼킬 정도의 화마는 아니었지만 문제없었다.

나는 팔을 벌리고 현관 앞에 서서 불길이 나를 잡아먹기를 기다렸다.

"같이 가자, 엄마."

***

아파트를 찾은 뒤에 김은수의 집을 찾는 건 쉬웠다.

아침인데도 웅성거리며 모인 주민들 덕분이었다. 석진은 그들 사이로 섞여들어 101호 베란다를 확인했다.

산산조각이 난 베란다 창문 옆에 우비를 입은 경찰 두 명이 서 있었다. 중년의 여자, 아파트 경비원에게 무언가를 묻고 듣던 그들은 손을 저으며 화단을 내려왔다.

"창문이 깨진 것 말고는 흔적도 없고. 집주인도 없어서 뭘 더 조사할 수가 없어요."

최대한 그들과 가까이 서서 석진이 그들의 대화를 엿들었다. 더 이상의 조사는 당사자가 없어 힘들다는 경찰의 말에 중년 여자가 그럼 어떡해요, 하고 반문했다.

"누가 저렇게 창문을 깨 놨다니까요? 불안해서 살겠어요?"

"CCTV에는 저 집이 안 나오고. 주인도 없는데 저희가 어떻게 뭘 더 합니까? 저희도 어쩔 수가 없어요."

여자가 입을 다물었다.

"안에는 괜찮던가요?"

눈썹이 흰 경비원이 물었다.

"네, 뭐. 유리창 깨진 것 외에는 눈에 띄는 건 없었습니다."

몇 번 더 질문에 짧게 대답한 다음 그들은 지상 주차장으로 종종걸음을 쳤다. 세워둔 경찰차에 올라타서는 지체없이 주차장을 빠져나갔다. 모여 있던 주민들도 오래지 않아 자리를 떴다. 남은 건 경비원과 중년 여자, 석진 세 사람뿐이었다.

"이게 무슨 일인가 몰라."

경비원은 귀신에 홀린 것 같다고 고개를 젓더니 우산을 고쳐 쓰고 자리를 떠났다.

여자도 혀를 차며 걸음을 재촉했다. 석진이 그녀를 불러세웠다. 그녀가 거부감 없이 석진을 향해 몸을 돌렸다.

"무슨 일이 있었나요?"

"새벽에 누가 창문을 깼어요. 아파트 단지에서 이런 일은 또 처음이네."

"누가 깬 건지 보셨어요?"

"모르죠. 경찰도 모른다고 하고. 무서워서 살겠나 정말."

"그러게요. 무섭네요."

깨진 창문으로 눈을 던지며 그가 말을 흐렸다. 총각도 얼른 집에 들어가요, 당부한 여자가 아파트 안으로 사라졌다.

홀로 남은 그는 경찰에게 들은 말을 떠올리며 주변을 두리번거렸다.

CCTV에는 나오지 않는 집.

누가 보고 있지만 않는다면 충분히 눈에 띄지 않고 들어갈 수 있다.

혹시 몰라 벤치에 앉아 시간을 보냈다. 한 시간은 족히 지났을 즈음, 앞머리로 최대한 얼굴을 가리고 성큼성큼 화단을 올라갔다. 주말 아침이라 그런지, 이른 아침이라 그런 건지, 그도 아니면 날이 좋지 않아 그런 건지 오가는 주민이 없었다.

창문이 깨진 부분을 피해 창틀에 발을 올렸다.

간단히 창문을 넘어선 석진은 허리를 숙이고 재빨리 거실 안으로 들어가 커튼을 쳤다.

우중충한 날씨에 커튼까지 가려져 내부가 어두웠다. 그는 단서를 찾기 위해 구석구석을 세심하게 살폈다. 태은이 어디로 갔을지 알아내야 했다.

거실과 방, 화장실 모두를 확인한 후 그는 손으로 마른세수를 했다. 단서는커녕 흔적도 찾기 힘들었다.

거실 한가운데 무릎을 세워 앉았다. 얼마나 그러고 있었을까. 석진의 고개가 자연스레 천장으로 올라갔다. 시선이 정면을 향해 천천히 내려올 때 발견한 건 베란다 천장 구석에 설치된 작고 네모난 물체였다.

자리에서 일어나 엉덩이를 털고 식탁 의자를 가지고 와 위에 올라섰다. 천장 구석에 설치된 건 소형 카메라였다.

의자에서 내려와 카메라 전원 버튼을 눌렀다. 배터리가 다 됐는지 화면이 들어오지 않았다.

충전기를 찾아 집 안을 헤집다가 소파 밑에서 충전기를 발견했다. 카메라에 선을 꽂은 다음 전원을 눌렀다. 전원이 켜지면서 화면이 들어왔다.

그의 손가락이 앨범을 눌렀다. 저장된 몇 개의 동영상이 있었다. 은수가 주기적으로 충전을 한 건지 화면의 시작 부분엔 항상 구석에 카메라를 설치하는 은수의 얼굴이 담겨 있었다.

나머지는 대부분 일상이 담긴 평범한 영상이었으나, 마지막에 저장된 영상은 달랐다. 재생되는 영상 속에서는 은수가 방에서 걸어나오고 있었는데 그 모습이 좀 이상했다. 걷는다기에는 몸에 힘이 없어 보였고 목적이 있다기에는 이상할 정도로 배회하는 모양이었다.

영상을 앞으로 돌려도 비슷했다. 김은수는 계속해서 거실과 부엌을 오가며 움직였다.

"뭐야?"

한참을 배회하는 김은수의 뒤로 현관 쪽에서 또 다른 김은수가 나타났다.

똑같은 얼굴의 그녀는 배회 중인 김은수를 보더니 그 뒤를 따라 다니기 시작했다. 마치, 그림자처럼.

그 기이한 광경에 놀랄 새도 없이 김은수가 부엌 식탁으로 가 등을 보이며 의자에 앉았다. 그녀의 뒤를 따르던 여자는 김은수 맞은편 의자로 가 얼굴을 맞대고 앉았다.

여자가 입을 움직이며 중얼거렸다. 소리를 키워도 여자가 말하는 소리까지는 들리지 않았다.

김은수의 뒷모습은 박제된 것처럼 움직임이 없었다. 머리카락 길이까지도 비슷한 두 사람이 거울처럼 서로를 보고 있었다.

앞으로 조금 더 돌리자 앉아 있던 여자가 일어나 방으로 들어갔다.

얼마 지나지 않아 김은수가 고개를 흔들며 자리에서 일어섰다. 김은수는 베란다가 있는 쪽으로 걸어오더니 이내 화면에서 사라졌다.

몇 분쯤 지나고 방에서 여자가 나왔다. 비슷한 시기에 김은수가 여자를 발견하고 화면 안으로 나타났다.

소리를 지른다거나 도망갈 것이란 예상과 달리 김은수는 여자를 향해 가느다란 팔을 벌렸다. 미동 없이 선 여자가 고개를 저었다.

"내, 인생……."

여자의 입 모양을 따라 읽던 그가 돌연 말을 멈췄다. 배터리가 다 됐는지 영상이 끝나서였다.

카메라를 든 채로 석진은 여자와 김은수가 있던 자리를 돌아봤다.

여기서 무슨 일이 일어난 걸까.
태은은 어디로 간 걸까.
쾅, 쾅.
그치지 않은 빗줄기 사이로 번개가 쳤다.

***

태은은 쓰러진 소희를 보며 숨을 골랐다. 소희의 몸에다 침을 뱉듯이 욕과 비난이 마구잡이로 튀어나왔다. 가슴이 극도로 팽창했다. 찢긴 이마에서 흐른 피가 오른쪽 눈으로 흘러내렸다. 시야가 붉게 번졌다.

소매로 오른쪽 눈을 닦아내고 바닥에 쓰러진 소희를 내려다보았다. 다시 한번 짐승 같은 소리를 내질렀다. 주변엔 격한 몸싸움의 흔적이 역력했다. 줄이 끊어진 인형처럼 눈을 감은 소희에게서 시선을 뗄 수가 없었다.

손끝이 저릿했다. 타오르던 화염 속에서 마주친 눈빛이 자꾸만 태은의 인내심을 건드렸다. 죽이자. 죽여버리자. 처음부터 바랐던 건 그거였잖아. 태은은 바닥에 떨어진 파편을 주워들었다.

"죽여버릴 거야……."

날카로운 파편 끝이 손바닥을 아프게 눌렀다. 무릎을 꿇고 앉아 팔을 높이 들었다. 이대로 힘을 줘 찔러버리면 충분히 죽일 수 있었다. 세상에서 영영, 박소희를 없애버릴 수 있었다.

"씨발!"

움찔움찔 손목이 떨렸다. 필름처럼 엄마와 태호, 석진의 얼굴이 차례로 흘러갔다. 목울대가 따끔거렸다. 몸싸움 도중 소희가 저항하며 손톱으로 긁은 탓이었다.

파편이 바닥으로 떨어졌다. 손바닥에서 흐른 피가 손목을 지나 팔을 타고 어깨까지 흘러내렸다. 허공에 든 팔을 늘어뜨린 태은은 맥없이 고개를 쳐들었다.

힘이 빠진 몸이 자꾸 휘청거려 태은은 벽을 짚고 섰다. 벽에 핏자국이 진하게 묻어 있었다. 소희의 머리가 벽에 부딪히며 생긴 자국이었다.

입구가 있는 곳으로 가려고 벽을 짚고 복도를 걸었다. 제대로 회복하지 못한 몸은 가만히 가누기도 힘에 겨웠다.

간신히 발을 디디며 입구에 도착해 잠긴 문을 열려고 손을 뻗었을 때였다.

어디선가 문을 열어달라는 아이의 목소리가 들려왔다. 익숙한 목소리였다.

태은을 언니라 부르고 석진을 오빠라 부르며 따르던 아이.

김은수의 딸.

수아.

"수아야!"

계단을 뛰어오르며 수아의 이름을 외쳤다.

어디서 들리는지 확인하기 위해 한 번 부르고 잠시 멈추고를 반복하며 3층 복도에 도착했을 때, 문이 열린 방이 있었다.

조심스레 문이 열린 곳으로 다가갔다. 거기 정확히 무엇이 있을지 알 수 없으니 자연스럽게 방어적으로 몸을 뒤로 빼며 문을 열어젖혔다. 고개를 기울이니 안의 모습이 한눈에 들어왔다.

어떤 가구나 가전제품도 없는 빈방의 벽에 사진과 쓰레기가 가득 붙어 있었다.

삼면의 벽이 전부 그랬다. 안으로 발을 내디뎠다. 부스럭거리는 소리에 고개를 들자 천장에도 역시 사진이 붙어 있었다.

"이게 뭐야?"

붙어 있는 것들은 화장품이 들어 있던 상자나 다 먹은 과자 봉지, 음료의 상표가 적힌 라벨지 그리고 김은수의 사진이었다.

바닥부터 천장까지.

빈 곳 하나 없이 붙은 그것들을 보다가 다른 벽을 확인했다.

태은도 먹어본 적 있는, 몇 년 전까지 유행하다 현재는 생산이 중단된 과자 봉지는 물론이고 큐빅이 떨어진 목걸이까지 종잡을 수 없는 것들이 벽에 가득했다. 중간중간 누군가와 볼을 맞댄 김은수가, 말쑥한 남자와 손을 잡은 김은수가, 홀로 카페에 앉아 커피를 마시는 김은수의 사진이 빼곡하게 붙어 있었다.

사진 속 김은수는 지금보다 어려 보였다. 최근에 찍은 건 아닌 것 같았다. 사진 끄트머리에 적힌 날짜를 확인해보니, 벌써 9년 전 사진이었다.

태은은 벽과 천장을 보며 용도를 알아내려 했다. 이 쓰레기는 무엇이고, 김은수의 사진은 무엇을 뜻하는지. 이 방은 대체 무슨 방인지에 대해.

눈앞으로 천장에서 종이 한 장이 포르르 바닥으로 떨어졌다.

종이를 주우려 허리를 굽히는데 몸싸움을 벌이다 다친 부위로 통증이 파고들었다. 헉, 소리가 절로 나왔다.

종이를 들어 적힌 글을 읽어내렸다.

"어제 네가 말한 영화 봤어. 재미있더라……."

종이에 빼곡하게 적힌 건 김은수가 쓴 편지였다. 누구에게 보내는 것인지는 모르지만 이 편지가 이곳에 있게 되리라고는 김은수도 몰랐을 터였다.

편지를 든 채 태은은 이 기이한 공간을 다시 둘러봤다.

누군가 버린 게 분명한 쓰레기들. 지금보다 어린, 초점이 나간 김은수의 사진들.

"취향……."

이 방에 있는 건 김은수의 모든 것이었다. 김은수가 즐겨 먹었을 간식들, 썼던 화장품, 친구에게 보내지 못했을 편지와 사소한 습관이나 버릇이 묻어난 쓰레기들까지.

이 방은 김은수를 저장해둔 저장공간 그 자체였다. 갑자기 속이 뒤집히는 것처럼 역겨움이 몰려왔다. 금방이라도 토할 것만 같아 견딜 수가 없었다.

편지를 바닥에 버리고 괴물의 입속 같은 공간을 빠져나와 방마다 문을 두드리며 수아를 불렀다. 3층을 다 확인하고 4층으로 뛰어 올라가 수아의 이름을 외쳐 부르자 복도 끝에서 대답이 들려왔다.

"수아야! 여기에 있어?"

복도 끝방의 문을 부서질 듯 두드리자 안에서 수아의 소리가 흘러나왔다.

손잡이를 돌리며 잡아당겨 봐도 문은 꼼짝도 하지 않았다.

"안에 혹시 문이 잠겨 있어?"

문에 귀를 대고 물었다. 훌쩍이는 울음소리가 문 안쪽 아래서 들렸다.

"아니, 모르겠어."

"진정하고, 손잡이 주변을 봐 봐. 혹시 문을 열 수 있니."

"무서워……."

"수아야, 언니 여기 있어. 여기 있을 거니까 문을 열 수 있나 확인해봐."

아이가 문을 돌리는지 손잡이가 돌아갔다. 안쪽에서도 별수 없는 모양이었다.

복도를 훑어보았다가 옆방으로 다가가 손잡이를 돌렸다. 쉽게 문이 열렸다.

방으로 들어간 태은은 창문을 열고 수아가 갇힌 방 창으로 팔을 뻗었다. 잘만 한다면 창문을 통해 들어갈 수 있을 듯했다.

"수아야, 거기서 창문 열 수 있어?"

방을 나와 문으로 돌아가 수아에게 물었다. 잠시 후 수아가 대답했다.

"안 열려."

좋지 않은 대답이었다.

4층. 창문을 깨서 들어가려면 위험을 감수해야 했다.

"이 방 열쇠는 누가 가졌는지 알아?"

박소희의 옷에는 주머니가 없었다. 만약 박소희가 열쇠를 가지고 있었다면 몸싸움하던 중에 태은이 발견했을 것이다.

그렇다면 다른 누군가 이 방에 수아를 가두고 문을 잠갔다는 건데, 그게 누구인지, 어디에 있는지 알 길이 없었다.

그래, 박소희.

박소희라면 알겠지.

수아에게 잠시만 기다리라 하고는 태은이 계단을 뛰어내리듯이 내려갔다. 1층에 도착했을 때, 보인 건 열려 있는 입구였다.

분명 닫혀 있었는데, 활짝 열려 있었다. 입구를 나서자 하얀색 승용차 한 대가 주차장을 막 빠져나가고 있었다.

태은이 욕을 내뱉으며 핸드폰을 꺼냈다. 번호를 누르던 손가락이 머뭇거렸다. 어떻게든 이 일에서 석진을 빼놓고 싶었는데……. 당장은 다른 방법이 없었다. 그의 도움이 필요했다. 결심을 한 태은이 통화버튼을 눌렀다. 연결음이 몇 번 울리기도 전에 석진이 전화를 받았다.

"연지동에서 해곡 쪽으로 가는 국도변에 있는 모텔이야."

주차장에 세워둔 오토바이는 다행히 멀쩡했다. 앞머리를 쓸어넘기며 다급히 말을 이었다.

"검은색 외관. 빨리 와."

대답 없이 전화가 끊어졌다. 다시 모텔로 들어간 태은은 순식간에 4층으로 가 수아가 갇힌 문을 두드리며 말했다.

"곧 석진이 오빠가 올 거야."

오토바이로 30분 정도 걸리는 거리였지만 석진이 올 때까지 기다릴 수는 없었다.

"잘 들어, 수아야. 언니는 지금 가야 해."

"가지 마, 언니."

"언니가 지금 가야, 수아 엄마를 도와줄 수 있어."

아이가 말을 멈췄다.

"석진이가 금방 올 거야. 석진이 오빠 기억하지?"

"응."

"조금만 기다리면 되니까. 조금만, 아주 조금만."

태은은 먼 과거에, 태호에게 했던 약속을 수아에게 똑같이 말했다. 조금만 기다리고 있으면 금방 오겠다고. 그들이 아니었더라면 약속한 대로 태호에게 선물을 주고 평범하게 보냈을 하루였다.

"혹시, 여기 말고 다른 곳에 들른 데 있어?"

"할머니 집에……."

"할머니 집?"

"할머니 집에 갔었어."

수아는 잘 들리지 않을 만큼 작게 속삭였다.

태은은 어렵지 않게 수아가 말하는 할머니 집을 떠올릴 수 있었다. 수아를 납치했던 바로 그 집. 시작점과 같은 그곳에 그들이 있었다.

"조금만 기다리고 있어, 수아야."

4층 끝방에 수아가 갇혀 있단 메시지를 석진에게 보내고, 그녀는 계단을 뛰어 내려갔다.

주차장에 세워둔 오토바이에 올라 헬멧을 쓰고 시동을 걸었다. 빗방울이 헬멧을 두드렸다.

커다란 엔진음을 낸 오토바이가 주차장을 빠져나와 도로를 달렸다.

위험하게 달리는 오토바이를 향해 지나던 차가 경적을 울렸다. 태은은 속도를 줄이지 않았다.

***

하얀색 승용차는 빠른 속도로 빗길을 달렸다.

핸들을 잡은 손이 자꾸만 미끄러져서, 소희는 몇 번이고 핸들을 다시 잡아야 했다.

태은과 몸싸움을 하면서 가격을 당한 부위들이 아리고 쑤셨지만, 신경 쓸 겨를 따위는 없었다. 그녀는 은수의 부모를 태우고 달리던 밤처럼 빗길을 미친 듯이 질주했다.

거세게 내리는 빗줄기가 속도를 줄이라는 듯이 앞창문을 두드렸다. 이렇게 달리는 게 위험하다는 건 누구보다 소희가 제일 잘 알았다. 속도를 줄이고, 잠시 멈춰서 상처를 확인해야 한다는 것도. 그러나 액셀을 밟는 발은 멈출 기색 없이 더욱 속도를 높였다. 코너를 돌 때마다 몸이 허공에 떴다. 자칫 잘못했다가는 이대로 벽에 부딪혀 죽을지도 몰랐다.

잦아들었던 고통이 다시금 파도를 일으켰다. 열쇠로 찍힌 목덜미도, 벽에 부딪힌 뒤통수도, 난타당하듯 태은에게 맞은 구석구석 전부가 고통스러웠다.

정신이 깜빡거려 입술을 찢을 듯이 깨물었다. 태은의 말이 귓가에서 웅웅 울리듯이 떠올랐다. 어릴 적 모습이라고는 조금도 남지 않은 얼굴로, 태은은 소희에게 소리치고 또 소리쳤다.

살인자.

태호와 엄마를 죽인 살인자라고.

핸들을 잡은 손에 힘이 들어갔다. 손등 위에 묻은 핏자국이 지나온 자신의 삶인 것 같아 소희는 바람 빠지는 소리를 내며 자조했다.

어디로든 떠나야 했다. 길을 따라 멀리, 아주 멀리 갈 생각이었다.

이제 와 그깟 몇 마디에 상처를 받거나, 변명을 하려는 게 아니었다. 겨우 정신을 차리고 모텔에서 도망친 건 태은이 두려워서가 아니라, 벽에 등을 붙이고 서서 자신을 내려다보는 이들의 잔상이 끔찍해서였다.

언제부턴가 잔상이 소희의 뒤를 따라다니고는 했다. 물비린내를 풍기며 다가오는 지수처럼, 태은의 엄마와 태호가 화상으로 일그러진 얼굴을 들이밀며 물었다.

왜? 대체 왜? 그들은 연신 묻고 또 물었다. 왜? 대체 왜? 왜 대체 우리였어? 하고.

비도 오는데 말이다, 너무 빠르게 달리는 거 아니니?

훅 끼어드는 음성에 소희의 고개가 보조석으로 돌아갔다. 머리의 반이 움푹 팬 은수의 아버지가 정면을 보며 읊조렸다.

비도 오는데 말이다, 너무 빠르게 달리는 거 아니니?

고장 난 안전띠를 맨 그가 차창 밖으로 지나가는 풍경을 구경한다.

비도 오는데 말이다, 너무 빠르게 달리는 거 아니니?

"아니…… 아니야……."

소희는 정면에 시선을 고정한 채로 중얼거렸다. 아니야, 지금 내 옆엔 아무도 없다. 이건 전부 환상이고 환청이야. 착란이 빚어낸 환시이다. 벽에 부딪히면서 머리가 어떻게 된 거다. 그러니까 내 옆에 앉아 묻는 저 남자는…….

비도 오는데 말이다, 너무 빠르게 달리는 거 아니니?

남자가 다시 한번 읊조리는 것과 동시에 뒤에서 오토바이 엔진음이 들려왔다.

순간적으로 놀란 소희가 핸들을 오른쪽으로 꺾었다. 가드레일을 발견한 건 찰나였다. 차는 가드레일을 박고 멈춰 섰다.

가까워지던 오토바이 소리가 어느 순간 멎었다. 눈을 굴리니 하얀색 오토바이에 탄 채로 소희를 응시하는 태은이 보였다. 이마에서 흐른 피가 눈으로 들어갔는지 시야가 붉었다. 마치 불타오르는 것처럼.

비도 오는데 말이다, 너무 빠르게 달리는 거 아니니?

옆자리에는 아직도 머리가 움푹 팬 은수의 아버지가 앉아 있었다. 헛웃음이 새어 나왔다.

사이드미러로 차 뒤쪽에서 까만 연기가 나는 게 눈에 들어왔다. 소희는 태은에게로 눈을 굴렸다.

펑.

무언가 폭발하는 소리가 연달아 뒤쪽에서 터져 나왔다. 비는 여전히 그칠 기미 없이 거세게 내리는 중이었다.

지진이라도 일어난 것처럼 몸이 흔들리더니 새까만 불길이 치솟았다. 살갗이 지글지글 탔다. 흡입한 유독가스 때문인지 폐가 쪼여들 듯이 고통스러웠다.

태은의 옆에는 태은의 엄마와 태호가 나란히 서 있었다. 세 사람은 소희가 그랬듯이 멀거니 서서 타오르는 화염을 관망했다. 아슴아슴 눈이 감기기 시작했다. 고통은 지독했지만, 입을 벌려도 신음조차 나오지 않았다.

벗어둔 헬멧을 다시 쓴 태은이 오토바이 시동을 걸고 방향을 돌렸다.

멀어지는 하얀색 오토바이를 보던 소희가 여전히 자리를 지키고 선 이들의 잔상을 주시했다.

화염이 꾸역꾸역 소희를 집어삼켰다.

31

저택 거실에선 휘발유 냄새가 진동했다. 은수는 정금을 끌어안고 놓지 않았다. 아무리 매섭게 소리치고 욕을 한다 한들 예순이 넘은 노인이었다. 품에 가두는 게 쉽지는 않아도 불가능한 건 아니었다.

다혜가 뿌린 물로 불은 꺼졌지만 연기와 탄내가 거실을 채웠다.

팔에 힘을 푼 은수가 방심한 정금을 뒤로 밀었다. 뒤로 넘어진 정금이 은수를 노려봤다.

"소원이가 내 삶을 뒤집어썼다고 했지? 그렇지 않아. 처음부터 우리한텐 박소희의 삶밖에 없었으니까."

계단 중간에 앉은 다혜가 그만하라고 흐느꼈다. 은수의 눈길이 다혜에게 가 닿았다.

"당신이 가진 자식은 '박소희' 하나뿐이잖아. 그 이름만 이 세상에 태어날 수 있었잖아!"

당시에는 몰랐지만 이제 와 생각해보면 이상한 일이었다. 그녀는 왜 그렇게 나와 소원이를 감추려고 했을까. 자신의 가족을 그렇게까지 꽁꽁 숨긴 이유가 뭐였을까.

"제 밥값도 못하는 것들인데, 책임이고 권리가 뭐가 필요해?"

"우리를 이용해서 사람을 죽였잖아!"

둘 중 한 명은 그림자가 되어야만 했다. 그림자가 된 아이는 정금의 명령을 따르며 몸을 숨겼다.

잠시 표정을 지웠던 정금이 얼마 지나지 않아 생긋 이를 보이며 웃었다.

"있지, 원래 내 계획이 뭐였는지 아니?"

가슴에 손을 올린 정금이 눈을 가늘게 뜨며 웃었다.

"부잣집에 간 네가 행복에 겨워할 때, 너를 포함해 그 집 사람들 전부를 죽이는 거였어. 그런 다음 소원이를 내세우려고 했지. 너인 척 연기하며 유산이고 재산이고 몽땅 가져오려고 했어. 근데 네가 다 망쳤다. 감히 네가, 송두리째 다 망쳤다고!"

뱃속이 타들어 가듯 끓었다. 은수는 대답하지 않고 정금의 말을 들었다.

"뭐, 그래도…… 돌고 돌기는 했지만, 어쨌든 바라던 대로 이루어지기는 했구나. 아니, 아니지. 어쩌면 그때 내가 고른 그 집보다 여기가 더 좋은 것도 같네."

큰 웃음소리가 집을 흔들었다. 어깨를 들썩이며 웃어대던 정금이 겨우 웃음을 멈췄다.

"네가 봤어야 하는 건데. 3년 전에. 사고가 난 날, 네 아버지란 사람이 소원이를 보며 어떤 표정을 지었는지."

고막이 터질 것처럼 아팠다.

"부모를 죽이려는 딸을 보는 눈빛이 어땠는지 말이야."
은수가 손바닥으로 귀를 막았다.
"살았나 싶어서, 소원이가 얼굴을 들이댔거든. 그랬더니 네 아버지가 글쎄 네 이름을 부르더라. 마지막까지도 하나뿐인 딸이 보고 싶었던 걸까? 아니면 살려달라고 애원이라도 하고 싶었던 걸까? 대답해 봐. 너는 알 거 아니야. 20년이 넘도록 아빠, 아빠, 하고 따랐을 텐데."
연호의 말이 갈비뼈를 짓눌렀다. 차 밖으로 튕겨 나가 죽었다던 아버지. 목숨만 부지한 채로 요양원에 있다던 엄마.
"네 엄마는 그래도 살았어. 뭐, 움직이지도 못하는 몸에 속박돼서 평생 똥오줌도 가리지 못한 채로 살다 죽겠지."
거실 벽에 걸린 가족사진 속 부모님의 얼굴이 흐려서 보이지 않았다.
"그 사람들이 왜 그렇게 된 줄 알아?"
정금은 유혹하는 악마처럼 속살거렸다.
"너 때문에. 너 때문에 그렇게 된 거야."
비 냄새와 피비린내가 물씬 풍겼다. 숨이 쉬어지지 않아서 은수는 오래도록 입술을 벌렸다. 무언가 갈라지는 것 같다고, 어쩌면 부서지고 있는 것 같다는 생각이 밀물처럼 밀려왔다.
바깥에서 오토바이 엔진음 소리가 가까워졌다.
대문이 열리는 둔탁한 소음과 함께 돌계단을 올라오는 태은이 보였다.
커다란 창밖은 풍경화처럼 고요했다.
나는 행복하게 살고 싶었다. 평범하고 행복하게. 다른 가족들처럼 모여서 식사를 하고, 가끔은 다투고, 또 가끔은 서로에게 상냥한 안부를 전하는 관계.

내가 너무 많은 것을 바랐던 걸까. 내 욕심이 내가 이룬 가족을 망가뜨리고 만 것일까.

죄책감이 개미 떼가 되어 피부를 타고 올라왔다.

"그래…… 돌려줄게."

성큼성큼 걸음을 옮긴 은수가 계단 중간에 앉아 있던 다혜를 끌어냈다.

갑작스러운 악력에 다혜가 소리를 질렀다.

다혜는 은수에게 잡혀 현관으로 끌려갔다. 은수는 현관문을 열었다. 정금이 현관문 밖에 선 태은을 발견하곤 미간을 좁혔다.

"당신!"

태은이 현관문 안으로 들어서려 했다. 그걸 막아서며 은수가 다혜를 밖으로 내보냈다.

"뭐 하는 거야?"

"돌려주려는 거야."

얼결에 다혜의 어깨를 붙잡은 태은과 은수의 눈이 마주쳤다.

"부탁해."

"뭐?"

"죄가 없는 애들이니까."

"김은수."

"네가 말한 거, 기억하고 있어."

두 사람을 밀어내고 은수가 현관문을 닫은 뒤 체인을 걸었다. 잠긴 문손잡이가 움직였다.

"김은수!"

태은이 은수를 부르며 문을 두드렸다.

은수는 떨어져 있는 라이터를 주웠다. 금속의 차가운 감각이 흐릿한 정신을 깨웠다.

거실로 돌아간 은수가 자신의 몸에 불을 붙였다. 눈을 크게 뜬 정금이 몸을 돌려 피하려 했으나 은수의 손이 더 빨랐다.

"으아악! 빨리! 빨리 꺼! 빨리!"

섬유가 타는 냄새가 빠른 속도로 퍼졌다. 정금을 끌어안은 은수가 정금이 빠져나갈 수 없도록 깍지를 꼈다.

합쳐진 옷들이 빠른 속도로 타올랐다. 정금이 발버둥을 치며 비명을 질렀지만, 누구도 정금을 도와줄 수는 없었다.

한마디 비명도 내지르지 않은 채 은수의 무릎이 꺾였다. 엉킨 두 사람의 몸이 바닥을 굴렀다. 끔찍한 비명과 고성이 쏟아졌다. 살이 녹아내리는 냄새가 역겨웠다. 코를 막아도 잔향을 지울 수 없을 것 같은 냄새였다.

"너! 너, 네가!"

정금의 얼굴이 흘러내리고 있었다. 환시일까. 고민은 짧았다. 환시가 아니었다. 정금의 눈동자 속에 비친 은수 자신의 모습도 비슷했으니까.

"김은수!"

현관문을 두드리던 태은은 마당으로 가 창문에 이마를 대고 안을 훑었다. 비에 젖은 속눈썹이 자꾸만 시야를 방해했다. 아무리 눈을 비벼도 마찬가지였다.

한참 후에야 눈에 들어온 건 지옥과도 같은 광경이었다. 은수와 정금. 두 사람의 몸이 마치 하나인 것처럼 꼭 달라붙어 있었다. 태은이 주먹으로 창문을 두드리며 은수를 불렀다. 피부에 닿는 유리 온도가 뜨거웠다.

덜컥, 잊지 않으려 애를 쓰던 과거가 태은을 덮쳤다. 죽죽, 눈물이 흘러내렸다. 미친 짓이라고, 어서 나오라고, 왜 당신이 거기서 그러고 있느냐는 외침이 마구 쏟아졌으나 은수는 대답하지 않았다. 태은의 질문만이 허무하게 공명할 뿐이었다.

두 사람에게서 시작된 불은 가구에 옮겨붙으며 몸집을 키웠다. 태은이 마당에 있는 돌을 들어 창문에 던졌으나 창문엔 금조차 가지 않았다. 어떻게든 안으로 들어가려 했으나 도무지 들어갈 방법을 몰랐다.

화마는 금세 집을 삼켰다. 손 쓸 수 없이 빠른 속도였다. 배터리가 다 되었는지 켜지지 않는 핸드폰을 집어 던지고 태은이 대문 밖으로 나가 소리 질렀다.

"불이요! 불이 났어요! 빨리 신고 좀 해요!"

돌계단에 쪼그려 앉은 다혜가 큰 소리로 울었다.

희미하게 들리던 비명과 고성이 어느 순간 잦아들었다.

모든 걸 묻어버릴 기세로 비가 쏟아졌으나 불길은 잠들지 않았다.

32

정금은 바닥에 등을 보이고 쓰러진 남자를 가만히 쳐다봤다.

남자의 목에 꽂힌 재봉용 가위가 붉은 피로 젖어 있었다. 무심한 눈으로 남자의 몸을 툭 발로 친 다음 떨어져 나간 단추를 찾기 위해 허리를 숙였다. 싸구려 단추였으나 없는 것보다는 가지고 있는 게 나았다.

재봉 공장의 공장장인 남자는 15살인 정금에게 추파를 던지고는 했다. 모르긴 몰라도 남자의 나이가 자신의 세 곱절은 될 것이었다. 사고뭉치인 막내아들이 정금과 비슷한 나이라 했으니 어림짐작으로 잡아도 남자의 나이는 50대 중반을 웃돌았다.

월급도 제때 주지 않는 주제에 여자만 밝히는 더러운 족속.

일말의 죄책감도, 미안함도 없이 정금은 남자의 목에 꽂은 가위를 잡고 뽑아냈다. 깊게 들어간 것인지 손목이 부들부들 떨렸다. 정금은 겨우 뽑아낸 다음, 손에 잡히는 천으로 가위에 묻어난 피를 대충 닦았다. 남자의 목을 쑤신 흉기라고는 생각되지 않을 정도로 깨끗해진 가위를 보니 마음이 편했다.

"빌어먹을 새끼."

가위를 제자리에 두고 정금은 시체가 되어버린 남자의 몸을 톡톡 발로 찼다. 발끝에 닿는 느낌이 딱딱했다. 몇 시간 전만 해도 물렁물렁하고 뜨겁던 남자가 한순간 이렇게 변했다는 게 조금은 신기했다.

"아버지……."

나지막하게 부르는 소리에 정금의 고개가 공장 입구로 돌아갔다. 잠겨 있을 거라고 생각했는데 문이 열려 있던 모양이었다.

정금은 눈썹을 찌푸리고 우두커니 선 젊은 남자를 노려봤다. 마음 같아선 죽은 남자처럼 목에 가위를 꽂고 싶었으나, 거리가 멀었고 자신이 없었다. 어떻게든 상황을 모면할 변명이 필요하다고 생각할 즈음, 먼저 입을 연 건 젊은 남자였다.

"네가 죽였어?"

눈썹이 짙은 젊은 남자는 입꼬리를 씰룩거리며 정금에게 물었다. 단번에 알 수 있었다. 살해 현장을 발견하고도 상식적인 반응이 없는 이 남자는 자신과 비슷한 부류의 사람이라는 것을. 열기를 띤 눈이 그걸 증명했다. 필요하다면 무엇이든 할 수 있고, 원하는 결과를 위해선 철저히 감정을 배제할 수 있는 부류의 사람.

"맞아. 내가 죽였어."

"어떻게?"

'왜' 혹은 '어째서'도 아닌 '어떻게'.

정금은 뒤늦게 젊은 남자가 공장장의 아들이라는 걸 알았다. 매일 사고만 치고 다닌다던 막내아들. 자식만 일곱인 공장장의 늦둥이 자식.

"이 가위로 목을 쑤셨어."

그는 아버지를 죽인 살인자를 황홀한 표정으로 응시했다. 그 얼굴이 제법 괜찮은 것도 같아서, 정금은 느리게 블라우스 단추를 풀었다.

"원하면, 보여줄 수 있는데."

상의 속옷까지 벗은 정금이 그대로 공장장의 등에 가위를 꽂았다. 가슴과 배로 피가 튀었다. 속옷과 블라우스를 벗길 잘했다고 생각하며 정금은 이마에 맺힌 땀을 닦았다.

"내가 그랬다고 신고할 거야?"

신고하지 않으리라는걸 알면서 묻는 빤한 질문이었다. 예상대로 남자는 고개를 저었다.

그는 단추가 떨어진 정금의 블라우스를 주워 입으라고 하고는 파출소로 뛰어가 경찰을 불러왔다.

"강도가 아버지를 죽이고, 이 여자를 겁탈하려 했습니다. 제가 덤벼들었지만, 재빨리 도망쳤어요."

정금은 남자의 뒤에 숨어 고개를 숙였다. 이럴 땐 가족 하나 없는 고아라는 게 편했다. 정금의 상황을 파악했다는 듯 경찰이 별다른 의심 없이 고개를 끄덕였기 때문이다.

"다른 경찰을 불러올 테니, 영호, 넌 우선 집에 가라."

경찰이 남자의 어깨를 잡고 말했다.

영호. 남자의 이름을 되뇌곤 정금이 절뚝거리며 공장을 빠져나왔다.

"이름이 뭐야?"

정금을 여공들이 숙식하는 하숙집까지 데려다준 영호가 상황에 맞지 않는 밝은 목소리로 물었다.

"이정금."

그것이 만남의 시작이었다.

정금과 영호는 빠르게 가까워졌다. 두 사람은 많은 것이 잘 통했다. 무엇보다 잘 맞았던 건, 쓸모없는 인간은 존재할 가치가 없다는 가치관이었다.

"아버지는 그다지 능력도, 책임감도 없었거든."

"쓸모없는 인간이었구나."

영호는 가만히 고개를 끄덕거렸다. 공장장의 장례가 진행되는 동안, 정금과 영호는 사람들 눈을 피해 손장난을 쳐댔다.

휴지에 불이 붙듯 관계는 순식간에 더 깊은 사이로 발전해갔다. 해가 바뀌는 동안 공장은 문을 닫았고, 정금은 일자리를 위해 서울행 표를 끊었다. 영호는 정금을 따라 버스에 몸을 실었다.

두 사람은 상계동에 월셋집을 얻어 함께 생활하기 시작했다. 첫 아이를 얻은 것도 그즈음이었다.

함께 산 지 몇 년 지나지 않아, 영호는 공장장을 그대로 닮아 쓸모없는 인간의 표본처럼 굴었다. 서울 생활이 문제인 건지 원래 천성이 그런 것인지는 알 수 없었으나 정금이 마음에 들어 했던 모습을 더는 찾을 수 없었다.

"알겠어? 도망가면 내가 널 신고할 거야. 네가 가위로 찔렀다고 말이야."

배가 부른 정금이 벌어온 돈을 흥청망청 쓰는 것으로도 모자라 영호는 정금을 협박하기까지 했다. 기꺼이 눈감아주었을 땐 언제고, 뻔뻔하게 살인자라며 손가락질해대는 영호를 볼 때마다, 정금은 영호의 쓸모에 대해 고민했다. 이따위 인간이 정말 내게 도움이 될까?

영호를 어떻게 할지 결정한 건, 아이를 낳은 새벽녘이었다.

영호는 집에 들어오지 않았고, 정금은 홀로 수건을 물고 아이를 낳았다. 몇 시간이나 산통이 이어졌는지도 몰랐다. 고통스러우면 수건을 물었고, 눈을 질끈 감으며 하반신에 힘을 주었다. 마침내 양수에 불어 쪼글쪼글한 아이를 품에 안았을 때, 정금은 결심했다. 영호를 닮은 아이가 훗날 쓸모없는 아이가 될 것이 빤하지 않은가. 그러니, 영호도, 영호를 닮은 아이도 없애는 게 좋겠다고.

계획은 쉬웠다. 아랫목 구들장을 가위로 깨놓은 다음 그 위에 장판을 덮었다.

아침이 되어 술에 취한 영호가 돌아왔을 때 아랫목에 그를 눕혔다. 옆에는 수건으로 감싼 아이도 함께.

잠든 영호와 아이를 확인하곤 정금은 집을 나왔다. 얼추 시간이 됐겠다 싶었을 즈음에 집으로 들어서자, 영호는 공장장처럼 등을 보이며 엎드린 채 숨을 거둔 뒤였다. 팔뚝만 한 아이도 마찬가지였다.

동네 사람들은 젊은 정금이 혼자가 된 것을 안타까워했다. 영호와 아이의 쓰임은 거기서 빛을 발했다. 동정은 쉽게 정금에게 손을 내밀었다. 나쁘지 않은 교훈이었다.

정금은 다시 공장에 취직했다. 그곳에서 두 번째로 만난 남자가 바로, 소원과 소희, 제호와 다혜의 아버지인 성식이었다.

성식은 정금에게 꽤 쓸모있는 남자였다. 우선 멍청해서인지 정금의 말을 잘 들었고, 시키는 대로 군말없이 명령을 수행했다. 정금이 소원이와 소희에게 무슨 말을 하고 어떤 교육을 하든, 조금의 간섭도 하지 않았다. 그는 언제나 구경꾼처럼 한 발짝 뒤에서 뒷짐을 지고 있었다. 쓸모있는 척 굴던 영호보다는 낫다고, 정금은 생각했다. 이 정도면 그래도 제법 쓸모있는 편이라고 여기며.

그때쯤, 정금은 젊은 과부의 집에서 가정부로 일하고 있었다.

정금보다 다섯 살 어린 과부, 미영에게는 지수라는 이름의 딸이 한 명 있었는데, 그녀는 하나 남은 가족이라는 생각 때문인지 딸을 끔찍하게 아꼈다.

지수는 정금의 딸인 소희를 언니, 언니 하며 잘 따랐다. 지수 엄마, 미영은 그런 소희를 예뻐했고, 정금에게도 기꺼이 선심을 베풀고는 했다. 정금은 차츰 경계심을 허무는 그녀를 보며 입맛을 다셨다. 남편이 죽은 뒤 쫓겨난 여자에게는 과분할 정도로 많은 재산이 있었다.

적금은 물론이고, 정금이 일하는 서울 집 말고도 서울 근교의 연곡리에 집 한 채가 더 있다는 것이었다.

"가족이라고는 딸 하나밖에 없는 여자야."

"그래서?"

"하나뿐인 자식이 사라지면, 그 자리를 어떻게든 메우려고 들지 않겠어?"

정금은 성식에게 미영의 집 근처에 적당한 계곡을 찾아보라고 시켰다. 그런 다음, 계획이 실패하지 않도록 시간을 들여 그녀의 곁을 지키며, 소희가 미영에게 어울리는 아이라는 걸 이해시키려 애썼다.

"우리 소희는 벌써 구구단을 다 외우거든요. 그렇지?"

"어머, 벌써요? 소희는 정말 똑똑하구나."

미영이 소희의 머리를 쓰다듬었다. 소희는 그녀의 무릎에 앉아 발을 흔들었다.

장식장의 먼지를 닦던 정금이 매섭게 소희를 노려봤다. 정금의 눈치를 보곤 소희가 얌전히 발을 멈추고 미영의 품으로 파고들었다. 미영은 어리광쟁이라며 소희를 품에 안았다.

"알겠지? 지수한테 같이 놀자고 하면 돼. 물에 들어가라고. 그렇게만 말하면 되는 거야."

마침내 준비가 끝났을 때, 정금은 소희를 시켜 지수를 계곡으로 유인했다.

미영이 아무것도 모른 채 정금과 떠들던 그 시간, 과부의 딸은 차가운 계곡 속에서 허우적거리며 간절히 엄마를 찾고 있었다.

정금은 해맑게 웃는 미영을 보며 속으로 끝없이 조소했다.

죽어가는 지수를 앞에 두고 소희와 소원이는 자갈밭에 앉아 눈을 가리고 숫자를 셌다. 모든 게 정금이 시킨 일이었다. 이 모든 건 그저 놀이였고 명령이었다. 그렇기에 소원과 소희는 지수가 죽었을 거라곤 생각하지 못했다. 당연했다. 그때 소원과 소희는 겨우 여섯 살이었으니까.

훗날에야 그것이 살인이었음을, 자신들이 가담한 살인 계획이었음을 깨달았을 뿐이었다.

계획대로 되지 않은 게 있다면, 딸을 잃은 엄마에게는 딸의 빈 자리를 채울 수 있는 게 아무것도 없다는 사실이었다.

거기까지는 예상 못 한 정금이 충격으로 실어증에 걸린 미영을 보며 욕을 지껄였다. 젠장, 젠장!

소희를 미영의 양녀로 보낸 뒤, 그녀를 죽이고 양녀가 된 소희가 미영의 모든 재산을 물려받게 만들려던 계획은 수포가 되었다. 대신 정금은 과부 소유의 집으로 숨어들었다. 어떻게 알았는지, 연을 끊었던 미영의 시댁 식구들이 정금을 의심했기 때문이었다.

정금은 미영의 시댁 식구들이 그녀 소유의 연곡리 집에 대해선 모른단 사실을 알고 곧장 짐을 쌌다. 실어증과 충격으로 정신이 오락가락하는 미영이 그런 시골집을 떠올릴 일은 없을 테니 그나마 다행이었다.

고작 열 가구가 전부인 마을의 초록 대문집. 정금은 그곳에서 숨을 죽이고 다시 계획을 세웠다. 전보다 더 완벽한 계획이 필요했다. 이제는 아이를 바꿔치기할 것이 아니라, 애초에 빈 자리가 있는 가족을 노리는 게 맞았다.

어떻게든 완벽한 가족이 되고자 하는 가정.

그곳에 소희를 보내면 된다. 출생신고도 하지 않은 아이기에 조건은 더없이 완벽했다.

그들은 천치처럼 웃는 아이를 내치지 못할 것이다.

정금의 눈이 똑같이 생긴 소원과 소희를 꼼꼼하게 살폈다. 값을 매기는 상인처럼, 끈질기고 진득한 시선이었다.

목에 상처가 나 있는 소희보다는 소원이가 더 낫겠지.

더 곱고 깔끔해야 기꺼이 받아들일 테니까.

이번엔 계획을 벗어날 일이 없다고, 정금은 그렇게 생각하며 기대에 부풀었다. 일확천금이 눈앞에서 살랑거리는 착각이 들었다. 이제야 쓸모를 해내는구나. 소원이의 머리를 쓰다듬은 그녀가 히죽, 이를 보이며 웃었다. 처음으로 '기쁘다'라는 감정을 느낄 수 있었다.

어느 밤, 누구보다도 정금을 닮은 소희가 그녀의 계획을 일그러트리고 도망치기 전까지는.

"왜……."

왼쪽 눈은 기능을 상실했는지 앞을 보지 못했다. 정금은 천장을 수놓은 샹들리에를 보며 같은 말을 반복적으로 뱉었다. 왜, 왜, 왜. 대체 왜?

어째서 자신의 계획이 이런 식으로 망가진 걸까? 아무리 고민해봐도 도무지 알 수가 없었다. 무엇이 잘못이었나. 영호와 영호의 아들을 죽인 것? 성식을 만난 것? 소희와 소원이를 낳은 것? 모두가 아니라면, 내 존재 자체가 잘못이었던가?

정금은 유일하게 움직일 수 있는 오른쪽 눈동자를 굴렸다.

가까운 곳에는 형체를 알아보기 힘든 은수가 미약한 신음을 흘리며 누워 있었다. 아름답던 벽지와 바닥은 물론이고 저택의 모든 게 새까맣게 그을려 있었다. 오직 샹들리에만이 이 집이 어떤 곳이었는지를 보여주는 증거였다.

"너…… 너어……."

사람의 목소리라고 하기 힘든 쇳소리가 성대를 긁었다. 너 때문에, 모두 너 때문에 이렇게 됐어. 정금은 은수를 향해 시선을 고정한 채로 끊임없이 속삭였다. 모두 너 때문이라고. 너 같은 자식을 낳는 게 아니었는데.

"안쪽에 사람이 있어요! 문은 잠겨 있고요!"

요란한 걸음 소리가 희미하게 정금의 고막을 때렸다. 구급대원이 도착한 모양이었다. 아아, 그래도 모두 끝난 건 아니었구나. 보이니, 은수야? 나는 다시 살아날 거야. 다시 살아서, 보란 듯이…….

쾅!

위태롭게 흔들리던 샹들리에의 줄이 끊어졌다. 크리스털로 된 샹들리에가 정금의 위로 쏟아져 내렸다.

은수는 색색, 숨을 쉬며 번져오는 피를 보았다. 샹들리에 밑에 깔린 정금이 더는 움직이지 않았다. 크리스털은 피를 머금고는 붉은색으로 반짝거렸다. 눌어붙은 눈꺼풀을 어떻게든 움직이려 애썼지만, 보람도 없이 시야는 서서히 멀어졌다.

마침내 완벽한 어둠이 내렸다.

은수는 온 힘을 다해 마지막 숨을 토해냈다.

아쉬운 마음도, 서러운 마음도 없었다.

그저 모든 게, 고요할 뿐이었다.

에필로그

집으로 가자

바닷바람이 짠 냄새를 풍기며 불었다.

다혜와 수아는 파도가 밀려오는 걸 구경하며 모래성을 쌓았다.

석진이 직접 짜준 목도리를 두르고 태은이 손을 흔들었다. 이미 다혜와 수아가 먼저 알아보고 쉬지 않고 손을 흔들고 있었다.

까르륵, 맑은 웃음소리가 파도와 함께 부서졌다.

아이들이 만든 모래성은 꽤 견고해 보였다. 아까 석진과 함께 셋이서 제법 진지하다 싶더니 모래성 쌓는 법을 배운 모양이었다.

"오늘 저녁엔 소고기 뭇국 어때?"

따뜻한 캔커피를 태은에게 내밀곤 석진이 옆에 붙어 앉았다.

태은은 캔커피를 받아 들고 '마음대로 해' 하고 대답했다.

식사는 태은보다 요리 경력이 긴 석진의 몫이었다.

"슈퍼 할머니가 소고기를 공짜로 주셨어. 이 동네는 확실히 인정이 많다니까."

웃음기 섞인 석진의 말에 태은이 입꼬리를 올려 웃었다.

도망치듯 연지동을 떠나온 게 오늘로 벌써 6개월째였다. 너무 많은 일이 벌어졌으나 누구도 그걸 알려고 하지는 않았다. 어쩌면 그래서 다행이었다. 그 덕분에 다혜와 수아를 데리고 연지동을 떠나올 수 있었으니까.

"수아가 무를 안 먹으려고 하던데. 그래도 맛있으면 먹겠지?"

"그러겠지."

시간은 모든 걸 앗아간 화염과 함께 흘렀다.

연지동 화재 사건은 지역 뉴스에서 짤막하게 소개되고 끝났다. 국도변 차량 화재 사건 역시 마찬가지였다. 누구도 세 사람의 죽음을 파고들지 않았다. 그저 가벼운 비극. 딱 그 정도로 삶은 허무한 끝을 맺었다.

태은은 나란히 어깨를 기대고 앉아 열심인 다혜와 수아의 등을 바라보았다. 모래성 쌓기는 질렸는지 이제는 파도가 밀려오고 물러나는 걸 구경하고 있었다.

"괜찮을까?"

불쑥 던진 태은의 질문에 석진이 가볍게 뜸을 들였다.

바람에 얼어붙은 볼을 문지르며 그가 말을 꺼냈다.

"괜찮을 거야."

간단한 대답이었지만, 그래서 더 마음이 놓였다.

상처를 없던 걸로 만들 수는 없지만, 덮을 만큼의 추억을 만들어 줄 수는 있었다. 지금처럼 바다를 보고, 모래성을 쌓으며 시간을 보내다 보면, 저절로 그럴 수 있을 거라고. 장담할 수 있었다.

"다혜야, 수아야!"

세찬 바람이 불었다.

엉덩이를 털고 일어선 석진이 한 손을 높이 들고 다혜와 수아를 불렀다.

빨갛게 언 볼을 하고 다혜와 수아가 웃으며 뛰어왔다.

석진이 두 사람을 향해 팔을 벌렸다.

"태은아."

석진은 양쪽 어깨에 수아와 다혜를 매달고 태은을 불렀다.

"집으로 가자."

석진이 손을 내밀었다.

그 손을 마주 잡은 태은이 자리에서 일어섰다.

"그래, 집으로 가자."

태은은 다혜의 어깨에 팔을 둘렀다.

석진은 수아의 손을 잡고 걸음을 옮겼다.

네 사람의 그림자가 모래사장 위로 길게 늘어졌다.

"왜 그래?"

모래사장을 벗어나기 직전, 태은이 잠시 뒤를 돌아봤다. 석진이 왜 그러냐며 고개를 기울였다.

수아와 다혜가 만들었던 모래성은 파도에 휩쓸려 사라진 상태였다. 네 사람에게 남은 비극도 언젠가는 모래성처럼 한순간 씻겨날 것이었다.

"그냥. 네가 만든 소고기 뭇국을 수아가 먹을까 싶어서."

부러 딴소리를 하고는 태은이 망설임 없이 앞으로 나아갔다.

그 뒤를 석진과 수아, 다혜가 따랐다.

수평선 너머로 태양이 지고 있었다.